Poltergeist

JAMES KAHN
d'après le récit de
STEVEN SPIELBERG
sur un scénario de
STEVEN SPIELBERG, MICHAEL GRAIS
& MARK VICTOR

Poltergeist

la vengeance des fantômes

traduit de l'américain par Eric Chédaille

Éditions J'ai Lu

Ce roman a paru sous le titre original :

POLTERGEIST

1

« Les programmes de KTCV, Télévision de Cuesta Verde, s'achèvent. Vous nous retrouverez à 6 h 30 pour un survol de la circulation. D'ici là, passez une bonne nuit. »

Le drapeau américain disparut subitement de l'écran pour faire place au sifflement de la neige statique qui inonda le salon d'une inquiétante lueur bleuâtre. Steve Freeling était profondément endormi sur sa chaise longue, à cinq mètres du récepteur; le sol, autour de lui, était jonché de plans de lotissements, et ses genoux étaient couverts de contrats de bail. Hors le bourdonnement continu du poste, la maison plongée dans l'obscurité était silencieuse.

A l'étage supérieur, dans la grande chambre de devant, Diane, l'épouse de Steve, dormait paisiblement, pelotonnée contre son oreiller. Par la fenêtre ouverte, le souffle de la nuit agitait doucement les rideaux de dentelle. Dehors, l'air avait subtilement changé; on était maintenant en automne.

La chambre de Dana se trouvait à l'autre bout du couloir. Dana avait quinze ans, les cheveux bruns et un joli visage; elle ronflait légèrement, et sa main inerte reposait sur son téléphone personnel. Ses jeans traînaient au pied du lit; et ses cours s'empilaient sur une chaise; son journal intime était glissé sous le matelas, son rouge à lèvres posé en évidence sur la table de maquillage.

Près de celle des parents, se trouvait la chambre des enfants. Robbie, sept ans, dormait d'un sommeil agité en étreignant son ours en peluche. Le sol était parsemé de jouets, de vêtements et de crayons de pastel – la joyeuse pagaille des tout-petits. Un clown de tissu éponge trônait de guingois sur le rocking-chair. De l'autre côté de la pièce, dans la fidèle réplique d'un lit de pionnier, dormait Carol Anne, cinq ans, la petite sœur de Robbie.

Peu après 2 heures et demie du matin, la fillette ouvrit les yeux.

Sans un bruit, elle se leva, franchit la porte et suivit le couloir jusqu'au sommet de l'escalier. Ses yeux étaient ouverts mais vides d'expression. Elle descendit prudemment l'escalier obscur, traversa le vestibule et pénétra dans le salon.

La télévision emplissait la pièce de son soupir interminable, de sa lueur caractéristique, presque bleue, presque blanche. Carol Anne se comportait comme si elle n'avait pas vu son père, endormi sur le transat. Le regard fixe, elle passa devant lui pour aller se planter face au gros œil du récepteur.

– Bonjour, murmura-t-elle, sa petite main posée sur l'écran. Qui êtes-vous?

Au premier étage, Diane se mit brusquement sur son séant, complètement éveillée. Il faisait froid. Steve n'était pas près d'elle dans le lit. Elle se leva prestement, jeta un peignoir sur ses épaules, ferma la fenêtre et courut jusqu'au rez-de-chaussée. Dès qu'elle entra, Steve se réveilla et les documents glissèrent de ses genoux. Ils se regardèrent, puis considérèrent Carol Anne.

La fillette avait le nez plaqué contre l'écran; ses yeux semblaient capter les paillettes lumineuses comme autant de runes porteuses d'un message secret adressé à elle seule.

– Où êtes-vous? demandait-elle. Approchez, je voudrais vous voir.

Hébétée, Diane regardait sa fille. Elle frissonna.

Le lotissement de Cuesta Verde se trouvait à cent kilomètres au nord-est de San Clemente, et s'étendait sur plus de cent vingt hectares. Bien sûr, il n'était pas complètement bâti, car il s'agissait d'une toute jeune communauté; mais celle-ci était saine et n'allait pas tarder à croître.

Steve Freeling était un élément déterminant de cette croissance. Sa famille avait été la première à venir s'établir à Cuesta Verde alors que Robbie était encore bébé. Les premiers à emménager, et les premiers à planter du gazon. Au départ, le terrain était nu, des kilomètres de collines douces, couvertes de taillis. Mais on y avait amené l'eau et planté des haies et de jeunes arbres. A présent, on envisageait l'installation de centres commerciaux. D'authentiques pionniers suburbains.

Steve était aussi le principal agent immobilier pour l'ensemble du lotissement. Cela ne lui coûtait pas : il avait foi en cet endroit, foi en cette vie. Il avait une maison et un peu de terrain; il avait une famille, un métier, un avenir. Bref, une vision du monde. Il était en paix avec l'univers.

Pour lors, voici la vision qu'il en avait et qui l'entourait tel un doux rêve en ce dimanche après-midi de novembre : Emerson, le voisin, tondait sa pelouse; Elaine, sa femme, allongée, luisante, sur le solarium, enduisait d'huile de coco la cellulite de ses cuisses; Delanay, son autre voisin, installait son fauteuil sur la véranda afin de regarder à la télévision les Béliers écraser les Corsaires; au milieu de la rue, trois adolescents jouaient au frisbee, tandis que Buzz, le retriever de Steve, courait de l'un à l'autre à la poursuite de la soucoupe volante; la fumée d'un barbecue passait devant le soleil, et l'air vif sentait délicieusement bon.

Steve embrassa tout cela d'un seul coup d'œil, inconsciemment, tout en taillant ses rosiers (le dimanche était son jour de jardinage), et il se sentit empli d'une puissante bouffée de bien-être. Il savait qui il était et ce qu'il attendait de la vie. Tout était bien net dans sa tête.

A trente-sept ans, c'était un grand et bel homme bien découplé, encore qu'il eût la brioche naissante de l'Américain bien nourri, et que ses cheveux eussent déjà cédé plus de terrain qu'il ne l'aurait souhaité. Il avait un genou un peu fragile, souvenir du rugby universitaire. Pas plus tôt que la semaine passée, le médecin lui avait dit que son régime alimentaire était tout bonnement épouvantable. Et Steve de lui répondre qu'il n'y avait là rien d'étonnant car la cuisine de Diane était à l'avenant; sur quoi celle-ci lui avait administré un coup de pied facétieux et néanmoins appuyé qui, par hasard, l'avait atteint au genou en question. Et depuis il boitait, avec une certaine exagération théâtrale en la présence de Diane; mais ce n'était que taquinerie, et elle le savait. Car Steve était le plus gentil des hommes, et il aimait tendrement les siens.

Diane l'observait depuis la fenêtre de la chambre où elle faisait le ménage. Elle lui cria de ne pas trop émonder les rosiers, mais il n'entendit pas à cause du vacarme de la tondeuse d'Emerson; elle se dit que cela ne valait pas la peine de crier plus fort. Elle resta encore un moment à le regarder, puis se remit au travail.

Si Steve était charpenté, Diane, elle, était plutôt gracile. De fins cheveux auburn, des doigts délicats, et des bras qui avaient un air de fragilité. Pourtant, elle était de loin la plus opiniâtre des deux. Son pâle visage pouvait en un instant s'empourprer, ses yeux prendre un éclat inflexible; alors, il n'était rien qui pût la détourner de son but. Et, dans ces cas-là, jamais Steve n'essayait de lui tenir tête.

Lorsqu'elle eut terminé le ménage de sa chambre, elle passa en chantonnant doucement dans celle des petits. Cet après-midi on fêtait le huitième anniversaire de Robbie; il lui fallait préparer la maison en prévision du carnage. Elle fit les lits, repoussa les jouets dans un coin, assit le grand clown de tissu dans le rocking-chair, rangea les vêtements épars, voulut nourrir la perruche... et trouva l'oiseau mort sur le sol de sa cage.

– Oh! Tweetie! pauvre petite bête, fit-elle d'un ton de réprimande et de tristesse mêlées. (Passant le bras dans la cage, elle saisit l'oiseau et l'emporta dans la salle de bains où elle le tint cérémonieusement au-dessus de la lunette.) Tout comme les Vikings, Tweetie, tu vas être emportée jusqu'à la mer.

– Qu'est-ce que tu fais à Tweetie? s'étonna Carol Anne sur le seuil.

– Oh! tu es ici, ma chérie. Viens voir.

La fillette s'approcha. Diane aimait tout particulièrement sa cadette; cette enfant était très mûre pour son âge et faisait montre devant la vie d'une intrépidité naïve, digne d'envie.

– Ma chérie, Tweetie est morte. Elle est morte ce matin.

– C'est quoi « morte »?

– Eh bien... elle s'est endormie, si tu préfères. Mais elle ne se réveillera plus jamais.

– Comme papi?

– Oui, comme papi.

– Alors vaudrait mieux l'enterrer, non? Je crois pas qu'elle aime l'eau.

– Entendu, décida Diane avec un sourire, nous allons l'enterrer au fond du jardin. Comme cela tu pourras aller lui rendre visite quand elle te manquera.

Carol Anne jugea l'idée bonne. Sa mère lui trouva une boîte à cigares pleine de boutons; après l'avoir vidée, elles y déposèrent Tweetie et s'en furent au jardin l'une derrière l'autre en manière de procession. On se décida pour le pied du jasmin; ainsi Tweetie pourrait jouir de son délicieux parfum. Carol Anne mit un demi-biscuit dans la boîte, pour le cas où son oiseau aurait faim, puis elle le recouvrit d'une chaussette contre le froid, et enfin lui fit don d'une photo polaroïd de la famille.

– Je sais bien qu'ils se réveillent pas, dit-elle avec gravité. Mais si jamais ça arrive quand même, elle se sentira moins seule comme ça.

– Oui, sûrement, approuva Diane en embrassant sa fille sur le front.

Elles se relayèrent pour creuser la terre meuble à l'aide de la pelle de plage de Carol. Lorsque le trou eut une trentaine de centimètres de profondeur, elles y placèrent la boîte et le rebouchèrent.

Robbie observait la cérémonie depuis le faîte du vieux chêne qui se dressait devant la fenêtre de sa chambre. C'était un des rares grands arbres des environs, mais il était en train de mourir. Seules quelques branches vertes poussaient encore au sommet de sa silhouette noire, massive et tourmentée. Steve projetait de l'abattre, mais jamais il ne trouvait le temps de le faire. En attendant, Robbie se l'était approprié et, comme tout garçonnet qui se respecte, il passait son temps à grimper de branche en branche.

Il avait en fait établi une relation complexe avec cet arbre. Il lui racontait ses aventures au milieu des pirates, et le chêne lui faisait part des secrets de la terre. Il était parfois pourvu d'une porte secrète donnant sur une ville souterraine. D'autres fois, il devenait une divinité monstrueuse, originaire de Jupiter, aux bras noircis par les flammes, qui attendait d'être libérée d'un sortilège; et seul Robbie connaissait la formule libératrice. Il percevait presque toujours les pensées de Robbie; quelquefois elles le rendaient furieux; quelquefois ils riaient ensemble.

Il arrivait aussi, comme aujourd'hui, qu'il fût le mât d'un navire fabuleux naviguant lentement sous terre. Bien calé sur la fourche la plus haute, Robbie devenait alors homme de vigie scrutant l'étendue à traverser et les drames qui se jouaient sous lui.

Il pouvait voir son père qui, devant la maison, bricolait comme le font tous les pères. Voilà qui était dans l'ordre des choses. Dans l'arrière-jardin, tout au fond, Maman et Carol Anne étaient en train d'enterrer une boîte. Il faudrait qu'il interroge sa sœur à ce sujet – peut-être faisaient-elles une offrande au peuple des plantes, ou cachaient-elles quelque chose que Papa devait ignorer, à moins que ce ne fût un trésor. Oui, il demanderait à Carol Anne.

En bas, sous la véranda, sa grande sœur, Dana, était assise par terre avec deux amies. Elles feuilletaient un magazine avec force chuchotis et gloussements en faisant des gestes de la main que, il le savait, elles n'auraient pas dû faire. Il n'arrivait pas à comprendre ce qu'elles trouvaient de si intéressant dans ces revues pour fans : mais Dana se mettait en colère lorsqu'il le lui demandait.

Du côté de l'autre pâté de maisons, il vit Bill Moone déposer un pétard dans la poubelle de Murphy puis courir se cacher derrière la haie. Tout se figea à l'instant de l'explosion, pour reprendre presque aussitôt son train-train. Murphy sortit en courant, mais se contenta de secouer la tête avant de réintégrer sa maison.

Plus tard dans l'après-midi, Bill Moone viendrait à la fête d'anniversaire de Robbie et tous deux rigoleraient de cette bonne farce, de la face ahurie du vieux Murphy et du merveilleux bruit que fait un pétard dans une poubelle; et personne en dehors d'eux ne saurait qui avait fait le coup. Robbie sourit comme un astronaute devant lequel ne s'allument que des voyants verts.

A trois rues de là, en haut de la colline la plus proche, deux enfants se lançaient dans une course de skateboards. Robbie les quitta un instant des yeux pour regarder vers l'horizon. Des nuages noirs assombrissaient le ciel.

Tempête en vue.

Deux ou trois heures plus tard, Diane avait achevé la plus grande partie des préparatifs. Dana et ses amies avaient été recrutées pour la décoration. Dana avait d'abord poussé les hauts cris mais comme ses deux copines ne s'étaient pas fait prier (car après tout ce n'était pas l'anniversaire de *leur* frère), elle avait dû se résoudre à accrocher des guirlandes de papier crépon en arborant un air de martyre.

Robbie se prépara sans perdre de temps (douche, coup de peigne, vêtements propres), afin de pouvoir veiller aux ultimes détails. Il convenait, par exemple, que certains jouets fussent sortis, et d'autres cachés. Il eut un entretien à voix basse avec sa mère pour lui expliquer que Carol Anne n'aurait le droit de participer à la fête que s'il était bien certain qu'elle n'embêterait pas Bill Moone en le suivant partout comme son ombre. Diane le rassura sur ce point.

Les invités commencèrent bientôt à arriver, certains seuls, d'autres déposés par leurs parents, tous étrillés, briqués et porteurs de cadeaux à l'emballage rutilant. Deux mères restèrent pour aider Diane à orchestrer le chaos, ainsi que quelques pères qui s'entassèrent dans le bureau pour regarder le match télévisé.

Le premier quart-temps était déjà bien entamé lorsque commença la fête; aussi quelques pères manquèrent-ils une ou deux actions durant le transport de leur rejeton. Celui de Jim Shaw fut le dernier à arriver; il apportait deux packs de Michelob Lite et un sachet géant de chips.

– Qu'est-ce que j'ai raté? demanda-t-il en ouvrant une boîte de bière.

– Chhhut!

– Haden vient encore de foirer la réception!

– Je dis que ce type est fini!

– Oakland fait venir Bahr.

– Trois de plus! Bon Dieu! Qu'est-ce qu'on ramasse!

– Chhhhhut!

Dans la pièce voisine, le volume sonore de la fête croissait de façon exponentielle. Plusieurs parties de cache-tampon avaient amené une ambiance de joyeuse frénésie; mais les premières larmes apparurent pendant le jeu des chaises musicales : Carol Anne éclata en sanglots lorsqu'au troisième tour elle perdit son siège au profit de Robbie.

Diane se dit que le point critique de l'excitation venait d'être atteint et qu'une diversion s'imposait. Aussi lança-t-elle son monde dans une chasse au trésor. Chaque enfant reçut une énigme secrète et la chasse commença dedans comme dehors, à l'exception du bureau de Steve. Plein de petits trésors et un premier prix avaient été cachés.

Carol Anne, qui ne savait pas lire, alla seconder maman à la cuisine, ce pour quoi elle eut droit à un prix spécial, une panoplie de doctoresse, avec stéthoscope, thermomètre, coiffe et bloc-notes. Elle passa quinze minutes à écouter le cœur de Diane et des autres mères, tandis que les pas furtifs des chasseurs de trésor résonnaient à travers tout le rez-de-chaussée, ponctués par les cris de joie occasionnels d'une découverte.

Mais Carol Anne ne tarda pas à se lasser; elle se glissa discrètement dans le bureau où elle grimpa sur les genoux de son père.

– Papa, tu veux que je te raconte mon rêve?

– Pas maintenant, ma chérie, papa est en train de regarder le match.

– Mais que fait Haden? glapit Shaw.

– Il va au carton, pardi.

Tout cela parut très ennuyeux à la fillette qui, stéthoscope autour du cou, s'en fut à l'étage pour voir si Dana voulait bien jouer avec elle.

Dans le bureau, le match commençait à devenir très prenant.

– Ce Dennard, quelle pointe de vitesse! s'extasiait Steve.

– Lester Hayes! Ce foutu Hayes va le coincer! Il va...

Tout à coup, de lui-même, le récepteur passa sur une autre chaîne. Les supporters sursautèrent en voyant apparaître la chevelure calamistrée de Mister Rogers. Steve se rua vers la fenêtre de derrière et beugla :

– Tuthill, espèce de trou du cul!

– Repassez sur la bonne chaîne! Vite! supplia Shaw, complètement atterré.

– Désolé, les gars, marmonna Steve en revenant vers le poste. Dès que mon voisin se sert de son télésélecteur... On est sur la même fréquence.

Manuellement, il repassa sur la chaîne qui diffusait le match. L'air sombre, Diane fit irruption dans la pièce.

– Bon, alors, quel est le trou du cul qui parle comme ça devant une vingtaine de gosses?

Par pure déférence, tous portèrent un œil sur elle, laissant l'autre étroitement rivé à l'écran.

– Mais c'est Tuthill qui... commença de protester Steve.

Sa remontrance faite, Diane avait déjà disparu.

Une seconde plus tard, Mister Rogers bêlait à nouveau dans le poste. Ce fut un concert de soupirs et de grognements. Shaw se tordait même les mains. Cette fois, Steve retourna à la fenêtre d'un pas résolu, braqua son boîtier télésélecteur et appuya sur une des touches.

– Commencez pas, Freeling! rugit une voix, de l'autre côté du jardin.

Steve sortit par la porte vitrée donnant sur la véranda, et courut jusqu'à la clôture.

– Ici, on regarde un match, Tuthill! brailla-t-il à l'adresse d'un type qui se tenait sur le seuil d'une maison voisine.

– Mes gosses veulent regarder Mister Rogers! beugla Tuthill en retour.

– Je me fous de ce que vous regardez tant que vous ne faites pas le mariole avec votre télésélecteur!

– N'avez qu'à déplacer votre poste! fit encore le voisin avant de claquer sa porte.

Mister Rogers sévissait toujours quand Steve réintégra son bureau. Les autres se lamentaient; Shaw lança en l'air une poignée de chips. Furieux, Steve y alla encore de son sélecteur à distance. On entendit un « Nom de Dieu! » assourdi, venant de chez les Tuthill.

Cependant, Carol Anne entrait dans la chambre de Dana. Celle-ci était allongée sur le ventre, par terre, en grande conversation avec Heather et Serena.

– Dis, Dana, tu veux que je te raconte mon rêve? proposa Carol Anne.

– Pas maintenant. On discute.

– Est-ce que je peux écouter ton cœur?

– J'ai pas de cœur, morveuse.

– De quoi vous parlez?

– On est en train de se dire que cet endroit est barbant.

– Moi, je trouve pas.

– C'est parce que tout ici a un âge mental de cinq ans, ce qui est bien quand on a cinq ans, mais plutôt ennuyeux pour les grands. (Elle s'assit, déboutonna sa chemise.) Bon, d'accord, bout de chou, tu peux écouter mon cœur.

Robbie fit irruption dans la chambre, un morceau de papier à la main.

– Maman! cria Dana en se reboutonnant précipitamment.

– T'énerve pas. Je croyais trouver le trésor ici. Mais y a que des pissouses.

Robbie évita de peu une chaussure et disparut sans demander son reste.

– Venez, allons au drugstore.

Les trois adolescentes se levèrent et sortirent.

Carol Anne partit le long du couloir, vers la chambre des parents.

Assis dans l'escalier, Robbie peinait sur son énigme : *Entre poêle et toile.* Il avait d'abord pensé à l'antique calorifère du salon et à la reproduction d'une toile de Turner; mais il n'y avait qu'un espace de mur nu entre ces deux objets. Il était allé inspecter la batterie des poêles de la cuisine, même s'il n'y avait là nulle sorte de toile. Puis il était monté dans la chambre de sa grande sœur dont les murs étaient tendus de toile imprimée, mais où bien sûr ne se trouvait pas le ou la moindre poêle – en plus, il était tombé sur cette bêcheuse de Dana. Alors, que restait-il? Bill Moone, lui, avait déjà trouvé son trésor, un super fusil-laser à piles qui projetait un rayon de lumière rouge.

Le barbecue, dans le jardin! Mais oui! En dessous, il y avait un logement où Steve rangeait un assortiment de poêles noircies à l'aide desquelles il se flattait de faire les meilleures omelettes de Basse Californie; et tout près se dressait un tas de grosses briques en quinconce que recouvrait une toile cirée.

Robbie dévala les escaliers, jaillit de la maison et partit à toutes jambes vers le fond du jardin. Bon nombre d'enfants avaient leurs cadeaux qu'ils brandissaient fièrement dans le salon; d'autres parcouraient toujours la maison, retournant les coussins, soulevant les tapis; certains, enfin, qui avaient abandonné, jouaient dans un coin ou se faisaient consoler. Robbie inspecta l'intérieur du barbecue puis ses environs. Rien. Il s'approcha ensuite de la toile cirée, la retourna, se pencha pour scruter les interstices entre les briques... oui... là, coincé au fond... Grisé par un triomphe imminent, il avança la main, la referma autour d'un objet... et bondit en arrière en poussant un cri aigu. Quelque chose l'avait mordu!

Plus stupéfait qu'autre chose, il considéra sa main. Son index était un peu rouge et le lançait. Il se baissa à nouveau pour regarder cette forme sombre. Il crut la voir bouger, mais sans certitude. Il alla prendre le tisonnier du barbecue et fit tomber quelques briques. Nouveau bond en arrière.

Il s'agissait de son clown.

Son vieux clown en tissu éponge qui lui souriait d'un air diabolique. Robbie n'en menait pas large. Il recula.

Quelque chose clochait. C'était son cadeau, ça? Non, impossible. D'ailleurs, le clown se trouvait dans sa chambre juste avant la fête; Robbie était certain de l'y avoir vu, assis bien en évidence dans le rocking-chair. Et voilà qu'à présent il lui souriait bizarrement, coincé entre deux briques.

Un court instant, le garçonnet sentit ses dents s'entrechoquer.

Puis il entendit sa mère l'appeler depuis la maison; il tourna les talons et s'en fut en courant.

La fête suivait son cours. De nouveaux cadeaux furent distribués, même à ceux qui étaient revenus bredouilles. Le déballage eut lieu par terre, au milieu du salon, et il n'y eut qu'une seule dispute sérieuse quant à savoir qui serait le premier à essayer le circuit Indianapolis. Buzz laissa sa partie de frisbee pour venir aboyer frénétiquement.

On passa enfin au clou de la fête : le gâteau, les chants, les bougies à souffler d'un coup, les assiettes en carton et les fourchettes en plastique. La traditionnelle bataille commença; c'est au cours des premières aspersions tactiques de crème Chantilly que retentirent les cris. Ils venaient de l'étage.

Diane fut la première dans l'escalier, suivie de près par Steve qui avait jailli de son bureau. D'autres leur emboîtèrent le pas, transis de peur par procuration : c'était le hurlement d'un enfant, et il leur arrivait de la chambre des parents.

En entrant, ils trouvèrent la télévision allumée, l'écran empli de parasites. Carol Anne, plantée devant, à quelques centimètres, y plongeait le regard. Ses yeux étaient noyés de larmes. Le petit stéthoscope de plastique rouge était toujours à son cou. Elle hurlait comme une démente.

La fête tourna court.

On la mit au lit. Elle dormit profondément pendant une heure, et se réveilla, fraîche et dispose, juste à temps pour le dîner. Elle n'avait aucun souvenir de ce qui s'était passé.

– Passe les p'tits pois, lança Robbie par-dessus la table.

Il était d'humeur autoritaire. N'était-il pas le roi du jour?

– Passe-moi les petits pois, papa, grogna Steve, toujours assombri par la conduite de Tuthill, celle de Carol Anne, et la défaite des Béliers.

– Passe les pois, p'pa, passe les pois, p'pa, passe les...

– Robert...

– Voudrais-tu me passer les petits pois, s'il te plaît, papa? articula doucereusement Robbie, estimant qu'on pouvait également se montrer magnanime, le jour de son anniversaire.

– Papa, est-ce que je peux dormir chez les Heather, cette nuit? demanda Dana.

– Non, à moins que tu ne me prouves que tu as fini ta géométrie...

– Ecoute, papa, c'est pas juste. Je...

– La vie n'est pas juste. Voilà une bonne chose à retenir. En fait, tu n'iras pas chez les Heather, *même* si tu termines tes devoirs. Qu'est-ce que tu dis de ça?

– Maman! gémit Dana.

– Finis tes maths, après on verra, trancha Diane. Bon, maintenant serait-il possible d'avoir un peu la paix autour de cette table! ajouta-t-elle d'une voix tendue.

– Passe-moi la paix, s'il te plaît, tonitrua Robbie.

Il y eut un temps de flottement, puis, de façon plutôt inattendue, tous éclatèrent de rire. La tension venait de s'envoler. Comme quoi on peut faire des miracles, le jour de son anniversaire.

– C'est de la bouche des bébés que... commença Diane en riant.

– J'suis plus un bébé. J'ai huit ans.

On se sentit de mieux en mieux au fur et à mesure qu'avançait le repas. Gâteau et limonade pour les petits, bière et chips pour les grands durant toute la journée n'avaient contribué à soutenir le moral de personne. Buzz comprit que le moment était venu de se poster sous la table dans l'attente de quelque provende.

Quand arriva le second service, Dana parlait de ses cours, Diane du livre qu'elle lisait sur l'agencement et la décoration, et Steve plaisantait au sujet de Tuthill.

– Ce type doit être le plus sombre crétin que j'aie

jamais rencontré. D'après moi, il n'utilise son télé-sélecteur que pour m'être désagréable.

– Comment ça marche ce truc, p'pa? Je veux dire, comment ça fait pour changer la chaîne à distance? On dirait de la magie.

– Eh bien..., si tu veux, Robbie, c'est comme des ondes-radio. Des signaux électriques arrivent de très loin et sont reçus par un poste de radio qui les change en musique. Là, c'est pareil. Le sélecteur envoie un signal électrique et le téléviseur qui le capte change de chaîne. C'est électronique.

– Mais je croyais que l'électricité, ça faisait des étincelles?

– Tout dépend du genre d'électricité. Il en existe une sorte qui se promène dans les airs et qui est invisible.

– Comme un fantôme?

– Si tu veux. Mais un gentil fantôme.

– J'ai fait un rêve avec des fantômes, intervint Carol Anne en arrondissant ses yeux bleus.

– Tu as eu peur? demanda Dana.

– Oh non! ils étaient gentils, eux aussi.

– Qu'est-ce qu'il se passait dans ton rêve, mon cœur? embraya Diane.

Elle avait pour habitude d'inviter ses enfants à raconter leurs rêves; les rêves sont la fenêtre de l'âme, lui disait souvent sa mère; et elle en était toujours persuadée.

– J'étais en train de me promener dans le parc, et ils passaient en flottant au milieu des arbres. Ils auraient bien voulu jouer avec moi mais ils n'arrivaient pas à me voir. Je ne leur ai pas dit où j'étais, et pourtant ils avaient l'air d'aimer ma nouvelle robe. Mais après, ils se sont mis à avoir peur du méchant bonhomme. Alors, j'ai voulu m'en aller, et je me suis sentie tomber dans le vide.

– Maman, tu sais ce que disait Freud au sujet des

rêves où l'on tombe? commenta Dana d'un air entendu.

– Non, que disait-il?

Dana se borna à hausser dédaigneusement les sourcils.

– C'est un rêve très intéressant, mon chou, dit Steve. Est-ce qu'ils portaient des draps comme de vrais fantômes?

– Non, ils avaient toutes sortes d'habits rigolos.

– Un peu comme des clowns, tu veux dire?

A ces mots, Robbie sursauta en se rappelant ce qui lui était arrivé au fond du jardin. Inconsciemment, il se frotta le doigt.

– Non, pas comme des clowns, fit Carol Anne en secouant la tête. Comme sur les photos dans le gros livre de mamie.

Steve, sourcils froncés, se tourna vers Diane.

– L'album-photos de ta mère?

– Ça y est, on est partis pour les vieilleries, soupira Dana.

– Si notre conversation te fatigue, pourquoi ne dessers-tu pas la table? invita Diane en posant son assiette dans celle de sa fille.

– Bien, maman, minauda Dana. (Elle posa quatre assiettes en équilibre sur sa tête et opéra un demi-tour.) Noblesse du port, grâce et élégance de bon ton, déclama-t-elle en gagnant la cuisine sans rien faire tomber du reste de petits pois.

Robbie bondit de sa chaise pour la suivre en roulant des fesses.

– Bon, ça suffit, dit Steve. Aide plutôt ta sœur.

Le garçonnet vint ramasser les couverts. Du menton, Diane désigna sa cadette.

– Ces vieilles photos l'auront sûrement impressionnée. Il y en a de *mes* grands-parents. Et même quelques-unes, je crois, d'arrière-grands-parents.

Steve sourit à l'adresse de Carol Anne.

– Ton rêve était très intéressant, mon cœur. Et il

prouve que les fantômes ne font pas forcément peur.

Carol Anne hocha la tête, mais elle était absorbée par le petit pois qu'elle tentait de ramasser du bout de la langue sur le bois de la table. Diane se tourna vers son mari.

– Au fait, que disait Freud au sujet des rêves où l'on tombe?

On entendit soudain un grand fracas, un bruit de vaisselle s'écrasant sur des carreaux de grès.

– Cela sera retenu sur ton argent de poche, fit Diane par-dessus son épaule.

– Oh, m'man, c'est pas juste!

– Tu as déjà oublié! éclata joyeuscment Steve. La vie n'est pas juste! (Puis il se pencha vers Diane pour lui appliquer un baiser.) Ce qu'ils ont la mémoire courte! lui souffla-t-il.

Diane arriva en retard à la réunion des parents d'élèves et se plaça au fond de la salle de façon à pouvoir repartir assez tôt. Durant le débat, elle discuta avec l'orateur de la réinstitution du châtiment corporel dans le système scolaire.

Lorsque fut levée la séance, tout le monde se retrouva au fond de l'auditorium pour une tasse de café accompagnée de donuts. Diane y rencontra Doris Melnick. Eddie, le fils de celle-ci, était dans la même classe que Robbie; de plus, de nombreuses années plus tôt, les deux jeunes femmes avaient fréquenté le même lycée à Encino – mais pas dans la même classe. Jamais elles n'avaient été amies à proprement parler; elles ne faisaient rien pour rester en contact, mais, lorsqu'elles se rencontraient en de telles occasions, elles se sentaient assez proches l'une de l'autre, et même intimes, comme le sont quelquefois, et assez bizarrement, les personnes qui ne se connaissent pas très bien.

– Diane!

– Bonjour, Doris! Enfin une tête sympathique. Tu as entendu ce crétin sur son podium?

– Qu'ils portent la main sur mon Eddie, et je me ramène avec le 32 court que Larry m'a offert. Voilà ce que je dis.

– Et ces gens-là se prennent pour des éducateurs! A croire qu'ils ignorent que les enfants réagissent mieux à une contrainte positive qu'à une contrainte négative. Avec de l'amour, un gosse se comporte dix fois mieux que lorsqu'on le bat, enfin!

– Tu parles, qu'est-ce qu'ils savent de la façon d'élever les enfants?

– De toute évidence, rien. Mais comment vas-tu?

– Je ne me plains pas – remarque, je pourrais, mais à quoi cela servirait-il? Ah! je ne t'ai pas dit, je retourne à la fac.

– Non? C'est super! Tu sais que moi aussi, j'y pense. Pas forcément pour obtenir un diplôme, mais juste histoire de m'enrichir. Maintenant que Carol Anne va à l'école...

– Ta cadette est déjà en maternelle? Ça alors! C'était un sacré petit bout de chou. Comment va-t-elle?

– Eh bien... (Diane baissa la voix d'un ton.) Il y a quelques semaines, elle s'est mise à marcher en dormant.

– Sans blague! s'exclama Doris en engloutissant un donut au chocolat. Du somnambulisme! Pauvre petite! Qu'as-tu fait?

– Je l'ai emmenée voir le psychologue scolaire. On lui a fait passer deux ou trois tests avant de décider qu'elle était en pleine forme. Paraît que cela devrait se tasser avec le temps.

– Ma chérie, je ne voudrais pas t'alarmer, et je suis certaine que ta petite va bien, mais ces psychologues scolaires sont de vraies nouilles. Le type qui parlait ce soir en est un. Si j'étais à ta place, je la ferais examiner une seconde fois.

– Ah? pourquoi? Il s'agit de quoi, selon toi?

– Aucune idée. Je ne suis pas spécialiste. Ecoute, c'est probablement trois fois rien, ça va sûrement se tasser avec le temps. Mais tout ce que je sais, c'est que de nos jours il faut un spécialiste pour tout et n'importe quoi, pour l'œil, pour le gros orteil. Carol Anne fait du somnambulisme, il lui faut donc un spécialiste du somnambulisme. J'ai pas raison?

– Où est-ce que je vais en dénicher un?

La face de Doris se fendit d'un grand sourire.

– Il se trouve justement que la belle-sœur de ma cousine Bernice a un petit garçon qui faisait – devine quoi – du somnambulisme. Ils l'ont emmené voir un spécialiste; ils en avaient plein la bouche de ce type. Leur gosse a été soigné en un rien de temps. Cela doit remonter à... oh!... moins d'un an. Demain je t'appelle pour te donner son numéro.

– Tu ferais ça?

– Promis. Faut que tu ailles voir ce type, Diane.

Le tonnerre grondait dans le lointain. Il approchait et vint bientôt marteler les carreaux. Dans la chambre, Robbie et Carol Anne levèrent les yeux vers la fenêtre, puis s'absorbèrent de nouveau dans leurs occupations respectives. Assis sur son lit, Robbie collait les pièces d'une maquette de vaisseau spatial – un de ses cadeaux d'anniversaire –, et Carol Anne jouait par terre avec un train électrique. Elle se dit que c'était tout simplement le ciel qui toussait, mais Robbie, lui, n'était pas du tout à l'aise. Il craignait que son arbre ne fût en colère. A la seconde où cette pensée lui traversa l'esprit, un éclair violent illumina le jardin, et il vit nettement le vieux chêne de l'autre côté de la fenêtre : le vent tordait sinistrement sa grande silhouette, ses branches frappaient les vitres comme des griffes sur de la porcelaine. Une nouvelle fois le tonnerre ébranla la maison.

– Je crois qu'il nous regarde, chuchota Carol Anne.

Elle n'avait pas peur et ne faisait là qu'une simple remarque.

– Sûrement pas, dit Robbie.

Il arrivait parfois que sa sœur dise de sacrées âneries. Il ne leva plus les yeux vers la fenêtre. Diane entra.

– Bon, au lit vous deux. Vous vous êtes brossé les dents?

Les enfants hochèrent la tête.

– Alors aux plumes, et endormez-vous vite.

– Comment peut-on dormir avec un pareil raffut? objecta Robbie. Faudrait...

Diane éteignit la lumière.

– La lumière du placard, allume le placard, implora Robbie.

– Oui, oui, je m'en occupe. (Diane alluma l'éclairage intérieur du placard qui servait à l'occasion de veilleuse.) Voilà, et maintenant bonne nuit.

– Non, attends, regarde d'abord à l'intérieur, supplia le garçonnet.

Il s'assit dans son lit. Très loin, l'orage grondait. Diane ouvrit le placard en grand et se mit à en explorer ostensiblement les profondeurs.

– Bon alors, je regarde derrière les habits. Rien là. Dans les boîtes à chaussures. Rien non plus. Derrière le tabouret cassé. Personne. (Elle ressortit en souriant.) Tout est clair.

Robbie parut rasséréné. Diane alla de l'un à l'autre pour les embrasser, puis regagna sa propre chambre.

C'est alors que Robbie remarqua son clown, assis dans le rocking-chair.

Il sursauta, éberlué de s'apercevoir seulement de sa présence et par le fait qu'il se trouvait dehors, coincé entre des briques, un peu plus tôt dans la journée. Le clown paraissait rire à présent, d'un rire silencieux et glacé.

Robbie se releva en évitant de le regarder; il ramassa une chemise à terre et la lui jeta sur la tête. Puis il se recoucha.

Un éclair bleu électrique tomba au loin; quelques secondes plus tard, le tonnerre fit entendre son roulement profond.

N'était-ce pas plutôt un formidable rire contenu?

Assis en short sur le lit, Steve roulait un joint tout en suivant un vieux Bogart à la télévision. Diane entra et vint s'asseoir près de lui.

– Etais-tu aussi trouillard à son âge? demanda-t-elle.

– Comment cela, trouillard?

– Ce pauvre Robbie a peur du placard.

– C'est l'âge. A sept ans, c'est les placards. Je me rappelle.

– Ah ouais? Et a trente-sept?

– Les taux d'intérêt. En ce moment j'ai peur des taux d'intérêt. Qu'est-ce qui te tracasse?

Un éclair illumina le ciel à des kilomètres de là; l'écran grésilla de parasites. Steve passa la langue sur la gomme du papier, alluma son joint et en tira une longue bouffée.

– Carol Anne est somnambule. Voilà ce qui me tracasse.

– Ça lui passera.

Il lui donna la cigarette de marijuana. Roulement de tonnerre.

– Oui, mais tu l'as vue hier soir? Collée à l'écran du poste, en bas, et en pleine conversation.

– Tous les gosses parlent tout seuls.

– Elle parlait au téléviseur. Et tout ça en dormant. (Elle prit une bouffée, puis écarta une mèche de cheveux des yeux de Steve.) Et ce qui est arrivé cet après-midi... j'ai eu très peur, Steve.

– Qu'en a pensé le psychologue?

– Il a dit que ça lui passerait.

Steve sourit.

– Tu penses aller voir quelqu'un d'autre?

Diane haussa les épaules.

– Peut-être. Doris Melnick dit qu'on devrait. Peut-être vaudrait-il mieux ne pas commencer à creuser la piscine, attendre pour cela qu'elle n'ait plus ce genre de problème. Tu comprends, Steve, si jamais elle sortait en plein milieu de la nuit et qu'elle tombe dans le trou, on ne s'en apercevrait pas avant le lendemain matin.

– Ne t'en fais pas une montagne, chérie. Suffira de penser à fermer toutes les portes à clé, voilà tout. (Il se pencha pour lui mordiller le lobe de l'oreille; elle se détendit un peu.) Tu veux toujours une piscine, non?

– Tu parles! (Elle le repoussa en riant.) La première piscine du quartier. La première famille à s'établir ici...

– Le premier baiser de la soirée, grommela Steve dans le même registre que le tonnerre approchant.

Ils s'embrassèrent. Sur l'écran, au pied du lit, Humphrey Bogart et Lauren Bacall faisaient de même. Sur la coiffeuse, contre le mur, deux figurines de céramique se faisaient la révérence.

– Maman, j'ai peur, fit Robbie, debout sur le seuil.

Diane essaya de dissimuler le joint. Steve lui sourit et soupira:

– Ah! la vie de famille! (Puis, s'adressant à Robbie:) Allez, terreur, on va aller voir de quoi il retourne. (Il souleva son fils et le posa à califourchon sur ses épaules.) Attention la tête!

A présent, il était assis sur le lit à côté de Robbie.

L'arbre frappait à la fenêtre. De l'autre côté de la chambre, Carol Anne était recroquevillée sous ses couvertures.

– Il essaie d'entrer, Papa, murmura-t-elle.

– Cet arbre n'a aucunement l'intention d'entrer dans cette maison, affirma Steve d'un ton péremptoire. Il est très vieux, Ebéneezer est son nom, et il se trouve qu'il monte la garde devant votre chambre, si bien que rien ne peut y entrer.

Dehors, une rafale de vent souleva le couvercle d'une poubelle et l'envoya rouler avec fracas à l'autre bout de la rue. Un nouvel éclair illumina le grand arbre : il semblait s'être complètement transformé, ses branches se tendaient comme autant de bras monstrueux vers la maison, sa fourche maîtresse paraissait une gueule béante. Les enfants sursautèrent, le tonnerre retentit, et ils sursautèrent à nouveau.

– Voilà ce que vous allez faire, reprit Steve d'une voix paisible et paternelle : il vous suffit de compter les secondes qui s'écoulent entre l'éclair et le tonnerre. Si vous arrivez à trois, cela signifie que l'orage est à un kilomètre. Et si vous arrivez à compter de plus en plus de secondes à chaque fois, c'est qu'il s'éloigne. Vous voyez qu'il n'y a pas de quoi avoir peur.

– Moi, je sais compter jusqu'à onze, affirma Carol Anne.

– C'est très bien, ma gazelle. Je t'écoute.

– Un, deux, trois, quatre...

– Non, attends un éclair, Carol Anne.

Il ne tarda pas.

– Un, deux, trois...

Steve se leva discrètement et sortit.

– ... sept, huit, neuf...

Très loin, les cieux grondèrent. Les enfants étaient apaisés. Steve regagna sa chambre. En chemin, il s'arrêta pour coller l'oreille à la porte de

Dana. De la musique. Il ouvrit et passa la tête à l'intérieur.

– Bonne nuit, Dana.

– 'Nuit, p'pa.

– Tu raccroches le téléphone, Dana.

– Entendu, p'pa.

Il referma et partit vers sa chambre en souriant du sourire du patriarche satisfait.

Robbie ouvrait de grands yeux sur la nuit. Des ombres se mouvaient, tentaient de renverser la maison. La bâtisse craquait sous la poussée.

Finalement, la pluie survint. Elle commença par crépiter sur les vitres, puis tomba à verse, martelant la maison, brouillant les contours de toutes choses. Robbie en était certain, maintenant : il s'agissait d'une attaque.

La nuit s'alluma à nouveau, comme l'explosion d'un missile dans l'espace profond, silencieux et violent. L'arbre se convulsa comme sous la souffrance. Robbie comptait mentalement, dans l'attente de l'onde de choc, « ... cinq, six, sept... »

Le tonnerre commença très bas, tel le grondement d'un roquet, s'approcha par vagues à ras du sol, puis atteignit la maison, la secoua, la martela. Robbie entoura son ours en peluche de ses bras et le tint étroitement enlacé. Les couvertures ramenées sur la tête, Carol Anne, un peu désorientée, glissait un œil au-dehors pour ne pas perdre de vue son frère aîné.

Nouvel éclair. L'arbre se courbait vers la maison dont il battait le flanc de ses poings gigantesques. La cavité qui formait sa bouche était grande ouverte : elle riait, hurlait.

« ... deux, trois... »

Le tonnerre arriva plus vite cette fois, plus pesant, plus insistant. On eût dit qu'il saisissait la maison pour la secouer furieusement et que jamais plus il ne la lâcherait. Les serres de l'arbre vinrent crépiter contre les carreaux. Le vent hurlait comme une goule; la pluie commença à passer sous la fenêtre. Robbie voulait fermer les yeux, mais il ne parvenait pas à détourner le regard, ne pouvait pas ne *pas* voir, n'arrivait pas à...

La foudre frappa le chêne. Un éclair aveuglant, une onde de choc instantanée, une épouvantable commotion de bruit et de lumière. L'arbre leva ses bras au ciel, les enfants se mirent à hurler, sautèrent de leur lit et détalèrent dans le couloir.

Steve et Diane sursautèrent, puis sourirent avec compassion à l'instant où les deux petits firent irruption dans leur chambre.

– D'accord, annonça Steve et leur ouvrant les bras, tout le monde dans le même lit. Que voulez-vous regarder, *Superman* ou *Dallas*?

Les petits investirent le lit.

« ... Vous nous retrouverez à 6h30 pour un survol de la circulation. D'ici là, passez une bonne nuit. »

Le drapeau national fit place à la danse neigeuse des électrons; les programmes de la KTCV venaient de prendre fin. Dehors, la pluie tombait toujours, régulièrement, sans passion. Le vent semblait moins fort; l'orage était maintenant si éloigné qu'il clignotait à peine à l'horizon, perturbant faiblement le grésillement du téléviseur. On n'entendait plus le tonnerre.

Quatre formes dormaient, inertes, sur le grand lit – Steve, Robbie, Carol Anne et Diane. A la lueur du poste, on eût dit des statues de calcaire, des fantômes. Dans le reste de la maison, tout n'était que paix et silence.

Tout à coup, Carol Anne ouvrit les yeux. Elle se souleva, rampa jusqu'au bord du lit et marcha jusqu'au téléviseur.

Des formes vagues se mouvaient dans la neige de l'écran.

– Bonjour, balbutia la petite.

Des chuchotements ténus sortirent du poste. Une voix. Non, plusieurs voix, nombreuses, qui se déplaçaient en même temps que les formes. Des semblants de formes, avec des semblants de voix, appelant, s'agitant.

– J'arrive pas à vous entendre. (Carol Anne ne semblait pas effrayée, juste curieuse, ou peut-être un peu étonnée.) Etes-vous là?

Les chuchotis crûrent. De minuscules éclats de lumière apparaissaient maintenant sur la surface de l'écran, comme autant de microscopiques explosions de photons, de cristaux de lumière. Carol Anne avança la main.

Une main vint à la rencontre de la sienne.

Une main brumeuse, sans forme ni substance, sortit de l'écran. Sans forme, c'était pourtant bien une main, avec des doigts qui se recourbaient vers le haut, puis vers le bas. Ils vinrent palper sa tête, ses cheveux, son cou délicat.

Puis cette main s'éleva au-dessus de la fillette et s'aventura dans la pièce au bout d'un bras ectoplasmique qui s'allongeait de seconde en seconde sans quitter l'écran. Ce bras s'étira au point que la main flotta bientôt au-dessus du lit, au-dessus des paisibles dormeurs.

Alors lentement, délibérément, elle descendit vers le lit, vers les formes endormies. Elle s'intéressa d'abord au garçonnet, palpa du doigt la légère dépression de sa poitrine, caressa sa joue, étouffa ses gémissements.

Puis ce fut le tour de Diane. Elle rampa un moment le long de sa peau, la retourna sur le dos et la palpa longuement; enfin elle entoura la jambe de Steve d'un de ses doigts, et serra, serra pendant un long moment.

Puis elle s'éleva pour planer à nouveau au-dessus du lit. Carol Anne la regardait, fascinée. Les doigts ne cessaient de bouger, comme analysant l'atmosphère. Enfin, le bras tentaculaire traversa toute la longueur de la chambre et la main s'immobilisa contre le mur. Elle crût en luminosité, comme si elle se gorgeait de lumière... alors, tout à coup, l'ensemble, main et bras, se détacha de l'écran et franchit le mur avec un BOUM assourdissant.

Tout le monde bondit. Robbie se mit immédiatement à pleurer. La pièce se mit à trembler, les fenêtres à craquer. Les cadres se décrochèrent des parois, les ampoules explosèrent. Les figurines de céramique volèrent à travers la pièce pour aller se fracasser contre le mur opposé.

Puis subitement, tout cessa. Un silence inquiétant retomba sur la pièce. Dehors, la tempête était terminée.

Pendant un long moment, rien ni personne ne bougea.

Puis Carol Anne balbutia :

– Ils sont ici.

2

Le lundi matin, Steve entreprit de nettoyer les débris qui s'étaient amoncelés sur le côté de la maison : la branche que la foudre avait arrachée au chêne, des troènes déracinés, des cartons imbibés d'eau. Un vrai désastre.

Dans le jardin de derrière, un bulldozer creusait une profonde excavation équarrie d'un côté, en pente douce de l'autre : le terrassement de la future piscine. A l'intérieur, on entendait Diane qui préparait le petit déjeuner. Bref, la typique frénésie d'un lundi matin.

Mains dans les poches, Ben Tuthill s'approcha. Ce type était un crétin, chauve et replet. Bien qu'il eût du mal à le supporter, Steve s'imposait une courtoisie formelle, nécessaire à un voisinage vivable. Sans trop savoir pourquoi, il était toujours disposé à offrir une dernière chance à ce trou du cul.

Tuthill vint se planter à proximité. Il gardait les mains au fond des poches; il n'allait sûrement pas se les salir pour aider un connard comme Freeling. Sans doute venait-il savourer le spectacle, ou faire quelque fumeuse mise au point. Ignorant sa présence quelques secondes de plus qu'il ne convenait, Steve acheva de retirer de la gouttière les brindilles qui l'obstruaient, puis s'essuya les mains et arbora un large sourire.

– Bonjour, Tuthill.
– On dirait une zone sinistrée chez vous, Freeling.
– Ouais, je viens d'avoir le gouverneur. Il envoie la troupe. Ça vous dérange si les hélicoptères utilisent votre toit?
– Ça fait un bout de temps que je vous dis d'abattre cet arbre.
Steve se massa le genou et s'appuya sur la rambarde de la véranda.
– Ça, encore, c'est de la bricole. Ce qui est pire, c'est le résultat du séisme, à l'intérieur.
– Qu'est-ce que c'est que cette histoire de séisme?
– Vous n'avez rien senti? Vers 2 heures et demie, cette nuit. Tous les cadres se sont décrochés.
– Non. Et la radio n'en parlait pas ce matin. C'est sûrement cet arbre qui de toute la nuit n'a pas cessé de battre contre votre maison. Devriez vous en débarrasser; c'est un véritable danger.
Tuthill eut un grand sourire et regagna sa maison, les mains dans les poches.
Steve entra dans la cuisine. Assis à table, Robbie et Carol Anne hésitaient entre manger, se disputer et glisser des tranches de bacon à Buzz, sous la table. Tout en battant des œufs, Diane parlait dans le combiné du téléphone coincé sur son épaule. Sur le comptoir de séparation entre cuisine et salon, un petit récepteur noir et blanc déversait le premier programme de variétés de la journée. Croquant un brownie, Dana se peignait devant son reflet dans la porte vitrée légèrement fumée.
– Je suis à la bourre, dit Steve.
Il ramassa un petit pain et franchit la porte avant que Diane ait pu réagir. Robbie bondit de sa chaise.
– A la bourre, fit-il en s'élançant vers la porte.
Mais sa mère fut plus rapide.

– Finis d'abord ton verre de lait, ordonna-t-elle. (Robbie se rassit. Diane reprit sa conversation téléphonique :) Impossible aujourd'hui. C'est Steve qui prend le break, et je ne vois pas comment je pourrais entasser seize lardons dans la *Datsun*.

– Tu n'as qu'à les mettre sur une assiette et dans la boîte à gants, fit Dana en observant soigneusement sa bouche dans le reflet.

– Des lardons à pattes, petite futée, lui lança Diane. Bon, Sharon, faut que j'y aille. On se retrouve chez l'antiquaire.

Elle raccrocha et versa ses œufs brouillés dans une poêle bien chaude.

– Maman, est-ce que je pourrais prendre un appartement avec Heather et Serena?

– C'est absolument exclu. Je ne vois même pas pourquoi tu me demandes une chose pareille.

Diane salait les œufs, sans cesser de les remuer à l'aide d'une spatule.

– Tu comprends, c'est pas que je ne me plaise pas follement ici, reprit Dana sans quitter son reflet des yeux. Mais avec ces tremblements de terre incessants, je n'arrive pas à faire mes devoirs. A mon avis, cet endroit possède un mauvais karma.

– C'est quoi un karma? trompeta Robbie.

– Le karma, pauv'pomme, c'est ce qui fait qu'après ta mort tu deviendras un petit trognon tout desséché.

Satisfaite de sa coiffure, Dana vint s'asseoir à table.

– Dana, je ne veux pas t'entendre parler de cette façon, dit Diane en apportant les œufs.

– Beurk!... Des embryons de poulet déchiquetés!... Sûrement des victimes du tremblement de terre.

– Dana!

Le chien se mit à aboyer. Carol Anne se leva de table pour aller régler le téléviseur sur le canal 8, vacant à cette heure. Comme dans un état second, elle s'assit devant l'écran, le regard rivé à la neige qui y grésillait.

– Carol Anne.... commença Diane avec une expression soucieuse.

Dana saisit ses livres de cours.

– Peut-être la ligne de failles passe-t-elle juste sous la maison. Ce serait trop drôle.

– Y a des morceaux de plâtre plein mon lit, fit remarquer Robbie.

– Carol Anne, reprit Diane, est-ce que tu te souviens de cette nuit, quand tu as dit : « Ils sont ici » ?

– Oui, fit Carol Anne sans quitter l'écran des yeux.

– De qui parlais-tu, mon chou? Qui est ici?

– Les habitants de la télé, répondit-elle d'un air rêveur, la bouche pleine de céréales.

– Elle est sûrement défoncée, observa Robbie en souriant.

– Qu'est-ce que tu connais à ça, toi? fit Dana d'un air peiné.

– Plus que toi. T'as qu'à demander à papa.

Avant que Diane ait pu les réprimander, le verre de lait se brisa dans la main de Robbie, se désintégra littéralement en une centaine de fragments, projetant violemment son contenu sur toute la surface de la table. Elle fit un pas en direction du garçon, quand subitement, elle crut voir du coin de l'œil une cuiller se tordre dans l'égouttoir. Elle sursauta. Sa serviette lui tomba de la main. Le lait coulait sur le pantalon de Dana.

– Hé! s'écria celle-ci en s'écartant vivement de la table.

– C'est pas d'ma faute, assura Robbie en levant les mains au ciel.

– T'as réussi ton coup, crétin! J'ai cours dans vingt minutes.

– Maman! glapit Robbie.
– Donne-moi ce verre avant que tu ne te coupes.
Il remit le tesson à sa mère et en profita pour s'éclipser.
– J'suis en retard, m'man, faut que j'm'en aille.
Et il claqua la porte derrière lui, laissant Diane seule avec Carol Anne qui affinait le réglage du poste, et Dana qui se précipitait dans l'escalier pour aller se changer.
– Mon chou, reprit Diane, qu'entendais-tu par : « Ils sont ici »?
– Les habitants de la télé, répéta la petite, absorbée par l'écran désert.
– Quels habitants de la télé, mon cœur?
Pendant une seconde, Carol Anne considéra sa mère, comme si elle cherchait quelque chose, puis elle se remit à fixer le récepteur et les points lumineux qui y dansaient.

Doris Melnick appela une demi-heure plus tard pour donner à Diane les coordonnées du Dr Bremer, le spécialiste.
– Le seul problème, précisa Doris, c'est qu'il faut que tu ailles le voir tout de suite ou que tu attendes six semaines. Son carnet de rendez-vous est plein à craquer mais je viens d'avoir sa secrétaire : quelqu'un s'est décommandé ce matin. *Ce matin.* Si c'est pas un signe du destin...
Diane ne croyait pas aux présages; en revanche, elle croyait à la chance, que l'on saisit au vol ou que l'on laisse passer. Et elle n'était guère enthousiaste à l'idée de patienter encore six semaines durant lesquelles Carol Anne poursuivrait ses conversations avec la télévision, sans parler de la séance de hurlements de la veille.
– Bon, comment fait-on pour se rendre à son cabinet? dit-elle après un instant de réflexion.

Doris lui donna toutes les indications, et Diane se retrouva assise en compagnie de sa fille dans une salle d'attente agencée avec goût. La fillette, mal à l'aise, fixait le mur tendu de tissu, tandis qu'un haut-parleur diffusait des airs comme « Le Marchand de Sable », « Fais Dodo, Colas Mon P'tit Frère », ou « Meunier, Tu Dors ». Sur la porte, une plaque :

CARL BREMER, docteur en médecine
TROUBLES DU SOMMEIL

Au bout de cinq minutes, l'interphone du bureau de la réceptionniste sonna discrètement. Celle-ci annonça à Diane que le docteur allait la recevoir. Diane et Carol Anne se levèrent et entrèrent dans la pièce voisine.

Le Dr Bremer se leva de son fauteuil.

– Comment allez-vous? Je suis le docteur Bremer. Vous devez être madame Freeling... et toi, Carol Anne.

Sans cesser de sourire, il leur serra la main à toutes les deux. Il était plus jeune que Diane ne s'y attendait, ce qui la déconcerta quelque peu. Carol Anne fixait le sol d'un air timide.

– Oui... je... comment allez-vous?

On sacrifia aux diverses formalités et plaisanteries d'usage; puis le médecin en vint au fait :

– Eh bien, qu'est-ce qui vous amène?

– Voilà. Ma fille s'est mise à faire du somnambulisme il y a plusieurs semaines, et il me semble que cela empire. Au début, en nous levant le matin, nous la trouvions endormie dans la baignoire – entre autres endroits bizarres. Une fois, elle était dans le salon, en train d'arracher méthodiquement les feuilles du ficus. Mais la plupart du temps, c'est la télévision. Elle se plante en face du poste qu'elle règle sur un canal vacant, et elle lui *parle*. Et puis il y a aussi ces rêves étranges qu'elle fait sans arrêt. Et voilà qu'hier nous l'avons trouvée devant le poste en train de hurler, je vous jure, comme si on l'égorgeait. Il a fallu une bonne heure pour la calmer; puis, après avoir un peu dormi, elle s'est réveillée sans le moindre souvenir de ce qu'il venait de se passer.

Diane se laissa aller contre son dossier avec un profond soupir. Elle était soulagée et comme étonnée d'avoir pu tout raconter d'une traite. Le Dr Bremer eut un sourire rassurant.

– Avant tout, madame Freeling, évitez de vous en faire une montagne. Tout cela n'a rien de vraiment extraordinaire et ce n'est probablement pas très grave.

– Qu'entendez-vous par « probablement »?

– Je veux dire qu'à première vue de tels épisodes de simple somnambulisme ne sont associés à aucune pathologie patente. Et que l'enfant s'en sort en général très vite. Notre thérapie vise à placer l'enfant dans un environnement sans dangers, de façon qu'il ne se blesse pas par inadvertance.

Tandis qu'il parlait, l'œil de Diane fut attiré par un grand tableau accroché derrière le bureau; une femme en chemise de nuit dormait sur un lit, un drôle de petit démon était posé sur elle et une tête de cheval sauvage émergeait de l'arrière-plan obscur. Bremer remarqua son intérêt.

– Une toile étonnante, n'est-ce pas? Ce n'est évidemment qu'une copie. C'est de Fuseli, et cela s'intitule *Le Cauchemar*. Jadis, on croyait que les rêves étaient des visitations d'anges, de démons, d'incubes et cætera. Nous n'en sommes évidemment plus là.

Cet homme parlait avec une suffisance plutôt rassurante.

– Bon, fit Diane, plus détendue, quelle est la suite des événements?

– Eh bien, nous pourrions prendre date pour un électro-encéphalogramme et quelques tests psychologiques de criblage, du type TAT ou MMPI. Mais pour l'instant, j'aimerais bien que Carol Anne me parle un peu de ses rêves. (Il se pencha vers la fillette.) Peux-tu me raconter certains de tes rêves, Carol Anne? Cela me ferait très plaisir.

La petite eut un surcroît de timidité; elle se mit à glousser en regardant alternativement ses genoux et sa mère.

– Allez, Carol Anne, ne fais pas le bébé. Raconte au Dr Bremer ce que tu nous racontes, à papa et à moi. Parle-lui de celui avec l'oiseau orange.

Les exhortations de sa mère ne furent pas sans effet. Ses yeux s'agrandirent et elle entreprit de se souvenir des créatures de ses rêves.

– L'homme de feu? fit-elle en levant le nez vers Diane. (Celle-ci hocha la tête et la fillette se tourna vers Bremer.) C'est pas un homme pour de vrai, ça serait plutôt un oiseau, mais il est vraiment fait en feu.

– Oui, et que fait-il dans ton rêve?

– Oh! il vole, et il est tout orange. Des fois, il me prend dans ses bras, mais ça me brûle pas. Mais des fois aussi, je tombe.

– Et que se passe-t-il?

– Ben, je tombe. Alors, l'homme d'ombre se met à rire, et il essaie de m'attraper, mais je le laisse jamais faire, à cause de ses dents, alors il s'en va aussi en volant.

– Ce rêve, tu l'as fait plus d'une fois?

Carol Anne acquiesça d'un air pénétré.

– Raconte-m'en un autre.

– J'aime pas celui avec l'homme-étoile; il fait trop de bruit, annonça-t-elle avec une expression réprobatrice. Mais j'aime beaucoup la partie où arrive l'homme-arbre, sauf quand l'homme de feu se met à le faire brûler. Je trouve ça triste. C'est à ce moment-là que tout le monde se met à pleurer.

– Comment cela, tout le monde?

– Il y a plein de gens avec des habits rigolos, comme dans l'album de ma grand-mère.

Bremer continua de la faire parler. Elle poursuivit sa description d'un monde onirique peuplé de créatures bonnes et mauvaises, d'êtres de flammes, de feuilles, d'étoiles ou d'obscurité. Ces êtres jouaient avec elle, la poursuivaient, l'ignoraient ou la menaçaient. Et puis il y avait autre chose encore, quelque chose dont elle ne voulait pas parler. Quelque chose qui la fit se taire.

Au bout d'une heure, le Dr Bremer se recula contre son dossier, apparemment satisfait.

– Eh bien, il me semble que nous avons fait pas mal de chemin. J'aimerais vous revoir dans... disons, quelques jours, de façon à commencer les tests.

– Alors... que pensez-vous de tout cela? demanda Diane, perplexe mais remplie d'espoir.

– A première vue, il n'y a pas de quoi fouetter un chat, assura le spécialiste avec un large sourire. Au cours des deux prochaines semaines, nous ferons le tour de la question et nous saurons s'il s'agit d'un simple somnambulisme, d'auto-hypnose ou encore d'épilepsie...

– D'épilepsie!

– Pas d'inquiétude, je vous en prie. Je ne pense pas qu'il s'agisse d'épilepsie, mais nous nous en assurerons. Et quand bien même cela serait, madame Freeling, nous disposons de nombreux remèdes contre ces troubles.

Il avait à nouveau revêtu son expression suffisante.

– Bon... eh bien, merci, dit faiblement Diane en se levant pour partir. Dis merci au docteur, Carol Anne.

– Merci, fit la petite en regardant ses pieds.

– C'est moi qui te remercie, dit Bremer. J'ai trouvé tes rêves très intéressants.

De retour à la maison, Diane prépara le déjeuner pour elle et sa fille. Elle ne savait que penser des affirmations de Bremer – la consultation l'avait laissée à la fois déprimée et excitée – mais au moins elle avait pris le taureau par les cornes. Carol Anne allait recevoir de l'aide.

Elle consacra l'heure suivante au nettoyage de sa chambre. Les sous-verre fracassés parsemaient le sol. Des flocons de mousse blanche, tombés du plafond insonorisé, se prenaient dans les fibres de la moquette.

Buzz ne se montrait d'aucun secours. Il semblait persuadé que le jeu consistait à essayer de mordre le soulier de Diane lorsqu'elle se penchait en avant, puis à se sauver à l'autre bout de la pièce pour revenir aussitôt à la charge. Diane faisait une excellente partie, mais Buzz menait sans peine.

A la mi-temps, Diane s'assit par terre, adossée à la coiffeuse, pour fumer une cigarette. Buzz alla se vautrer sur le lit, mais Diane était trop éreintée pour l'en chasser. Alors qu'elle terminait sa *Virginia Slim,* une chose étrange arriva. Sur le lit, Buzz se dressa face au mur et se mit à gronder.

– Eh bien, Buzz, qu'est-ce qui ne va pas?

Le grand chien découvrit ses crocs et continua de gronder.

Diane se leva pour aller vers le mur qui paraissait tant l'inquiéter. Il n'y avait rien là de remarquable. Ce n'était que le mur nu de la tête de lit, avec sa couche de peinture d'un blanc douteux qui remontait déjà à cinq ans. Non, rien de particulier, pas le moindre... Ah! mais si, il y avait quelque chose de nouveau. Une tache, tout en haut; plus précisément, une ombre de deux ou trois centimètres. Une souillure brunâtre, qui paraissait presque matérielle.

Elle la frotta : nul dépôt sur son doigt, mais, le reniflant, elle sentit une écœurante odeur de moisi. Le chien reculait en aboyant.

Diane essaya en vain d'enlever cette tache avec un chiffon humide. Elle utilisa sans plus d'effet une éponge et de l'*Ajax*, une brosse et du vinaigre. La tache ne s'estompait même pas. Buzz considéra l'opération avec suspicion.

Tout à coup, et sans raison apparente, il changea complètement d'attitude. Sans quitter la tache du regard, il cessa de gronder et se mit à remuer la queue. Il s'assit sur son arrière-train et donna la patte ainsi qu'on le lui avait appris. Il descendit du lit, émit deux jappements, se roula sur le dos et s'assit en remuant la queue. Les yeux brillants, il se remit à fixer le mur.

– Buzz, mais que se passe-t-il *en* toi ? fit Diane, totalement interdite devant ce manège.

Mais ses propres paroles la mirent étrangement mal à l'aise, et elle se tut. Buzz sortit de la pièce.

Elle le suivit jusqu'à la cuisine. Quand elle arriva, il aboyait frénétiquement devant une chaise de cuisine, posée sur deux pieds et appuyée en équilibre précaire contre le lave-vaisselle. En dessous, sur le carrelage, était répandu un pot de confiture de fraises.

– Carol Anne ! s'écria-t-elle.

La fillette sortit de la buanderie.

– Est-ce vous, jeune demoiselle, qui avez fait cela ?

Carol Anne secoua la tête.

Pour Diane, mentir était la pire chose qui fût. De plus, après les événements qui avaient chamboulé sa chambre et le comportement inepte du chien, cet ultime incident était la goutte d'eau qui faisait déborder le vase. Elle attrapa Carol Anne par le bras et lui appliqua une bonne calotte sur le derrière. Les yeux de la fillette s'emplirent de larmes.

– N'essaie jamais de t'en tirer avec des mensonges, gronda sa mère. Mentir, c'est encore pire que de faire tomber un pot de confiture.

Diane alla chercher une serpillière dans le placard à balais. Lorsqu'elle revint, un instant plus tard, elle eut le souffle coupé.

Sur la table, les six chaises de cuisine étaient empilées en une pyramide régulière qui atteignait le plafond. Carol Anne se tenait immobile près de l'évier, là où Diane l'avait laissée une seconde plus tôt. Elle ouvrait de grands yeux étonnés. Le regard de Diane allait et venait de sa fille aux chaises.

– Les habitants de la télé? demanda-t-elle d'une voix étrangement calme.

Carol Anne eut un hochement de tête timide; elle ne tenait pas à être à nouveau accusée de mensonge. Diane faisait tout son possible pour rester calme et empêcher sa voix de trembler. Elle n'ignorait pas que la meilleure façon de terroriser un enfant était de lui laisser voir sa propre peur.

– Est-ce que tu les vois, ma chérie?

– Non, souffla la petite.

Elle sentait bien que sa mère était violemment troublée, mais elle n'en comprenait pas vraiment la raison. Peut-être que les habitants de la télévision méritaient une fessée.

– Tu as peur? demanda Diane.

– Non, se hâta de répondre Carol Anne qui avait retenu la leçon : il ne fallait pas mentir.

Diane s'en remit à ce qu'elle considérait comme le bon sens inné de sa fille, et puisa des indications dans les réactions de l'enfant. Elle se dit donc que si Carol Anne ne craignait rien, il n'y avait pas de raison qu'elle eût elle-même peur.

– Ecoute, ma chérie, Maman va remettre les chaises en place, et ensuite nous verrons si nous pouvons parler avec les habitants de la télévision. D'accord?

Carol acquiesça et sourit.

Buzz entra avec circonspection, renifla le sol, grogna, puis détala vers le jardin, la queue basse et les oreilles couchées en arrière.

– Et voici la deuxième salle de bains, annonça Steve avec un sourire engageant.

M. et Mme Laird jetèrent un œil dans la petite pièce immaculée et nue et suivirent Steve jusqu'à une cuisine immaculée et nue.

– Si j'ai bien compris, vous habitez vous-même dans le coin, commenta M. Laird.

– Absolument, confirma Steve. Nous avons été la première famille à s'installer ici. D'ailleurs, cette maison est la réplique exacte de la mienne.

– En effet, elles ont toutes un air de ressemblance, dit Mme Laird sans grand enthousiasme.

– En fait, nous proposons quatre modèles, expliqua Steve qui, sans trop savoir pourquoi, se sentait un peu sur la défensive avec cette cliente – peut-être quelque chose dans le ton de sa voix. Mais le règlement collectif est extrêmement souple; il vous serait donc très possible d'ajouter des appentis ou toute autre dépendance.

Comme ils retraversaient le couloir d'entrée, Mme Laird se mit à tapoter les murs.

– On dirait que c'est creux, marmonna-t-elle.

– Je vous montre l'étage, dit Steve en redoublant de prévenances.

Ils s'engagèrent dans l'escalier.

– Il semble qu'il n'y a pas encore grand monde d'installé dans le secteur, dit en élevant la voix M. Laird qui avait déjà atteint le palier.

– En effet, nous nous trouvons dans le quartier le plus récent, la quatrième tranche, comme nous l'appelons. Mais, faites-moi confiance, il ne va pas se passer longtemps avant que cette tranche soit aussi peuplée que la première, celle où est ma maison. Dans quelque temps, il sera impossible de faire la différence.

– C'est déjà le cas, fit Mme Laird à voix basse.

Steve les fit entrer dans la grande chambre et leur ouvrit les fenêtres afin qu'ils embrassent pleinement la vue des collines paisibles et douces.

– Ça tourne à la pluie, observa M. Laird.

– Par ici, je vous prie, répondit Steve en les conduisant aux chambres de derrière. Chez nous, celle-ci est la chambre des petits.

Mme Laird entra, vérifia que la lumière fonctionnait puis ouvrit le placard et formula sa première approbation :

– Oui, les placards sont spacieux.

Assise dans son laboratoire de l'université de Californie à Irvine, le Dr Martha Lesh étudiait des données. Elle avait soixante et un ans et portait les cheveux serrés en chignon, ce qui lui donnait un air sévère; mais ce n'était pas quelqu'un de sévère.

Une fois dépassée cette façade de réserve, elle apparaissait comme une personne plutôt chaleureuse; ici, toutefois, dans son laboratoire, elle cultivait cette image car il lui semblait qu'ainsi les choses fonctionnaient plus rondement. Elle avait l'habitude d'influer par son attitude sur différents environnements; psychiatre de formation, elle avait été professeur à temps plein pendant plus de dix ans.

Avec le temps, son intérêt était passé de la psychologie traditionnelle à la parapsychologie, à l'étude de phénomènes paranormaux tels que la télékinésie, la prescience, la réincarnation, toutes choses qui à présent étaient parfaitement de son ressort. Il s'agissait d'un champ très vaste, englobant des choses auxquelles elle croyait, des choses auxquelles elle ne croyait pas, et des choses enfin dont elle devait remanier la définition toutes les fois qu'elle leur était confrontée. Ainsi elle était convaincue – au terme de nombreuses expériences – que la perception extra-sensorielle représentait un phénomène, sinon élucidé, du moins réel; il s'agissait, selon elle, d'un transfert d'information à travers une certaine nature de champ électromagnétique, sur une fréquence et une longueur d'onde inconnues. La télékinésie lui posait plus de problèmes; déplacer ou modifier à distance la matière requérait (toujours selon elle) une source d'énergie plus importante que tout ce que l'on pouvait démontrer ou concevoir au niveau de l'esprit humain. Elle n'en avait pas pour autant écarté la télékinésie du champ de ses travaux; sur le mur au-dessus de son bureau, elle avait placardé une citation de l'astronome Fred Hoyle : « L'univers n'est pas seulement plus étrange que nous l'imaginons, il est plus étrange que nous ne *pouvons* l'imaginer. »

Il y avait malgré tout des choses qu'elle n'acceptait pas. Ainsi elle ne croyait pas à la réincarnation, car celle-ci postule nécessairement la migration de l'âme, et le Dr Martha Lesh ne croyait pas à une chose telle que l'âme. Elle croyait en la science.

Mais elle avait foi en l'homme, et cela adoucissait son pragmatisme foncier. Elle concevait ses recherches autant comme une investigation des ressources humaines que comme un questionnement de l'univers. «La scientifique au cœur d'or », l'appelait parfois Marty.

Marty Lewandowsky était le technicien en chef du laboratoire. Pour l'instant, il s'affairait derrière le Dr Lesh sur l'électro-encéphalographe. A vingt-sept ans, il se considérait comme un type plutôt cool et ne croyait guère qu'en son chèque bimensuel. Non qu'il fût sceptique quant aux expérimentations de Martha Lesh; elles ne le passionnaient pas, voilà tout. A part cela, il travaillait dans un endroit agréable où il assouvissait sa passion de l'électronique; les gens qu'il côtoyait étaient du genre sympa, les horaires souples, et puis quantité de jolies étudiantes évoluaient continuellement dans les parages. Enfin, Martha Lesh était quelqu'un avec qui il faisait bon travailler.

– Plus d'encre dans le traceur huit, doc, lança-t-il par-dessus son épaule. Comment faut-il interpréter ça?

– Eh bien, remplis-le. Cela relève de tes fonctions, non? répondit-elle sans lever les yeux de ses papiers.

Ils aimaient à se taquiner.

– Vous revoyez les tracés de Tangina? demanda-t-il.

– Oui, et je crois bien que quelque chose commence à en ressortir: toutes les fois qu'elle a de bons résultats aux tests psy, son électro-encéphalogramme révèle une prépondérance statistiquement significative du...

– Du rythme alpha?

– Tout juste. Mais cela, nous le savons plus ou moins depuis le début. Non, ce qui apparaît ici – et ce d'autant plus que je sais maintenant ce que je cherche – c'est l'activité *PGO*. Les pointes ponto-géniculo-occipitales.

– Comme celles que vous relevez en période de sommeil paradoxal?

– Exactement. Et c'est justement ce qui m'intéresse dans cette découverte. Cela pourrait suggérer que le phénomène psy est qualitativement proche de l'état onirique – ce qui est d'ailleurs communément admis depuis toujours.

Ryan entra et s'assit.

– Ne me dites pas que vous discutez encore

vaudou, s'esclaffa-t-il en posant ses livres sur la table.

Ryan Mitchell était un des étudiants de dernière année du Dr Lesh. C'était un garçon brillant, bouillant, avec des opinions bien arrêtées. Dans ce laboratoire, il avait assisté à des démonstrations de télépathie menées par Martha Lesh; mais il témoignait d'un scepticisme railleur à l'égard de tous les autres aspects de la parapsychologie, à cause de l'absence de preuves irréfutables ainsi que des illuminés et des charlatans qui encombraient le domaine.

Mais Ryan n'avait rien de cynique. Il s'en tenait à de rigoureux critères d'exactitude, et toute chose qui n'entrait pas dans le cadre de ces critères était hautement suspecte, peu digne d'intérêt, voire totalement dénuée de valeur. Tout lui inspirait un scepticisme *a priori*. Dès lors, cependant, qu'un phénomène résistait à l'examen de son œil impartial, Ryan Mitchell se mettait à y croire et était prêt à défendre sa conviction contre toutes les attaques.

Malheureusement, la plupart des « preuves » de phénomènes paranormaux ne tenaient pas face à ses stricts critères.

Ainsi, il était convaincu que Tangina simulait.

– Marty était en train de parler d'encre, dit Martha Lesh. Quant à moi, je parlais de l'*EEG* de Tangina.

– Nous devrions la laisser partir, affirma Ryan. Vraiment, Martha, elle perd son temps avec nous et nous avec elle.

– Ce n'est pas mon avis, Ryan. Cela pour deux raisons. Primo – et c'est justement ce que je disais à Marty –, je commence à discerner un élément caractéristique dans son *EEG*. Tiens, jette un œil sur ces pointes *PGO*; elles apparaissent toutes les fois que le tracé indique une expérience de fonctionnement paranormal. (Ryan se mit à examiner la feuille de l'électro-encéphalographe; Martha Lesh poursuivit :) L'autre raison qui fait que je ne la crois pas simulatrice, c'est qu'elle est complètement bouleversée. Elle-même a peine à croire en certaines de nos expériences; elle aimerait bien en avoir terminé avec tout cela, et en outre elle ne serait jamais venue nous trouver si sa sœur n'avait pas insisté pour qu'elle se fasse « soigner ». Non, je pense qu'avec Tangina, nous tenons un cas solide.

– Pour du solide, c'est du solide, fit Ryan d'un ton sarcastique.

– Quel est le programme de ce soir? demanda Marty.

– Ce soir, nous reprenons tout à zéro, dit Martha en enlevant ses lunettes pour s'essuyer les yeux. Monitorage de l'*EEG*, observation et analyse des variations de potentiel et du champ électromagnétique, d'abord sous hypnose, puis en état de sommeil.

– Bon, moi je dis que nous perdons notre temps. Mais après tout, je ne suis qu'un simple étudiant.

– Et moi, je ne fais que vivre ma vie, monsieur Mitchell, lança Tangina depuis le seuil de la pièce.

Il y eut un moment de silence gêné pendant lequel les trois scientifiques se demandèrent depuis combien de temps elle les écoutait. Mais Tangina rencontrait souvent ce genre de situation embarrassée : c'était une naine.

– Tangina, Ryan ne se voulait pas insultant, déclara enfin le Dr Lesh. Il est né sceptique. C'est tout simplement sa façon à lui d'être... scientifique.

– Très franchement, peu m'importe que vous croyiez ou non en mes pouvoirs, pourvu que vous parveniez à mettre un terme à mes rêves.

– Nous allons faire tout notre possible, assura

Martha Lesh d'une voix douce. C'est tout ce que je peux vous promettre.

Lundi soir. Steve était sur le chemin de la maison. Des cumulus tapissaient une fois de plus le ciel. Il espérait que cela ne serait pas une tempête comme celle de la veille. Tout le monde à la maison avait besoin d'une bonne nuit de sommeil.

A la sortie du dernier virage, il émit un grognement : trois poubelles bloquaient la rampe menant au garage.

– Encore un coup des gosses, marmonna-t-il en rangeant la voiture le long du trottoir.

Il descendit et entreprit de dégager le passage. Diane arrivait en courant.

– Chérie, lui cria-t-il, devine qui a acheté le 4-237...

– Amène-toi! Vite! haleta-t-elle en lui saisissant le poignet.

– Hé, attends un peu. Il faut que je rentre la voiture.

Jamais il ne l'avait vue dans cet état. Son visage était tout à la fois blême et congestionné.

– Laisse. Viens vite voir, avant que ça n'arrête.

Elle l'entraîna au pas de course vers la maison, dans le couloir et jusqu'à la cuisine. Son front était couvert de sueur; il y avait en elle une sorte d'hystérie dont Steve n'avait jamais été témoin : elle était vraiment à bout.

– Chérie, que se passe-t-il, tu as l'air...

– Oui, oui, maintenant, écoute-moi. Robbie et Dana sont partis manger chez les Sanderson. Je les ai tenus à l'écart. Dana irait raconter ça partout, ou bien elle aurait honte, et Robbie en aurait pour trois semaines à dormir avec nous. Mais Carol Anne est dedans depuis le début, et...

– Diane, si ça ne te fait rien, calme-toi. Assieds-toi une petite seconde et dis-moi ce que...

– Mais merde, c'est toi qui vas t'asseoir! cria-t-elle d'une voix dont la force les surprit tous les deux. (Puis elle reprit un ton plus normal :) Non, non... ne bouge pas. Et... et essaie de ne pas te braquer.

Carol Anne entra, l'air chagrin. Elle avait à la main un casque de football aux couleurs des *Chargers* de San Diego.

– J'ai faim, geignit-elle. Maman a même pas fait à dîner.

– On va aller manger une pizza, là! Ça te va? éclata Diane.

Puis elle se reprit et parvint à se forcer au calme.

Steve remarqua alors pour la première fois les marques de craie sur le sol. Des flèches, des carrés, des numéros, comme autant de hiéroglyphes obscurs. Une idée subite lui serra le cœur : Diane était-elle en train de perdre l'esprit?

– Ma chérie, que t'arrive-t-il?

Les lèvres de la jeune femme se mirent à trembler, sa respiration s'accéléra, mais elle se borna à lever les mains à hauteur de visage, comme pour dire : « Moi, ça va. » Alors, avec une détermination que n'avait pu saper l'irréalité de la situation, elle saisit une chaise de cuisine qu'elle plaça au milieu de la pièce, chaque pied à l'intérieur d'un cercle de craie.

– Là, comme ça, souffla-t-elle fortement. (Son comportement était quasiment psychotique.) Bon, tu es prêt? Regarde! Regarde!

Elle retira sa main du dossier et, le regard fixe, fit un pas de côté. Steve promenait son regard entre la chaise et Diane. Il voulut s'approcher d'elle, mais elle l'immobilisa du geste et hurla presque :

– Mais regarde donc!

Stupéfait, il vit la chaise se mettre à trembler sous ses yeux. La vibration augmenta au point qu'elle commença de s'ébranler, lentement d'abord, puis de plus en plus vite pour enfin traverser d'un trait la cuisine et venir s'immobiliser juste devant lui.

Diane eut un sourire de triomphe hystérique. Carol Anne se frottait les yeux en bâillant.

Steve s'agenouilla pour inspecter la chaise à la recherche de fils invisibles ou d'aimants. Rien. Il leva vers Diane un regard interrogatif.

– Attends, ce n'est pas tout, jubilait celle-ci, prête maintenant à partager son secret. Tu vas voir. Carol Anne, montre à Papa.

– J'ai faim, rechigna la petite.

– Ne discute pas! intima Diane.

Carol Anne comprit que toute protestation serait inutile. Elle se coiffa du casque de football et s'assit à l'intérieur d'un grand cercle de craie, non loin de l'évier. Steve fit un pas vers sa fille, mais Diane le retint. Tout à coup, Carol Anne se mit à trembler.

Tout comme la chaise, elle trembla ainsi pendant quelques secondes, puis elle franchit vivement l'espace qui la séparait des bras de sa mère.

– Oh, ça brûle, fit-elle en se frottant le derrière. Moi, je joue plus.

– Alors? exulta Diane à l'adresse de Steve.

– Qu'est-ce que c'est que ce bordel?

– Allez, essaie! fit-elle, comme possédée.

– Hein?

– Tu peux pas *savoir* ce que ça fait.

– Bon, c'est quoi le truc? Où est planqué l'aimant? (Il alla voir derrière la porte de la cuisine, se pencha sous l'évier, puis il revint vers Diane en hurlant :) J'ai horreur de la pizza! J'ai horreur des surprises! Et je ne comprends rien à ce qui se passe ici!

Diane en aurait presque pleuré; elle comprenait que tout cela ne sortait pas de son imagination, que Steve était tout aussi mystifié qu'elle.

– Je me suis dit que tu ne me croirais pas, que tu penserais que j'étais devenue cinglée. Alors, j'ai préféré te montrer. Mais ne me demande pas le pourquoi du comment; aide-moi seulement à trouver ce qu'on va faire.

La situation se faisait jour dans l'esprit de Steve.

– Tu veux dire... qu'il n'y a pas de truc? balbutia-t-il.

– Pas ici, en tout cas. Peut-être quelqu'un fait-il le mariole pas loin d'ici avec un nouveau générateur ou quelque chose comme ça...

– Qu'est-ce que tu racontes? Quel type de générateur pourrait...

– Ce que j'en sais, moi... je ne suis pas électricien.

– Je me demande si cela ne serait pas lié avec ce qui s'est passé cette nuit.

– Tu crois?

– Ouais, un genre de perturbation, dans...

– Papa, Papa! appela Carol Anne qui avait marché par inadvertance sur une des flèches de craie et traversait à toute vitesse la pièce.

Steve ouvrit les bras juste à temps pour la rattraper. Elle se mit à rire nerveusement, comme si c'était son père qui l'avait projetée dans les airs.

– Est-ce qu'on va manger la pizza, maintenant? demanda-t-elle.

– Bonsoir, Ben.

– 'soir Freeling. Madame Freeling.

Tuthill venait d'ouvrir sa porte de derrière. Les deux hommes restèrent les mains dans les poches. Diane avait les bras croisés.

– La télé n'est pas en route. Si votre poste se remet à...

– Non, non, il ne s'agit pas de ça. Nous nous demandions, euh... voilà, cela va peut-être vous paraître étrange venant de moi, mais...

– Ça m'étonnerait, marmonna Tuthill.

Il y eut un silence gêné. De plus en plus embarrassés au fil des secondes, les Freeling considéraient le bout de leurs pieds.

– Vous n'avez rien remarqué de... de drôle, ces derniers temps? lança enfin Steve d'un air confus.

Il ne tenait surtout pas à ce que son crétin de voisin pense qu'il devenait cinglé.

– Comment ça, drôle? drôle ha-ha ou drôle bizarre?

– Comme des... perturbations, tenta d'expliquer Diane.

– Du... vandalisme, vous voulez dire? proposa Tuthill, l'air perplexe.

De perplexe, son visage se fit suspicieux : il avait emménagé à Cuesta Verde pour fuir tous les tarés et les cinglés de la ville – pourquoi fallait-il qu'il en rencontre où qu'il aille?

Steve regrettait amèrement sa démarche. Diane, elle, laissa tomber d'un air détaché :

– Oh, comme de la vaisselle ou des meubles qui se promèneraient tout seuls?

– Je m'en fous, cela ne doit pas sortir de la famille, affirma Steve d'une voix paisible mais ferme. Tu as vu la tête de Tuthill? On a eu de la chance qu'il n'appelle pas immédiatement des colosses en blouse blanche.

Il faisait nuit. Steve et Diane étaient assis dans leur lit. Elle le regarda d'un air de doute. Il fit la moue.

– Bon, d'accord. Demain matin, j'appelle quelqu'un.

– Tu appelles quelqu'un? Tu veux dire qui? J'ai déjà fait les pages jaunes de l'annuaire. Question déménageurs, on est déjà servis. Peut-être que si nous cherchions à Manifestations Insolites...

– Attends un peu, fit Steve en levant la main. J'ai

une idée. Bon, il se passe quelque chose ici que nous ne comprenons pas. Je me sens vraiment ridicule...

– Il n'y a pas de quoi se sentir ridicule...

– Ah oui? Et quelle impression cela t'a-t-il fait quand Tuthill s'est mis à nous regarder comme si nous avions perdu les pédales? Selon toi, que dirait Teague si jamais Tuthill lui racontait quelque chose?

Le tonnerre grondait vers l'ouest, faisant momentanément sauter l'image de la télévision. Diane sourit.

– Il dirait probablement que tu as perdu les pédales.

– Alors, qu'est-ce que tu proposes? Qu'on fasse venir un exorciste? La police? Un sismologue?

– Ne dis pas de bêtises, Steve. D'ailleurs, tu viens de dire que cela devait rester entre nous.

– C'est juste. Bon. Allons réveiller les gosses. On ne va pas en faire une histoire. On les réveille, on va tous passer la nuit au motel et on ne remet pas les pieds ici avant que ça se soit tassé.

– Voilà que tu me fais peur à présent. N'essaie pas de me filer la frousse, Steve.

– Mais je n'essaie pas de te faire peur. J'essaie de me rassurer. Ecoute, ça vient sûrement du temps. Trop d'électricité dans l'air. Tout est peut-être magnétisé.

– Le temps, hein? l'électricité? fit Diane, une lueur de démence dans le regard. Et ça alors, tu peux me dire ce que c'est?

Debout sur le lit, elle montrait l'étrange souillure qui s'était formée en haut du mur.

– C'est une tache, suggéra-t-il.

– Une tache. Une tache qui n'était pas là hier. Une tache que notre chien n'a pas quittée des yeux de toute la journée. Une tache que je n'arrive pas à...

– Ça va. Maintenant, c'est toi qui essaies de me faire peur!

Ils restèrent un moment à se dévisager en silence, puis éclatèrent d'un rire nerveux.

– Oh, laissons tomber, fit Steve en secouant la tête. Ce foutu éclair a dû toucher ce satané mur et nous sommes tous devenus des zombis électriques, voilà tout.

Diane riait aux larmes; elle vint se blottir dans ses bras.

– Je suis certaine qu'il y a une explication parfaitement naturelle. Je suis restée dans la maison toute la journée, et rien de vraiment fâcheux ne s'est passé. Ce n'est sûrement qu'un phénomène physique. Un phénomène que nous ne sommes pas en mesure de comprendre. Seulement, nous nous en faisons un peu trop; nous avons pris tout ça bien trop au sérieux.

– Oui, tu as sans doute raison, acquiesça Steve. Mais c'est que tout cela est si foutrement bizarre!

Niché sous ses couvertures, Robbie regardait son arbre que de violents éclairs illuminaient.

– Un... deux... trois... quatre... cinq...

La foudre y allait de sa fureur primordiale. Dans la tourmente, les branches torturées du grand chêne venaient battre et griffer les vitres. Le ciel était un linceul gris et noir.

Un nouvel éclair zébra les nues. Quelque part, une ligne électrique dut être touchée; la veilleuse du placard vacilla et s'éteignit.

– Un... deux... trois...

Une formidable détonation ébranla la maison. Le mugissement du vent se fit encore plus lugubre; à la faveur de l'éclair suivant, Robbie vit son arbre se convulser.

– Un... deux...

BAOUM! La maison parut se tasser sur elle-même. Carol Anne ne cessait de se retourner dans son lit; Robbie, lui, restait absolument immobile, avec l'espoir que le monstre-arbre ne le verrait pas.

Le coup de vent tournait à la tempête. Une odeur d'ozone emplissait l'atmosphère. Un nouvel éclair cliva la nuit, accompagné d'un fracas terrifiant. Le chêne géant parut frappé d'apoplexie; telle une créature suppliciée, il se tordit grotesquement, projetant ses membres énormes vers la maison... Alors, en un effrayant vacarme de verre et de bois brisés, les branches fracassèrent la fenêtre, pénétrant dans la chambre. Robbie se mit à hurler.

Carol Anne se réveilla en sursaut. Un concert d'éclairs fit de la nuit une fournaise glacée. Pareilles à des doigts cauchemardesques, de longues brindilles mues par le vent emprisonnaient le petit garçon, le tiraient hors de son lit.

Carol Anne poussait des cris de terreur. Le reste de la famille s'engouffra dans la chambre juste à temps pour voir les bras de l'arbre aspirer Robbie dans les ténèbres. Diane émit un cri d'angoisse, à peine audible dans le rugissement de la tempête. Après un moment de stupeur, Dana, Steve et Diane, abandonnant Carol Anne dans la chambre, se ruèrent dans le couloir pour dévaler l'escalier.

La porte de la cuisine étant bloquée par des décombres, ils durent faire le tour par la véranda. Steve fit glisser le panneau vitré. Ils furent immédiatement assaillis par des rafales de cent trente kilomètres-heure. Là-haut, au sommet du grand squelette tourmenté, ils distinguèrent vaguement la silhouette de Robbie, ballottée, enserrée dans les plus hautes branches. A la lumière irréelle des décharges électriques, on eût dit que le garçonnet se faisait dévorer vivant. Steve entreprit de grimper à l'arbre.

A l'étage, Carol Anne était recroquevillée contre le bois de son lit. Terrorisée et comme fascinée, elle fixait la porte entrouverte du placard. La veilleuse s'était rallumée, et sa lumière se faisait plus intense.

Horriblement intense. Un éclat blanchâtre, malsain. La lueur de la télévision.

Carol Anne hurlait, mais aucun son ne franchissait ses lèvres. Le vent commença à faire tourbillonner de menus objets. Puis, lentement, des objets plus importants se mirent à bouger, des chaises, un poste de radio, des coussins. Ils étaient inexorablement attirés vers le placard béant comme pour y être engloutis. Carol Anne étreignait le clown de tissu, mais celui-ci se bornait à sourire.

Alors le lit commença à se déplacer.

Criant, hurlant, folle de terreur, Carol Anne s'agrippait à son matelas.

Mais elle fit vraiment connaissance avec la peur lorsqu'elle entendit le cri de la bête. Un son qui ne ressemblait à rien, profond, insane; le son de la folie pure. La bête du placard.

Cela couvrait le vacarme de la tempête. Cela aspirait le lit de Carol Anne vers la lumière.

Assailli par de violentes rafales, Steve finit par atteindre Robbie. Le garçonnet était emprisonné dans un entrelacs de brindilles et de lianes. Steve avait l'impression de se noyer. Les rideaux de pluie le frappaient sans relâche. A peine parvenait-il à dégager une main ou un bras de son fils qu'une autre partie de son corps se faisait enserrer par le visqueux treillis.

Diane se trouvait à mi-hauteur de l'arbre. Elle voulait se porter à la rescousse, mais ne parvenait pas à se hisser plus haut. L'écorce était enduite d'une sanie poisseuse qui sentait presque le sang.

Au pied de l'arbre, Dana les regardait en se tordant les mains.

Tout dans la pièce se faisait aspirer par le vortex cyclonique du placard. Accrochée au bois de lit qui ployait, Carol Anne flottait comme une oriflamme. Le clown de tissu, lui, n'était pas touché par la tornade; assis sur le sol, à l'endroit où la fillette l'avait laissé tomber, il semblait la regarder en souriant. Finalement elle lâcha prise et, avec un bruit de succion ténu, fut aspirée dans l'orifice incandescent.

Une seconde après, le lit fut soulevé dans les airs et projeté à travers la chambre. L'impact referma la porte du placard où Carol Anne était prisonnière.

Tandis que le vent forcissait toujours, Steve arrachait violemment les myriades de branches qui enveloppaient Robbie. Tout à coup, dans une foudroyante explosion de lumière, Steve, Robbie et Diane furent projetés au sol. L'instant suivant, l'arbre fut déraciné et avalé par les ténèbres démoniaques.

Alors, subitement, la tempête cessa.

Les quatre Freeling gisaient, engourdis, fourbus, sur le sol boueux.

Soudain, Dana se redressa et tendit le doigt vers l'horizon.

– Papa, Maman... regardez!

Elle montrait un nuage en forme d'entonnoir qui fuyait sur la ligne de crête des collines.

– Une tornade! souffla-t-elle.

– Elle a dû seulement nous frôler, affirma Diane. Sans ça, il n'y aurait plus une seule maison...

– Carol Anne! s'écria Steve.

– Toujours là-haut!

Ils levèrent les yeux vers la fenêtre défoncée.

– Mon Dieu! murmura Diane.

Ils se ruèrent au premier. Et se figèrent sur le seuil de la chambre. A l'exception des deux lits plaqués contre la porte du placard, de quelques jouets et de morceaux de meubles brisés, la pièce était déserte. Vide.

Diane poussa un cri bref; puis, aidée de Steve, elle se mit à déblayer les décombres. A la porte, Robbie et Dana les regardaient en silence. Buzz couinait doucement à leurs pieds.

– Carol Anne! appelait Diane.

Nulle réponse.

Ils écartèrent les lits et ouvrirent le placard.

Il était vide.

– Elle n'est pas là! hurla Steve, à demi fou.

– Carol Anne! appela Diane.

Elle courut à la fenêtre et appela encore.

– Je vais voir dans la cuisine! fit Dana.

– Non, n'y va pas! dit Steve. Je m'en charge. Occupe-toi de notre chambre.

– Non, j'y vais, fit Diane d'une voix rauque. Toi, va voir dans les salles de bains.

Tous sortirent, sauf Robbie qui resta planté là, le regard plongé dans le placard désert. Désert à l'exception de la tache, en haut du mur mitoyen avec la chambre des parents. Une tache qui avait la forme de quelque... quelque chose. Et dans l'angle de son champ de vision, le clown, cul par-dessus tête, le regardait avec un mauvais sourire.

Steve entra en courant dans la cuisine. Le téléviseur était allumé, mais le relais local avait dû être abattu et l'écran était envahi par la neige des électrons.

– Carol Anne! appelait-il.

Dana entra dans la salle de bains du rez-de-chaussée.

– Carol! appelait-elle.

Pas de réponse. Le rideau de la douche était en place; d'un geste vif, elle le tira : rien.

Diane inspectait sa chambre, le cabinet de toilette, regardait dans la penderie, sous le lit. Chaque recoin visité la laissait un peu plus angoissée.

– Oh, Jésus tout-puissant. Carol Anne!

Sur sa table, la télévision grésillait.

– C'est dingue, fit Steve en entrant. J'ai regardé partout.

Tout à coup, le visage de Diane changea d'expression.

– Oh! Mon Dieu! La piscine!

Ils sortirent en courant. Dana se joignit à eux dans le couloir. Robbie émergea lentement de sa chambre pour gagner celle de ses parents. Et, tel un automate, il vint se planter devant le téléviseur.

Dana, Steve et Diane se précipitèrent jusqu'au bord de l'excavation toute récente. La pluie avait érodé l'arête du trou et la terre meuble céda sous le poids de Dana. Une seconde plus tard, elle se retrouva debout dans la partie profonde, de l'eau de pluie et de la boue jusqu'à la taille.

Steve l'y rejoignit et ils se mirent à sonder le cloaque – à la recherche du corps. Assise au bord du trou, Diane sanglotait en dodelinant de la tête. Ses forces l'avaient abandonnée.

Robbie se tenait à quelques centimètres de l'écran dont la lueur bleu-gris effaçait ses traits et ses émotions. Il resta ainsi de nombreuses minutes; puis quelque chose le sortit de sa torpeur.

Quelque chose de nouveau s'imprima sur ses rétines. Il plissa les yeux, d'abord à demi conscient, puis avec une terreur croissante. Sur l'écran, des ombres, des chuchotements.

Une plainte inarticulée franchit ses lèvres. Puis il se mit à hurler.

– Maman! maman! Maaaaaaaman!

Aux cris de son enfant, Diane dressa la tête

comme un pantin au bout de son fil. Elle bondit sur ses pieds et partit à toutes jambes vers la maison.

Arrivée sur le palier, elle entendit, venant de sa chambre, la voix lointaine de Carol Anne. Son cœur frémit de soulagement; son bébé était là, blessée peut-être, mais sauve. Elle se précipita dans la chambre.

Elle n'y trouva que Robbie. Debout devant le téléviseur, les poings collés aux tempes, il était en pleine crise d'hystérie. Diane le fit vivement pivoter.

– Que se passe-t-il? Oh! Mon Dieu! que se passe-t-il?

Le sifflement du poste s'amplifia. Des images sans substance jouaient sur l'écran. Quelque part, lointaine, une petite voix s'éleva :

– Maman...

Diane devint blanche comme un linge.

– Carol Anne! Mais où es-tu?

Elle se mit une nouvelle fois à fouiller frénétiquement la chambre.

– Maman... Maman... faisait la voix ténue, à peine audible au milieu du sifflement de la télévision.

Buzz entra et se mit à gronder sourdement devant le poste.

– Maman... continuait la voix.

Il ne faisait pas de doute que ce fût la voix de Carol Anne. Mais, pour l'amour de Dieu, où pouvait-elle bien se cacher?

– Maman est ici, ma chérie! Elle est ici! criait Diane entre deux sanglots tout en tournant dans la pièce.

Quasi catatonique, Robbie retourna devant le poste.

– Par ici, Maman.

Diane regarda son fils et se figea. Un pressentiment lui tordit le visage. Des formes grisâtres se déplaçaient à travers l'écran; et la voix lui parvint à nouveau, la voix de Carol Anne, étrangement distordue par le sifflement continu du poste.

– Où es-tu, Maman? Je ne te vois pas.

C'était plus que Diane n'en pouvait supporter. Le regard rivé à l'écran, elle fut prise d'une violente nausée. Ses yeux se révulsèrent et elle s'évanouit.

3

Tangina Barrons avait cinquante-deux ans. Elle était plutôt replette, portait lunettes, s'habillait le plus souvent de mousseline à ramages, et relevait ses cheveux clairsemés en un chignon serré. Pendant presque toute sa vie, elle avait fait des rêves. Des rêves singuliers.

Pendant son enfance, ils avaient la forme de cauchemars. *Pavor nocturnis,* diagnostiquait le médecin – terreur nocturne. Chaque nuit, ses lèvres laissaient passer d'horribles gémissements, jusqu'à ce que sa mère ou sa sœur finisse par se réveiller. Lorsqu'elles lui demandaient des détails sur son rêve, elle ne se souvenait de rien. Amnésie opaque et morbide.

Vers une dizaine d'années, ses rêves cessèrent. Cette évolution fut un grand soulagement pour elle et les siens. Elle connut alors une période calme qui dura deux ans – une époque heureuse. Alors qu'elle avait douze ans, ses parents périrent dans un accident ferroviaire; cette même nuit, elle avait vu leur mort en rêve. C'est à partir de cette époque qu'elle découvrit sa prescience.

Elle rêvait les événements avant qu'ils arrivent, ou tout au moins pendant qu'ils avaient lieu. Ses rêves concernaient souvent des personnes qu'elle connaissait, mais ce n'était pas une règle. Elle se rapprocha beaucoup de sa sœur au cours des années suivantes qui les virent passer de l'orphelinat à un foyer d'adoption, et une grande part de la seconde vue de Tangina avait cette étroite relation pour objet. Au début, ces visions de l'avenir ou du présent modifié lui apparaissaient tour à tour comme un don ou une malédiction, mais Tangina s'y accoutuma peu à peu et finit par trouver la chose naturelle. Certains sont capables d'entendre dans de plus hauts registres que d'autres. Et Tangina finit par admettre qu'elle voyait sur un registre plus vaste que ses semblables.

C'est seulement au cours des dix dernières années qu'elle se mit à prendre conscience d'autres mondes. Il ne s'agissait pas selon elle d'autres planètes de l'univers, mais plutôt d'autres dimensions, d'autres plans d'existence; d'autres niveaux, spirituels et coupés de ce monde mortel. Et, tout comme ceux de son enfance, ces rêves lui faisaient peur.

Non pas toujours, mais le plus souvent. D'ordinaire, il s'agissait de scènes de poursuite où elle-même, sa sœur ou encore quelque infortuné inconnu tenait le rôle de fuyard. La nature du poursuivant était encore moins claire : il s'agissait généralement de formes amorphes, d'ombres caquetantes.

Ces rêves étaient pour le moins perturbants, et Tangina s'en serait volontiers passée. Mais ils ne l'abandonnèrent pas. Pire, ils restaient parfois tapis, durant la journée, dans les recoins de sa conscience. Elle passait alors par divers états de perception qui engendraient des accès de clairvoyance. Elle parvenait ainsi, entre autres choses, à lire la face invisible des gens, à déchiffrer leur âme, leurs duplicités.

N'ayant aucun contrôle sur cette faculté, elle finit par décider de la mettre à profit, si possible, en aidant les autres. A contrecœur, elle devint voyante.

Ses visions la vidaient complètement. Une fois la

porte ouverte, elle ne pouvait la refermer à volonté : dès qu'elle tentait de voir quelque chose, il fallait qu'elle le vît jusqu'au bout, le voulût-elle ou non. Ces yeux-là ne pouvaient se clore, et elle ne pouvait pas s'éclipser au milieu du spectacle.

Et voici qu'elle était au bout de son rouleau. Ces dix années passées à « voir » les malheurs d'autrui l'avaient presque consumée. Elle avait été engagée par des parents affolés; par des équipes de police dont l'enquête piétinait; par des veuves éplorées qui voulaient entrer en contact avec leur cher disparu. A présent, elle voulait que cela cesse.

De plus, ces derniers temps, la situation avait empiré. Depuis plusieurs semaines, elle faisait des rêves qui lui volaient son sommeil, des rêves dont elle s'éveillait au petit matin épuisée et trempée de sueur. Ils étaient prémonitoires, de cela elle était sûre, mais elle les oubliait dans les secondes qui suivaient son réveil.

Mais il y avait pis encore. Des objets se déplaçaient dans sa chambre; elle n'en était pas tout à fait certaine, ce qui rendait les choses encore plus éprouvantes. Il ne s'agissait pas de déplacements visibles, irréfutables; mais chaque matin, Tangina s'apercevait – ou croyait s'apercevoir – que certains objets n'occupaient pas la même place que la veille. Une chaise, un peu plus écartée du mur; un livre, passé de la table à la commode.

Elle n'avait jamais fait auparavant de télékinésie. Elle n'avait pas d'opinion sur ce phénomène dont elle ne savait rien. Et puis les manifestations étaient si imprécises, si incertaines qu'elle en vint à se demander si elle ne perdait pas l'esprit. Elle était payée pour savoir que rien, pas même la folie, n'était impossible.

Ses journées étaient pleines de prémonitions et de menaces. Elle s'interrogeait sur l'incidence de la moindre rencontre. La chanson du facteur était-elle un présage? Un avertissement, le morceau de papier collé à son soulier? Son monde était devenu un lieu où grouillaient une foule de signes à interpréter; elle ne trouvait plus le repos.

Bien décidée à mettre un terme à ses divinations, elle se tourna vers les somnifères. Cela la soulagea un temps. Ses rêves se firent moins fréquents, moins éprouvants. Mais, au fur et à mesure de l'accumulation de ces produits dans son système nerveux, perpétuellement droguée, elle se mit à souffrir de fatigue chronique. Un jour, elle faillit passer sous les roues d'un camion. Elle arrêta les barbituriques.

Les rêves revinrent en masse. Ils s'emparèrent de sa vie, devinrent le centre nébuleux de son existence perturbée.

Elle décida alors d'aborder le problème de face, de rechercher les visions nocturnes et de les affronter sur leur terrain. Elle eut recours au « cristal ».

Le cristal est une technique que Tangina, comme maints voyants avant elle, avait souvent employée pour atteindre un autre niveau de conscience. La boule de cristal n'est pas nécessaire; toute surface réfléchissante ou réfractrice peut faire l'affaire. Ce n'est qu'un point visuel sur lequel le sujet peut rassembler sa conscience, afin de se dissocier, se désincarner ou atteindre tout autre état second.

C'est donc ce que fit Tangina pour tenter de recapter ses rêves. Elle éteignit toutes les lumières de son appartement – elle vivait seule à présent –, s'assit en tailleur sur le sol de sa chambre, alluma une bougie, plaça son cristal devant elle et plongea le regard en ses profondeurs.

Sa respiration se fit plus lente, le monde environnant se dissipa; elle se fondit dans la lumière du bloc hyalin. Alors, comme cela lui était si souvent arrivé, elle se trouva sur un autre plan, dans une autre dimension.

Cette faille de l'univers était brumeuse, indistincte. Flottant dans le brouillard, d'amorphes abominations l'entraînaient. Il n'y avait rien là de suffisamment clair pour qu'elle pût engager la confrontation.

Elle voulut donc s'élever au-dessus de cet univers fuligineux, mais un engourdissement subit l'empêchait de monter à chaque tentative. Elle s'y enfonça, mais l'atmosphère parut se gélifier, et les mouvements devinrent plus difficiles.

Quelque chose approchait; elle ne parvenait pas à en pressentir la nature. Presque sans volition, elle se mit à courir – elle n'avait ni le désir de s'arrêter ni le sentiment de pouvoir le faire. Ce lieu ne connaissait pas de limites, et pourtant elle se sentait rassurée par son exiguïté.

Elle poursuivait une silhouette ténue qui ne cessait de l'esquiver. La brume l'emplissait, une brume glacée et vivante qui conférait à toute chose une désespérance diffuse. Cette froide vapeur puisait en elle sa force vitale, se renforçait à ses dépens. Tangina sentit que son esprit commençait à vaciller sous l'emprise de ce souffle vicié.

Elle réintégra son corps. Complètement épuisée, et pas plus avancée, elle ne savait plus à quel saint se vouer. Elle avait essayé les médecins, ceux du corps et ceux de l'âme, les potions et les prêtres. Rien ni personne n'était parvenu à la libérer de ses rêves néfastes. Aussi, en ultime recours, elle se tourna vers la Société de Parapsychologie.

Ultime recours, non pas parce qu'elle doutait des facultés des médiums – encore qu'il y eût parmi eux bon nombre d'illuminés et d'imposteurs –, mais parce qu'elle s'était jusqu'alors tenue à l'écart de ce milieu, afin de se conforter dans sa décision d'occulter cet aspect de sa vie.

Elle se rendit donc à la réunion mensuelle sans autre intention que de rencontrer de vieilles connaissances et de voir si l'on n'avait pas quelque solution à lui proposer. Un orateur extérieur avait été convié à la réunion; le Dr Martha Lesh, chercheur à l'Université, était venue parler de ses travaux en parapsychologie.

Les scientifiques n'intéressaient guère Tangina. Elle ne voyait pas quel avantage elle eût gagné en prouvant à quiconque l'authenticité de ses facultés. Cette femme, Martha Lesh, semblait toutefois être quelqu'un de bien – Tangina n'avait aucune peine à lire les auras –, si bien qu'après l'exposé, les deux femmes se rapprochèrent assez rapidement l'une de l'autre, au terme de quelques évolutions parmi la foule.

La signification de ce genre de rapprochement instantané n'échappa pas à Tangina et ne fit que renforcer son pressentiment sur le potentiel de cette personne.

– Je crois bien que vous et moi sommes déjà liées l'une à l'autre, déclara d'emblée Tangina. Nous suivons pour un temps le même chemin.

Martha Lesh eut un sourire.

– Une destinée commune?

– Je me méfie des mots tels que *destinée*, fit Tangina d'un air songeur. Sauf dans *Moby Dick*. Appelons plutôt cela un présage.

– Un mauvais présage, j'en ai peur.

Autour d'elles une foule de gens se pressaient, échangeaient des anecdoctes, buvaient du vin.

– Pas forcément mauvais, dit Tangina. Une chose est sûre, je fais des rêves.

– Comme nous tous.

– Les miens sont différents. Ils sont prophétiques.

– Et qu'est-ce qu'ils prophétisent?

– Je n'en sais rien. Et c'est une partie du problème.

– Et quelle est l'autre?

– Je ne parviens pas à m'en débarrasser. Ils m'empêchent de vivre.

– Cela fait longtemps que vous avez ce genre de problème?

Martha Lesh commençait à être intriguée par cette naine énigmatique. Elle ignorait ce qui l'attendait quand la Société l'avait invitée pour parler de ses recherches. Et c'est prête à tout qu'elle s'était rendue à l'invitation; aussi ne fut-elle pas déconcertée par l'entrée en matière de Tangina.

– J'ai fait des cauchemars pendant presque toute ma vie, ainsi que des songes prescients. Mais je ne veux plus, docteur. Cela me ronge à l'intérieur. Pouvez-vous m'aider?

– Je ne suis pas sûre de savoir ce que vous attendez de moi.

– C'est au sujet de mes rêves.

– Des rêves récurrents?

– Oui... du moins, je le crois. En tout cas, ils paraissent semblables. C'est que, voyez-vous, je n'arrive pas à me les rappeler. Mais je suis certaine qu'ils sont prémonitoires. Ou au moins télépathiques. Toujours est-il que je veux en finir avec ça. Je souffre de télépathie. Si vous pensez pouvoir me guérir, ou seulement me soulager, je vous prête mes rêves.

– Vous me les prêtez?

Lesh fut d'abord amusée; mais son interlocutrice ne l'était nullement.

– C'est cela. Disons que c'est une proposition. Vous pouvez user de moi, étudier mon cerveau, relever mes facultés, mesurer ma prescience et m'emprunter mes rêves; en contrepartie, aidez-moi, si vous le pouvez, à abaisser le rideau sur ma seconde vue. Parce que j'en ai jusque-là de toujours tout savoir.

Cette supplique avait bouleversé Martha Lesh;

avec un sourire compréhensif, Tangina vint à sa rescousse.

– Je ne vous demande pas de me répondre immédiatement. Primo, vous ne me connaissez pas, et secundo, vous avez à tenir compte de vos impératifs budgétaires et des commissions dont vous dépendez. Mais, croyez-moi, je ne serais jamais venue vous voir si je n'étais pas complètement à bout.

Martha Lesh fut quelque peu irritée par cette allusion à des commissions devant lesquelles elle eût dû répondre de l'orientation de ses travaux.

– Non, il ne s'agit pas de cela. Pour de telles questions, je n'ai à répondre devant aucune commission. Et c'est moi qui fixe le budget de...

– Eh bien, fit Tangina en souriant, comme je vous l'ai dit il y a un instant, notre association était prévue. Tout ce que j'espère, c'est qu'elle se conclue profitablement pour nous deux.

Elle tendit la main. Avec un sentiment mêlé d'hébétude et de fatalité, Lesh lui donna la sienne.

– Je serai heureuse même si elle ne profite qu'à l'une d'entre nous, fit en riant Martha Lesh. Et peu m'importe laquelle de nous deux. (Elle secoua la tête.) Eh bien, je crois que je vais prendre un autre verre de vin.

Voici ce qu'espérait Tangina : si on parvenait à trouver une explication à son problème, une thérapie pourrait être mise au point. Lesh, elle, espérait plus simplement parvenir à cerner ce problème. Elle fit passer des tests à Tangina, enregistra ses rêves, ses ondes cérébrales, sa réceptivité aux stimuli directs et télépathiques. Au bout de trois semaines, Lesh commença à voir apparaître une particularité, l'activité PGO dont elle venait de parler à Ryan.

Vers la même époque, Tangina commençait à

désespérer de jamais trouver le repos. Mais elle avait passé un accord avec le Dr Lesh et entendait s'y tenir quelle que pût être la suite des événements.

Donc, ce jour-là, elle était assise sagement en chemise de nuit, tandis que Marty lui disposait sur le crâne des électrodes dont les fils couraient jusqu'aux prises enchâssées dans le mur, à la tête du lit. La pièce était encombrée d'appareils de toute nature – caméras, magnomètres, localisateur électrostatique, caméra infrarouge, micros à hautes et basses fréquences, électrohygromètre –, tous pointés vers le lit.

– Un de ces quatre, je vais me réveiller sous la forme d'un petit tas calciné, marmonna-t-elle à l'adresse de Marty.

– Au moins, nous aurons tout sur bande, laissa-t-il tomber.

Elle lui jeta un regard noir mais n'eut pas le temps de lâcher une repartie car Martha Lesh venait d'entrer.

– Tout est prêt?

– J'en suis à la dernière électrode. Voilà, ça y est. (Marty se recula pour admirer son travail.) Bon, je vais vérifier mes branchements.

Il quitta la pièce. Martha Lesh s'assit sur un tabouret.

– Alors? Comment vous sentez-vous ce soir?

– Nerveuse, fit Tangina en s'allongeant. Quel est le programme?

– Pour ce qui vous concerne, le même que la semaine passée. Je vais vous hypnotiser et vous amener à votre état de réceptivité maximale. Puis je ferai de même avec un de nos autres sujets, Rita, avec qui nous avons eu quelques succès par le passé. Nous allons faire en sorte que Rita injecte ses pensées dans vos rêves. Pendant la nuit, nous allons surveiller vos ondes cérébrales, mesurer l'ionisation ambiante et cætera. Après chaque rêve, nous vous réveillerons pour que vous enregistriez tout ce dont vous vous souvenez dans ce magnétophone. Des questions?

– Est-ce que nous progressons?

Lesh eut un sourire de sympathie.

– Oui, je le crois. Vraiment. Cette nuit nous allons plus particulièrement surveiller certaines fonctions qui, je pense, entrent en corrélation.

– Ah! en corrélation.

– Nous faisons tout notre possible, vous savez, dit Lesh dont l'enthousiasme venait d'être quelque peu douché.

Tangina sentait une grande lassitude peser sur elle.

– Je crois que je suis aussi sceptique face à tout cela que Ryan l'est à mon endroit.

– Nous devons avoir confiance les uns dans les autres si nous voulons arriver à quelque chose.

– Oh! mais j'ai confiance en vous, assura Tangina. C'est de vos appareils que je doute.

Elles échangèrent un bref regard frustré mais non encore désespéré.

– Bien, dit Martha. Nous commençons.

Tangina ferma lentement les yeux. Lesh baissa la voix et adopta un ton monocorde.

– Je vais compter jusqu'à dix, et je veux que vous vous concentriez sur le son de ma voix. Pendant que je compterai, vous allez vous endormir profondément et devenir plus réceptive et plus détendue. A dix, vous serez complètement endormie, complètement détendue, plongée dans le sommeil le plus profond que vous ayez jamais connu. Déjà, vous n'avez plus conscience que du son de ma voix, ma voix qui vous apaise, qui vous aide à glisser dans le sommeil. Un... ça y est, vous vous endormez, c'est une sensation qui vous envahit et vous enveloppe.

Deux... le son de ma voix vous emporte loin, loin. Trois...

Lesh, Marty et Ryan étaient tranquillement assis dans la salle de monitorage. Deux postes de télévision montraient Tangina et Rita, profondément endormies, dans leurs chambres respectives, situées dans deux parties distinctes du bâtiment. Marty réglait les touches Gain et Balance de l'électro-encéphalographe dont les douze traceurs imprimaient en rouge les ondes cérébrales de Tangina; la bande de papier sortait lentement de l'appareil pour s'empiler en accordéon sur le sol. Lesh étudiait les tracés. Ryan faisait d'ultimes vérifications et réglait tous les indicateurs sur zéro.

– Qu'est-ce que ça donne?

– Tout marche comme prévu. Tangina semble être en... oui, elle est en phase 2. Rita ne devrait pas tarder à faire son premier rêve de transmission.

– Vous croyez que la transmission va se faire?

– C'est justement ce que nous voulons vérifier.

– Quel est le thème de cette nuit?

– J'ai demandé à Rita de commencer par une fête foraine; le second rêve aura pour sujet la perte de son petit chien, et le troisième une bagarre avec un agent de police. Evidemment, j'ai recommandé à Tangina de s'abandonner aux images qui lui viendront à l'esprit.

– Et quel esprit!

– Si le jury du Nobel pouvait nous voir...

– Voilà que vous recommencez à anticiper sur nos résultats, plaisanta Ryan. Nous faisons de la recherche empirique. Nous observons, nous prenons note. Et, si possible, nous tirons des conclusions.

Martha Lesh se frotta les yeux.

– Je crois que je me mets à faire du solipsisme avec l'âge.

– Qu'est-ce que c'est? fit Marty d'un air soupçonneux.

Il avait horreur qu'elle utilise des termes qu'il ne comprenait pas.

– C'est la théorie selon laquelle seule l'existence du sujet pensant est réelle ou peut être prouvée telle, expliqua Lesh. Tout le reste, tout ceci – l'univers entier – est alors une invention du sujet. Et même toi, mon cher, tu deviens une de mes illusions. Un fantôme de mon esprit.

– Je suis un de vos fantômes, hein? s'esclaffa Marty. Alors ça, c'est la meilleure. (Il vint vers elle en agitant les bras.) Ouh ouuuuh ouuuuh...

– En revanche, Marty, que voici, est un empiriste, pontifia Ryan de son ton le plus académique. Il pense que tout savoir découle de l'expérience par les sens. Chez lui, le réel est observé... sensuellement.

– J'adhère à fond, approuva joyeusement Marty en portant sa tasse de café à ses lèvres.

Il avait la réputation d'être un bon vivant, grand champion des réalités sensuelles.

– Quant à toi? demanda-t-il à Ryan.

– Moi, je suis un naturaliste. Je crois que toute chose, tout événement peut être expliqué scientifiquement. L'univers n'est ni dérivation du sujet ni fonction de la raison, indépendante de l'expérience. L'univers est... ce qu'il est.

– Ce qu'il est, et ce qu'il n'est pas, mon pote, trompeta Marty en appliquant une bourrade à Ryan.

– Et ce qu'il *est*, continuait celui-ci, peut être expliqué. Et ce qu'il n'est pas s'en va avec l'eau du rinçage.

– Eh bien, dites-nous ce qu'il est, docteur Mitchell! fit gaiement Martha.

– Des ondes, oui, des ondes, indiqua-t-il, mi-ironique mi-sérieux. Des ondes électromagnétiques.

– C'est de l'énergie, mec, dit Marty. Rien que de l'énergie. La matière n'existe pas. Tiens, cette chaise, ce n'est rien qu'un type d'énergie. Les atomes, ce n'est rien d'autre que de l'énergie. Tu as de l'énergie dense, et tu as de l'énergie diluée. (Il tapota la chaise.) Ça, c'est de l'énergie dense. En revanche, cette lumière, c'est de l'énergie diluée, fit-il en passant plusieurs fois la main sous l'ampoule qui pendait du plafond.

Au troisième passage, on entendit un fort TOC. Tout le monde sursauta.

Lesh leva les yeux vers le répétiteur visuel et éclata de rire. Tangina venait de se retourner dans son sommeil, et le dos de sa main était venu heurter le bois de lit, juste en dessous du micro.

Les autres secouèrent la tête. Ryan s'essuya le front.

– Ouf! Pendant une fraction de seconde, j'ai bien cru que nous n'étions tous que des inventions de l'esprit de *Marty*. Quelle sinistre impression!

– Oui, ben fais un peu attention à ce que tu racontes, sinon je te concocte une impression encore plus sinistre.

– Ah! voilà que nous avons maintenant un duel de solipsistes...

– Hé, regardez! Il se passe quelque chose!

Tous se tournèrent vers l'électro-encéphalographe dont le ruban défilait lentement sous les traceurs frénétiques.

– On est en sommeil de phase 4, mais tu as raison, c'est étrange... on ne devrait pas avoir une telle activité. Marty, vérifie le GSR.

Marty se tourna vers un des voltmètres et haussa les épaules.

– Non, cela correspond bien à la phase.

– Tu es certain d'avoir étalonné tes traceurs?

– Comment ça, si je suis certain?

– Je voulais dire...

– Hé, regardez!

Ils se tournèrent à nouveau vers le tracé de l'EEG.

– Des pointes PGO.

– L'activité PGO n'est pas rare en phase 4.

– C'est vrai. Mais seulement un ou deux signaux. On ne devrait pas avoir une telle activité, sauf pendant le sommeil paradoxal, quand elle se met à rêver.

– Peut-être *rêve*-t-elle, justement.

– En phase 4?

– Les somnambules peuvent avoir une solide activité PGO en phase 4.

– Tenez, elle vient juste de se retourner, et le PGO a cessé. Ce n'était sans doute que...

– Bon Dieu! regardez ça!

Les traceurs devenaient fous. Jamais on n'avait vu une telle activité électrique, d'autant que cette phase de sommeil se caractérisait généralement par des fréquences basses et courtes. Les traceurs sortaient presque de la feuille de papier.

– Vérifie les potentiels.

Marty enfonça quelques touches sur la console; des graphiques apparurent sur l'écran.

– Je n'ai jamais rien vu de semblable, murmura-t-il.

– Regardez l'écran.

Ils levèrent tous les yeux vers le poste de télévision intérieure. On y voyait Tangina couchée sur son lit. Elle semblait angoissée.

Bientôt cela s'aggrava. Sous l'empire d'une profonde terreur, elle se mit à se débattre, à gesticuler. Son visage se tordait, ses poings s'ouvraient et se refermaient. Son front et ses cheveux étaient couverts de sueur. Lentement sa bouche s'ouvrit, comme pour hurler. Mais au lieu de cela, il en sortit une voix aiguë d'enfant :

– Maman! Je ne te vois pas. Où es-tu, Maman?

Martha Lesh eut un frisson.
– Qu'est-ce que c'est que ça? murmura Marty.
– Ce qui est sûr, c'est qu'elle ne fait pas un rêve sur les chevaux de bois.
– Maman... Maman... gémissait la voix par la bouche de Tangina.
– Un rien sinistre, observa Ryan.
– Il y a un incroyable flux d'ions dans sa chambre.
– Regardez!
Tout à coup, Tangina venait de se dresser sur son lit. Elle se leva et sortit de la chambre. Dans le champ de la caméra, on ne voyait plus que le lit et les électrodes tombées de son crâne.
Les trois chercheurs arrivèrent dans le couloir à l'instant où elle s'engageait dans les escaliers. Ils la rattrapèrent à mi-hauteur, Martha Lesh en tête.
– Tangina! Arrêtez!
Le médium s'immobilisa, les regarda étrangement tour à tour, puis s'effondra dans les bras du Dr Lesh.

Abandonnant le néant du sommeil, Tangina entra dans cette contrée oubliée qui depuis des semaines la hantait. Les brumes étaient toujours là, entêtantes et glacées. Elle erra une éternité au sein des vapeurs sombres. Que cherchait-elle? Elle n'en savait rien. Des formes se condensaient dans ce cloaque, des ombres qui se moquaient d'elle et lui échappaient. Le vertige s'empara d'elle. Sa vue se brouilla. Chaque chose signifiait autre chose.
Elle partit en glissade; son être fut emporté par un vent éthéré. Elle traversa ainsi un long couloir... pour être déposée en un lieu inattendu.
Un endroit sec. Lumineux, aride et dépourvu d'horizon. Ce havre fut d'abord un soulagement; elle y fit sécher l'humidité de ses os. Elle y flotta un

moment, développant ses perceptions. Ici, sa vue portait à l'infini, mais il n'y avait rien à voir.

Bientôt des craquelures se dessinèrent dans la matière diffuse, ainsi que dans un bloc d'argile desséchée. Tangina se mit à suivre ces lignes qui se tordaient en mille ramifications. Cet endroit était en train de se faner.

Alors, au loin, elle vit de la vapeur sortir de l'une de ces crevasses. Le gaz en jaillissait comme d'un solfatare. Tangina s'approcha trop; bien que cette vapeur parût sortir sous pression, elle fut aspirée comme par une pompe à vide.

Tenèbres.

Le noir fit bientôt place à la grisaille. Ce lieu était peuplé d'ombres informes et muettes dont les tons gris ardoise se superposaient, se séparaient sans trêve. Alors, sur les abords, une présence impalpable survint. Tangina se mit à reculer. L'autre la poursuivait.

Elle trébucha; l'autre fondait sur elle. Il semblait rire. Tangina savait que le noir ne peut pas rire, et c'est pourtant ce qui semblait se passer. Il avait également un nom; et ce nom était Sceädu. Tangina connaissait ce nom.

Il dansait avec elle. Elle tourbillonnait. Il s'approchait, elle l'esquivait. Tout à coup, il fit un grand bond, comme pour l'engloutir en lui. A l'ultime seconde, elle sentit qu'elle tombait à nouveau.

Elle se retrouva dans un autre lieu, moins oppressant, ouvert, avec des nuages au-dessus et en dessous. Sceädu était là également; il dansait toujours, mais paraissait plus gai, comme s'il était lui-même la porte entre ces deux mondes et que sa nature changeait de l'un à l'autre. Elle allait devoir passer en lui pour regagner l'autre monde; mais, plus insaisissable à présent, il ne se laisserait pas avoir aussi facilement. Elle fit mouvement vers lui; il recula en riant.

Une autre créature survint. Une flamme orange, vaguement humaine. Elle voletait et sa voix était celle d'un feu de broussailles. Fantabel était son nom.

Fantabel se mit à danser avec Sceädu. Ils se collaient l'un à l'autre, puis se séparaient. Fantabel devint une fournaise, rouge, jaune, blanche. Il parlait un langage étrange. Sceädu l'éteignit. Et il réapparut un peu plus loin. Avec la fillette dans ses bras.

C'était une enfant d'environ cinq ans, estima Tangina. Carianna? Carolina? Elle semblait perdue, épuisée. Et cependant il lui arrivait de rire. Fantabel décrivait des figures compliquées dans les airs. La fillette était prise de vertige. Lorsque Fantabel fusa vers les nuages, elle tomba.

Elle tombait, tombait toujours en tournoyant, sans paraître devoir s'arrêter un jour ni parvenir quelque part.

Une créature bizarre perça les nuages. Elle avait l'apparence d'un arbre doué de vie. Un arbre très vieux, à l'écorce couturée. Il n'avait pas de nom – à moins que Tangina ne fût incapable de le sonder. Fantabel, telle une comète, jaillit du plafond de nuages et passa à travers les branches qui prirent feu. L'arbre embrasé se convulsait en gémissant dans son langage d'arbre. Il alla se perdre dans la brume.

La fillette tombait toujours.

Les brumes qui masquaient le sol s'étaient dissipées. Dans cette trouée, Tangina aperçut des gens, une multitude de gens. Ils marchaient dans toutes les directions, lentement ou rapidement, sans jamais se toucher, et apparemment sans se voir. Leurs vêtements témoignaient de différentes époques et de différentes cultures. Certains pleuraient; beaucoup pleuraient. D'autres riaient et d'autres encore déambulaient sans expression.

Au delà de cette scène, Tangina pressentit une lumière – elle en avait l'intuition plus que la vision – mais elle ne parvint pas à la localiser. Toutes les fois où elle se déplaçait pour s'en faire une idée plus juste, la lueur changeait de position, s'enfonçait plus profondément dans les nuages.

En dessous de tout cela était tapie une entité maléfique. Le seul sentiment de sa présence lui glaçait le sang, lui flétrissait l'âme. Elle contourna cette présence funeste, pour essayer de la voir, pour essayer de ne pas la voir. Chaque fibre de son être lui hurlait de se garder de cette chose. Néanmoins, Tangina s'approcha; son esprit tressaillit. Elle battit en retraite.

La fillette toucha le sol.

Indemne, elle se releva et se mit à évoluer au milieu de la foule. Tangina flottait au-dessus d'elle; flottait en elle, se fondait en elle.

Tangina lut dans la petite fille un mélange d'égarement, de peur et d'émerveillement. La fillette parlait, et Tangina devinait ses paroles : « Maman! Je ne te vois pas! Où es-tu, Maman! »

Au-dessus, Fantabel décrivait des cercles. Sceädu dévora l'une des âmes errantes, puis se lança dans une danse compliquée.

« Maman... Maman... » gémissait la fillette. Tangina s'en exsuda.

L'entité maléfique se condensa en un gros nuage. Et ce nuage approcha. Tangina s'écarta de la fillette pour se préparer à l'affrontement, mais la chose se dissipa et disparut. La petite fille alla se perdre dans la multitude.

Sceädu riait joyeusement, silencieusement. Vive comme l'éclair, Tangina bondit sur lui, en lui. Il y eut une brève étincelle. Tangina était passée.

De l'autre côté, tout n'était qu'ombre à nouveau, et Sceädu une forme obscure sur fond de ténèbres. Il fit mouvement vers Tangina avec l'intention de l'envelopper, de l'engloutir en lui. Mais celle-ci savait à quoi s'en tenir et connaissait déjà les coutumes de ce pays. Ombre elle-même en ce lieu, elle s'insinua entre les ombres.

Dans cette région toute en demi-tons, elle chercha l'obscurité absolue qui la ramènerait à son point de départ. Pendant un long moment elle erra, pour finalement trouver l'isthme qui menait au pays aride. Elle plonga dans les ténèbres. Et ces ténèbres s'éternisèrent.

Nulle durée, en ce lieu; nul espace. Rien. Alors, sans savoir quand ni comment, Tangina se sentit recrachée, au milieu d'un geyser de vapeur, dans l'éther anhydre qu'elle avait traversé auparavant.

Elle revint sur ses pas à travers cette incandescence sèche et ténue. Elle retrouva le vent qui l'avait portée là, et, faisant appel à ses dernières forces, elle l'affronta pour atteindre enfin les brumes humides, les vapeurs fuligineuses où avait commencé son voyage.

Tout à coup, venue de l'extérieur, une voix l'interpella :

– Tangina! Arrêtez!

La paresthésie filtra jusqu'à sa conscience : picotements, engourdissement dans les membres. Elle connaissait cette sensation. Son esprit venait de réintégrer son corps.

Elle ouvrit les yeux.

Elle se tenait dans une cage d'escalier peu éclairée. Le Dr Lesh, Ryan et Marty l'entouraient, la soutenaient. Ils la fixaient avec inquiétude, étonnement et incrédulité.

Elle les regarda bizarrement, comme de très loin, puis s'effondra dans les bras de Martha Lesh.

Lorsqu'elle rouvrit les yeux, Lesh se trouvait assise à son chevet.

– Comment vous sentez-vous?

– Faible, murmura Tangina dans un souffle.

Elle pleura très doucement pendant plusieurs minutes.

– Peut-être allons-nous devoir ralentir nos expériences, suggéra Martha.

Elle posa la main sur le front de Tangina, en écarta une mèche de cheveux humides.

– Non. Non, nous devons l'aider.

– Qui? Aider qui?

Tangina fronça les sourcils.

– Ca... Carin? Carrie? Cara... (Elle secoua la tête.) Elle n'est pas très loin, mais je ne sais pas où. Je l'ai vue sur un autre plan.

– Comment cela... un autre plan?

– Une autre dimension. J'ignore comment elle est arrivée là, mais une entité maléfique rôde non loin d'elle. Pauvre petite...

– Que... qu'avez-vous vu exactement? demanda Martha, aussi fascinée qu'inquiète.

– Je n'arrive pas encore à me souvenir de tout... mais j'en ai retenu quelques images, fit-elle, pleurant et riant à la fois. Dieu merci, je commence à voir certains de ces démons.

– Et à quoi ressemblent-ils?

– Pour l'amour du ciel, ne prenez pas ce ton de psychothérapeute. Ces démons sont réels. Ils existent. Plût à Dieu que je ne connusse jamais cet endroit. Mais s'ils doivent me tourmenter, il faut que je voie et que je nomme ces démons; peut-être ainsi pourrai-je m'en libérer. (Elle regarda Lesh avec une grande intensité.) Cette fois, c'est vous qui avez rendu cela possible, qui avez braqué le projecteur sur eux. Je vous en remercie.

Lesh sourit comme une grand-mère consolant un enfant peureux.

– De rien. Mais peut-être allez-vous avoir la gentillesse de braquer à votre tour le projecteur de façon que, *moi*, je puisse les voir.

Tangina ferma les yeux pour se concentrer.

– L'un d'eux est une ombre, une créature insaisissable qui me dépasse. En lui-même, il constitue le passage vers un autre plan. Là, ils sont nombreux – un être-flamme, un être-arbre... tous ont un nom que j'ai oublié. Il y a aussi des milliers d'âmes errantes... et puis cette petite. Et cette lumière paisible qui semble attendre. Et autre chose encore... une chose nocturne... que je n'arrive plus à me rappeler. (Tangina tressaillit.) Cette enfant a désespérément besoin de nous.

– De quel genre de secours a-t-elle besoin?

– Elle est perdue.

– Si vous ignorez où, comment allons-nous la retrouver?

– Peut-être pourrions-nous suivre l'activité PGO?

C'était Ryan qui avait parlé depuis le seuil de la chambre. Les deux femmes le fixèrent un instant sans expression. Puis une lueur s'alluma dans le regard de Tangina.

– De quoi s'agit-il?

– Oui, de quoi veux-tu parler, Ryan? fit Martha légèrement agacée.

Elle sentait du sarcasme dans les manières du jeune homme. Cela à un moment où elle en voulait à tout le monde, y compris à elle-même: elle craignait d'être allée trop loin avec cette malheureuse femme.

– Rien que d'empirique, docteur, reprit Ryan. Toutes ces décharges PGO qui apparaissent sur l'EEG alors qu'elles n'ont rien à y faire à ce moment-là, qui disparaissent quand Tangina se retourne dans son lit, puis qui, lorsqu'elle bouge à nouveau, mènent une sarabande à tout casser...

– Oui, eh bien?

– Eh bien, nous pourrions lui poser un module télémétrique, juste une paire d'électrodes et un petit émetteur. Et elle n'aurait qu'à aller vers ce qu'elle pense capter. Et nous la dirigerions d'ici, avec un émetteur-récepteur. Si l'activité PGO se met à augmenter, nous pouvons supposer qu'elle va dans la bonne direction, et si le PGO décroît, nous lui disons de changer de direction jusqu'à ce qu'il remonte.

Le jeune homme se tut et attendit avec un sourire plein de bonne volonté.

– Cela ne tient pas debout, commenta Martha.

– Je n'en sais rien. Je reconnais que c'est assez nouveau.

– Cela pourrait-il fonctionner? demanda Tangina en s'asseyant sur le lit. Qu'est-ce que c'est que cette activité PGO?

– C'est un type d'onde cérébrale que nous avons relevé sur votre EEG lorsque cette... voix s'est fait entendre. Mais de toute façon, vous n'êtes pas en état de poursuivre cette étude, et d'ailleurs jamais on n'a vu d'électro-encéphalogramme transmis par télémétrie; nous faisons nos relevés directement, par connexions électriques, ici au labo. Jamais nous n'avons essayé de transmettre et recevoir par ondes-radio.

– Marty pourrait facilement nous bricoler quelque chose, intervint Ryan. Dans les hôpitaux, les électrocardiogrammes sont couramment transmis de cette manière aux salles de monitorage, de façon que les malades puissent se promener dans leur chambre et jusqu'à la cafétéria. Il nous suffirait d'emprunter un module émetteur au service de cardio de l'hôpital et de lui poser les électrodes sur la tête au lieu de la poitrine, voilà tout.

Martha Lesh n'était pas opposée à la proposition de Ryan, mais son intérêt scientifique pour Tangina, le cobaye, était en antagonisme avec sa compassion pour Tangina, la patiente.

– Non, trancha-t-elle finalement. Je ne peux pas permettre...

– Je vous en prie, fit doucement Tangina. Je vous en prie... s'il pouvait y avoir une chance que cela marche... Je... ces rêves m'usent complètement. Ils me malmènent comme une feuille dans un typhon, et je veux en débarrasser ma vie. Une fois qu'ils ont commencé, comme aujourd'hui, ils ne me lâchent plus. Un rêve comme celui-ci... peut durer des semaines. Je vous en prie... (Elle se remit à pleurer.) Je vous en prie... si seulement vous pouviez écourter celui-ci avec vos gadgets... Oh, je vous en supplie, aidez-moi à en sortir.

Lesh secouait la tête d'un air incertain.

– Je ne sais même pas si l'idée de Ryan est viable ou pas...

– Mais bien sûr qu'elle l'est! protesta ce dernier.

– Et quand bien même elle le serait, il n'est absolument pas évident que nous parviendrions à monter un tel module télémétrique.

– Marty est un petit génie en électronique, il est capable de bricoler n'importe quoi. En fait, je parierais qu'il peut modifier notre récepteur en y posant un filtre qui arrêterait tous les messages *sauf* les pointes PGO. Ainsi, tout sera beaucoup plus clair : ou bien l'aiguille se met à tricoter, ou bien elle s'endort; dans le premier cas, Tangina est sur la bonne piste, dans le second il faut qu'elle change de cap jusqu'à ce que l'aiguille s'anime.

Tangina regardait Martha Lesh d'un œil suppliant.

– Entendu. Nous allons faire une tentative.

Le lendemain soir, ils prirent la route à bord du bus Volkswagen de Marty. Ryan était au volant, Martha à côté de lui sur le siège du passager, et

Tangina étendue à l'arrière, comme une enfant pour un long voyage.

Marty avait passé toute la journée à modifier l'appareillage selon les directives de Ryan. A présent, il était assis à l'arrière, derrière Tangina, au milieu d'un fouillis d'appareils. Il y avait un oscilloscope, équipé d'un amortisseur d'ondes et d'un filtre à fréquences, qui était relié au générateur de la camionnette. Trois fils sortaient de l'appareil, couraient sur le sol et remontaient vers les électrodes collées au crâne de Tangina – une derrière l'oreille droite, une sous l'œil gauche, et une sur la tempe gauche. Derrière elle se trouvait un module télémétrique portatif. S'il advenait que Tangina dût sortir du véhicule, ses électrodes pourraient être branchées sur ce petit appareil qui, sur une distance de plusieurs kilomètres, enverrait toujours les signaux à l'oscilloscope.

Marty s'était également muni d'un magnétophone avec son micro, d'une caméra à infrarouges, d'un Nikon, de trois puissants projecteurs, de deux talkies-walkies et d'une grande thermos de café.

En prévision de sa quête, Tangina était restée éveillée le reste de la nuit précédente et toute la journée; elle était donc épuisée et Martha n'avait eu aucun mal à l'endormir.

– Je vais compter jusqu'à dix...

A cinq, Tangina dormait à poings fermés. Une demi-heure plus tard, les premières pointes PGO apparaissaient sur l'oscilloscope.

– En route, avait dit Marty.

Et ils avaient pris la direction de l'est.

Ils roulèrent plein est pendant une vingtaine de minutes, sans modification notable de l'activité PGO, des séries irrégulières de BIP décrivaient des zébrures verticales sur l'écran.

Leur incidence parut décroître quelque peu, et Ryan prit vers le nord. Au bout d'une quinzaine de minutes, les BIP disparurent complètement. Il fit demi-tour et repartit vers le sud.

Au début, ils s'étaient mis à converser – sur les demandes de bourses, la dernière conquête de Marty, les potins de l'université, le cinéma, les cours –, mais les échanges de vues se raréfièrent bientôt, puis cessèrent. On n'entendit plus que le crissement des pneus sur la route, ponctué par le BIP occasionnel de l'oscilloscope.

Ils procédaient par tâtonnements. Parfois, ils perdaient complètement le signal et se mettaient alors à décrire des cercles jusqu'à accrocher un nouvel écho. Cela dura des heures. La fatigue commença à les gagner.

Peu après 6 heures du matin toutefois, Tangina se retourna et marmonna quelques syllabes.

– Je crois tenir quelque chose, annonça Marty presque simultanément.

– Vous avez une idée de l'endroit où nous nous trouvons? demanda Ryan.

Martha prit la carte et alluma la veilleuse.

– Je pense que nous faisons du sud-sud-est et que nous sommes à environ cinquante kilomètres de notre point de départ.

Ils regardèrent le paysage. Un coin assez reculé : des collines broussailleuses, quelques fermes et des petits villages.

– On est bon! fit Marty d'un ton pressant. L'oscilloscope est en pleine activité par ici. Tu ne sais pas où tu vas mais roule!

– Maman... (La frêle voix franchit à nouveau la gorge de Tangina. Elle imposa le silence dans la camionnette. Si tourmentée, si lointaine :) Maman... aide-moi... il y a quelque chose qui s'approche...

Au loin, un piquetis de lumières éparses apparut entre les collines basses.

– Ça doit être là, commenta Ryan à voix basse, la gorge sèche.

Dix minutes plus tard, ils passèrent devant une grande pancarte :

LOTISSEMENT DE CUESTA VERDE
CONVENABLE ET
BIEN AMÉNAGÉ
IL Y FAIT BON VIVRE

Encore quelques minutes, et ils roulèrent au milieu d'une vaste zone d'habitations. Tangina se convulsait pitoyablement sur sa banquette.

– Oooohhhh... ohhh... ooooh...

Ces plaintes à fendre le cœur devinrent insupportables pour les autres passagers. Ryan, les mains moites, s'agrippait à son volant. Martha ne cessait de se trémousser sur son siège. Marty essayait de se concentrer sur le réglage du niveau des entrées du magnétophone, mais il n'y parvenait pas. Tangina se tournait et se retournait convulsivement. Tout à coup, elle s'assit et tenta de manœuvrer la poignée de la porte.

– Ne la laisse pas encore sortir! ordonna le Dr Lesh. Marty, passe en télémétrie. Ryan, gare-toi!

Ryan rangea la camionnette le long du trottoir tandis que Marty débranchait les fils de l'oscilloscope pour les connecter à l'émetteur portatif. Ryan et Marty descendirent pour aider Tangina à poser pied à terre. Les yeux de la somnambule étaient ouverts et fixes, avec une expression éperdue.

Martha se chargea de l'émetteur dont les fils étaient maintenant reliés aux électrodes. Ryan portait un talkie-walkie. L'un et l'autre prirent Tangina par un coude, et ils partirent lentement dans la nuit froide qui précède l'aube. Marty, lui, resta sur place pour surveiller l'oscilloscope.

Cette rue était typique d'un quartier résidentiel. Les porches des maisons répandaient sur les trottoirs une lumière blafarde; de temps à autre apparaissait une fenêtre éclairée. L'air était immobile et silencieux, à l'exception des plaintes de la voyante, clopinant, toute petite, entre deux scientifiques qui se demandaient ce qu'ils faisaient là.

Le talkie-walkie de Ryan se mit à grésiller.

– On approche. Je reçois un maximum de PGO, à présent. Tout l'écran est...

Tangina émit un cri aigu et partit à toutes jambes vers l'autre bout de la rue. Ryan en fut tellement surpris qu'il resta planté sur place, l'oreille collée au poste; Martha, elle, trébucha et tomba. Lorsqu'ils se furent ressaisis, Tangina avait déjà parcouru un demi-pâté de maisons et s'engageait sur la pelouse d'un pavillon. Ils se lancèrent à sa poursuite.

Ils atteignirent la porte à peu près en même temps, mais Tangina y frappait déjà à coups redoublés; elle griffait le bois, trépignait, pleurait, tambourinait, le nez et les genoux en sang. Elle s'évanouit juste comme la porte s'ouvrait.

Il eût été difficile de dire qui était le plus perturbé des gens qui se trouvèrent nez à nez. Steve se tenait là, la main sur la poignée de la porte, dans un ample cardigan blanc passé sur un T-shirt froissé. Ses yeux étaient deux trous sombres, ses lèvres craquelées, ses cheveux emmêlés, ébouriffés, et il avait une barbe de deux jours. Derrière lui, Diane était accroupie au pied de l'escalier, terrorisée.

En face de Steve, sous le porche, une étrange petite personne était évanouie. Des fils partaient de sa tête et montaient jusqu'à une boîte tenue par une dame âgée aux genoux ensanglantés. Près d'elle, un jeune homme aux yeux hagards portait un petit émetteur-récepteur.

– Je crois bien, dit Martha Lesh à Steve Freeling, que nous avons tous besoin d'aide. Voulez-vous nous laisser entrer?

Dans le petit matin gris, ils étaient cinq autour de la table basse du salon : Steve, Diane, Martha, Ryan et Marty. Tangina dormait confortablement sur la banquette. Tous les rideaux de la maison étaient tirés. Diane venait de servir du café.

– Voilà donc en substance notre histoire, conclut le Dr Lesh. Je ne vous connais pas et j'ignore ce qu'a vu Tangina pour nous amener jusqu'ici. En revanche, je sais quelles étaient ses activités avant que nous ne nous penchions sur son cas – maints services de police ont profité de ses dons. C'est pourquoi je suppose que vous venez de perdre un être proche. Je serais heureuse de vous aider si je le puis. Sinon, si notre présence ici est aussi incompréhensible pour vous qu'elle l'est pour moi, nous allons prendre congé, en vous remerciant pour le café et la patience dont vous aurez fait preuve.

Face à ce nouvel espoir, Diane était partagée entre rire et sanglots; elle fit son possible pour se ressaisir car, elle le savait, il lui faudrait toutes ses facultés pour affronter la situation quelle qu'elle fût.

– Non... je vous en prie... c'est la main de Dieu qui vous envoie. Dieu ou la Providence. Non, je vous en supplie, restez. Aidez-nous.

– Bien, reprit Lesh. En ce cas, je vais demander à Ryan et Marty de reconduire Tangina à l'université, à l'hôpital. Nous lui avons trop demandé, j'en ai peur; elle est épuisée. Je connais quelqu'un là-bas, le Dr Farrow; je lui donnerai un coup de fil tout à l'heure; il veillera à ce qu'elle soit bien soignée. En attendant, nous pourrions poursuivre notre conversation. Je suis à votre disposition.

– C'est vraiment très gentil de votre part, fit Steve dans un souffle rauque.

– Pas du tout. J'ai vraiment l'impression de vous envahir. (Martha Lesh leva la tête vers ses deux assistants.) Marty, après avoir déposé Tangina à l'hôpital, tu vas retourner au labo et attendre mon appel. Ryan, quand tu auras fini d'aider Marty, viens me retrouver ici. A ce moment-là, nous déciderons de la marche à suivre.

Les deux jeunes hommes saluèrent très civilement les Freeling puis aidèrent Tangina à se relever. Les paupières de la naine battaient rapidement; elle fit quelques pas, soutenue par les deux assistants; mais elle ne se réveilla pas vraiment.

Quand ils furent sortis, Diane se leva, se tamponna les yeux et arbora un sourire courageux.

– Excusez-moi. Il faut que je prépare Robbie pour l'école.

Et elle partit d'un pas vif vers l'escalier.

Steve était assis sur le sofa, en face de Martha Lesh. Il paraissait très seul. Mais c'était une situation à laquelle le thérapeute qu'elle était avait été maintes fois confrontée. Jouant de sa formation et de sa compassion naturelle, elle le mit peu à peu à l'aise.

– Puis-je vous appeler Steve?

– Oui, bien sûr.

– Steve, cela fait un bout de temps que je parle. Je suis aussi enrouée que Marlène Dietrich. Alors, à votre tour maintenant.

Il s'absorba dans la contemplation de ses mains.

– C'est que... je ne sais pas par où commencer.

– Commencez n'importe où. Les ennuis, ça n'a pas de commencement.

Il se mit à rire en secouant la tête.

– Oh! ceux-ci en ont eu un, je peux vous le dire. (Il se tut un instant pour rassembler ses forces avant de poursuivre.) Tout a démarré avec les... perturbations. (Il se raidit, s'attendant à une réaction de scepticisme qui ne vint pas.) Oui, des choses qui se déplaçaient... toutes seules. Puis il y a eu des éclairs lumineux, comme ça, dans le vide. Une vague musique que l'on n'est pas certain de vraiment entendre. De drôles d'odeurs. Un grand vent qui traverse la maison. Et bien sûr, le mobilier qui se déplace comme ça lui chante et quand ça lui chante...

– Oui, évidemment, fit-elle pour l'aider à parler. Et... tous les membres de la famille sont-ils impliqués dans ces... événements?

– Oui. Diane, mon épouse, a été la première à remarquer quelque chose. Puis cela a été ma fille aînée, Dana, qui a quinze ans. Robert, mon fils, il a sept... non, huit ans. (Il énonçait tout cela rapidement, presque heureux d'inventorier les quelques certitudes qui lui restaient. Il demeura un instant silencieux.) Et puis, il y a Carol Anne, notre cadette, qui a cinq ans.

Il adressa à Martha Lesh un regard douloureux, comme pour la supplier de poser les bonnes questions.

– Des perturbations comme celles que vous me décrivez sont habituellement relatées dans les bulletins d'informations, à la télévision. Pourtant, je n'ai rien vu de tel ces jours-ci.

Près d'eux, le téléviseur ronflait doucement; le scintillement des électrons emplissait l'écran.

– Non, nous réglons généralement notre poste sur le canal 23... (Il laissa mourir sa voix; il reprit rapidement, de crainte que le Dr Lesh ne le crût complètement fou :) Non, je veux dire... non. Nous n'avons rien ébruité de ces événements. Non, absolument rien.

Martha eut un hochement de tête.

– Pouvez-vous être certain que la nouvelle ne se répandra pas?

– C'est la dernière chose que nous voulons. Non, pas de publicité. Mon métier, ma famille...

– Comment accueilleriez-vous une investigation

sérieuse de ces perturbations par quelqu'un qui pourrait faire des observations rigoureuses?

Steve était à bout. Il se tordait les mains et s'efforçait de contrôler le tremblement de son menton.

– Docteur Lesh, nous nous moquons des perturbations... des coups... du mobilier... des éclairs... de la musique. (Il promena un regard désespéré autour de la pièce.) Tout ce que nous voulons, c'est retrouver notre petite fille.

4

Pendant les trois heures qui suivirent, Martha Lesh interrogea Diane et Steve sur tous les aspects de l'affaire – quels étaient les objets qui se déplaçaient, et quand? Qui se trouvait alors dans la pièce? Sur quel canal la télévision était-elle allumée? Comment Carol Anne avait-elle disparu? Les Freeling étaient contents de pouvoir parler de tout cela et ils ne se firent pas prier.

Jusqu'à présent, ils ne savaient pas à qui s'adresser ni ce qu'il convenait de faire. Appeler la police et remplir une déclaration de disparition? Ils n'avaient aucune peine à imaginer la façon dont leur démarche eût été reçue. Engager un médium pour parler aux esprits? Ils n'avaient aucune idée de la façon dont ils auraient pu entrer en contact avec une telle personne. Il n'était pas question d'en parler à leurs amis, de crainte du ridicule. D'ailleurs, ils avaient eux-mêmes peine à croire à ce qui leur arrivait. Ils ne pouvaient pas se permettre d'en instruire les voisins; et plus particulièrement Teague, qui avait une conception bien particulière de la propriété et de la communauté, et qui réagissait très mal à l'égard de tout comportement insolite de la part de ses voisins *ou* de ses vendeurs. Il avait déjà appelé une fois pour savoir pourquoi Steve n'était pas venu travailler.

Ils ne pouvaient cependant quitter la maison – pas tant que Carol Anne y était encore. Il se pouvait qu'elle réapparût à tout moment, ou qu'elle eût besoin d'aide; elle se trouvait... quelque part ici.

Martha Lesh était un don du ciel. Une scientifique compétente et compatissante. Et, qui plus est, médecin. Elle pouvait les aider. Elle croyait à la réalité des événements paranormaux et prendrait leurs appréhensions au sérieux. Oui, elle allait les aider.

Ryan revint de l'hôpital en même temps que Robbie de l'école.

– Alors, ça a été à l'école? demanda Diane.

– Oh, je n'avais pas cours ce matin, plaisanta Ryan en entrant sur les talons de Robbie.

– Attention, pas de dessert si tu sèches les cours, rétorqua Diane.

Son moral s'était déjà beaucoup amélioré; elle était certaine que ces gens retrouveraient son enfant.

– Mais le chien a mangé tous mes cahiers, improvisa Ryan.

– Bon... d'accord, trancha Diane, tu auras droit au dessert. (Elle partit vers la cuisine.) Va te laver les mains, terreur, cria-t-elle à Robbie.

Steve et Martha Lesh s'approchèrent.

– J'avais l'intention de les emmener... dans la chambre, dit-il à sa femme.

– Allez-y, fit Diane par-dessus son épaule. Moi, je vais essayer de me changer les idées en préparant le déjeuner. A chacun ses petits trucs, pas vrai?

Steve acquiesça et partit vers l'escalier, suivi de Martha, de Ryan et, plusieurs pas en arrière, de Robbie. Ryan avait un appareil de 35 mm autour du cou.

– Il faut que je vous avertisse, expliqua Steve en montant les marches. Nous avons dû isoler cette chambre du reste de la maison. Robbie dort avec nous maintenant. Quant à Dana, notre aînée, elle passe pas mal de temps chez... chez des amies.

– A combien de manifestations avez-vous assisté dans cette chambre? interrogea Martha.

– En fait, nous n'y allons plus du tout.

– Nous pourrions nous y installer, lui assura Ryan. Nous enregistrerions toute trace d'énergie psychotonique; nous avons un appareillage ultra-sensible qui peut relever les altérations les plus subtiles, des phénomènes qui échappent à l'œil humain.

Martha renchérit :

– Ryan a filmé une manifestation extraordinaire à Redlands.

– Ça oui! fit Ryan, tout excité à la perspective de nouveaux résultats positifs à communiquer à la Faculté. C'était un jouet d'enfant, une petite voiture qui a parcouru deux mètres sur du lino. L'événement a duré sept heures.

– Comment cela, sept heures? demanda Steve, perplexe.

– Sept heures pour parcourir la distance. Le mouvement n'aurait pas pu être observé à l'œil nu, mais je l'ai filmé au ralenti, image par image.

Steve opina. Ils arrivaient sur le palier. Le couloir était plongé dans l'obscurité. A pas mesurés, le petit groupe alla jusqu'à la porte verrouillée de la chambre des petits. Robbie, cependant, se ravisa. Parvenu en haut de l'escalier, il fit demi-tour et dévala les marches, vers le jour et vers sa mère.

Steve tira une clé de sa poche, se pencha et tâtonna un moment à la recherche de la serrure. Martha et Ryan inspectaient le couloir, notant la position des autres chambres. Steve ouvrit la porte. D'un air détaché, Ryan et Martha s'avancèrent sur le pas de la porte.

La pièce était parsemée de jouets et de meubles brisés. Le tout en mouvement.

Le lit à demi démantelé tournait sur lui-même. Des disques volaient en décrivant de grands arcs de cercle. Une lampe frôla la tête de Ryan. Des animaux en peluche, à moitié éventrés, descendaient lentement du plafond. Des livres d'images flottaient en l'air. Un petit cheval en plastique dérivait lentement, monté par une poupée de celluloïd. Un vent violent soufflait dans la pièce, malgré le grand panneau de contre-plaqué qui obstruait la fenêtre.

Lesh et Ryan étaient figés sur le seuil, partagés entre stupeur et incrédulité.

– C'est un canular, n'est-ce pas? balbutia le jeune homme.

La lampe de chevet repassa devant lui; son ampoule s'alluma puis explosa. Plusieurs livres approchèrent de la porte et restèrent un moment suspendus en l'air, bruissant comme autant de chauves-souris affolées. Ils s'éloignèrent, instantanément remplacés par un compas à dessin qui fonça droit vers Martha Lesh, la pointe braquée sur ses yeux. Elle fit un bond en arrière.

Le compas restait en suspension. Un disque vint se présenter devant lui. La pointe du compas s'y posa et se mit à tourner, produisant une étrange mélodie – les lamentations des esprits.

Tout à coup, la porte se referma, laissant Lesh et Ryan tout tremblants dans le couloir.

Derrière eux, Steve opina de la tête, et précisa d'une voix paisible :

– Comme je vous le disais, nous n'utilisons plus cette pièce.

Après un déjeuner maussade, Robbie retourna à l'école; les autres prirent le café.

La tasse que Martha portait à ses lèvres tremblait imperceptiblement. Diane, en revanche, était redevenue tout à fait calme; pour la première fois depuis deux jours, elle était certaine de ne pas être folle; de plus, un expert était près d'elle.

– En toute autre circonstance, Steve et moi sommes des hôtes plutôt agréables, fit-elle remarquer. Pour ma part, je n'ai guère dormi ces derniers temps – cela se voit, non? Steve n'est pas allé travailler; il a été formidable – oui, vraiment formidable. (Personne ne répondit; Martha et Ryan étaient encore très secoués; aussi Diane reprit-elle, véritablement intéressée :) Depuis combien de temps vous penchez-vous sur le problème des maisons hantées?

Martha Lesh parut vaguement embarrassée.

– Eh bien, madame Freeling...

– Diane.

– Il n'est pas aisé de dire si votre maison est « hantée » ou non.

A cette seconde, la cafetière se déplaça d'une cinquantaine de centimètres vers le bord de la table. Faisant un grand effort sur elle-même, Martha Lesh ignora le fait et continua de parler le plus naturellement possible.

– Ce que je veux dire, c'est qu'il peut y avoir de nombreuses explications à ce que nous voyons ici.

– Par exemple?

– Cela peut être un esprit frappeur, émit Ryan, et non pas un fantôme classique.

– Il y a une différence?

Ryan se sentait complètement perdu. Lui, un scientifique, un homme qui ne croyait qu'aux relations naturelles de cause à effet, voici qu'il débattait le plus sérieusement du monde de notions de fantômes et d'esprits frappeurs. Toutes les deux ou trois minutes, il se rassurait à voix basse : « J'ai vu ce que j'ai vu. Un scientifique doit rapporter objectivement ce qu'il observe. J'ai vu ce que j'ai vu. »

Deux éclairs explosèrent silencieusement à quelques mètres de lui. En l'air, dans le vide.

– Vous avez vu ça? balbutia-t-il en regardant tour à tour chacun des convives.

Pouvait-il s'agir d'un cas d'hallucination collective?

– Il va y en avoir deux autres dans quelques secondes, fit Diane en souriant. Ils viennent toujours par paires.

Ryan restait bouche bée, oublieux de l'appareil-photo qu'il portait en bandoulière. Martha lui donna un coup de coude.

– Ryan, dit-elle en montrant l'appareil.

Il parut se réveiller et se mit à effectuer des réglages. A cet instant, deux nouveaux éclairs détonèrent à l'autre bout de la maison.

– Ah! il faut être rapide ici, remarqua Diane d'un ton affable.

– C'est électrique, observa Ryan en humant l'air.

– Existe-t-il de puissants générateurs de courant dans les environs? interrogea Martha Lesh.

– Pas que je sache.

– Je ne vois pas quelle source énergétique connue pourrait induire les phénomènes auxquels nous avons assisté là-haut, affirma Ryan d'une voix blanche.

– Que voulez-vous dire? demanda Diane d'un ton où affleurait une trace de doute.

– Martha, peut-être devrions-nous faire venir Tangina, continua Ryan.

Lesh secoua la tête.

– Plus tard, peut-être, si elle recouvre ses forces; tout dépend de ce que nous allons découvrir. Au point où nous en sommes, il n'est pas exclu que tout cela soit l'effet non encore élucidé d'un champ magnétique, ce qui...

– Bien sûr, bien sûr... tout ce que je voulais dire, c'est qu'elle pourrait être plus qualifiée, *de facto*, pour au minimum cerner ces...

– Avant et par-dessus tout, Ryan, elle reste ma patiente. *Primum non nocere.* C'est la règle capitale de la médecine. Lorsqu'elle aura récupéré du traumatisme qu'elle vient de vivre – si elle y parvient – il est possible que je lui demande de venir ici. En attendant, j'ai le sentiment que nous avons une sacrée somme d'informations à mettre en boîte, avant de songer à toute analyse de...

– Que voulez-vous dire? intervint Diane.

– Je vais appeler Marty, notre technicien, et lui demander d'apporter tout le matériel. Caméras, détecteurs de champ et le reste – si vous êtes d'accord, bien entendu. Ainsi, nous pourrons étudier à fond la question, et...

Diane toucha le bras de Martha.

– Que disiez-vous à propos d'esprits frappeurs?...

Lesh eut un moment de flottement, puis elle arbora un sourire compatissant: n'était-elle pas allée un peu trop vite avec ces pauvres gens complètement perdus?

– Oui, je disais – ou Ryan disait – que les esprits frappeurs sont en général associés à un individu. C'est du moins ce qu'affirment les études publiées sur le sujet. Alors que les fantômes semblent habituellement attachés à un endroit, une maison.

– En outre, ajouta Ryan, les manifestations d'un esprit frappeur sont d'assez courte durée. Peut-être un ou deux mois. Tandis que les fantômes se manifestent, dit-on, pendant des années, voire des siècles.

Diane, qui avait écouté attentivement, saisit subitement la main de Steve et l'attira à elle; tous la regardaient quand, d'une voix blanche, elle demanda:

– Vous voulez dire que tout cela pourrait cesser à tout moment?

Martha s'efforça d'adopter un ton clinique et détaché :

– A moins que votre maison ne soit hantée. Mais en règle générale – et j'insiste sur le fait que je me réfère seulement ici à la documentation actuellement existante –, en règle générale, donc, il n'apparaît pas que des manifestations typiques d'un fantôme soient jamais liées à une personne vivante.

– En ce cas, nous n'avons pas beaucoup de temps, docteur Lesh, souffla Diane. Parce que ma fille est vivante quelque part dans cette maison.

Assise à une table du réfectoire de son lycée, Dana sirotait un verre de lait. Heather et Trudie étaient à ses côtés. Elles avaient l'air plutôt grave.

– Tu sais bien que tous les parents sont cintrés, Dana. Le cerveau se met à pourrir avec l'âge. Ils se tiennent bien, et puis tout d'un coup, ils ont une crise.

– Oui, mais là, c'est vraiment trop. Ma petite sœur est coincée ou cachée quelque part dans la maison – à l'entendre, on dirait qu'elle a une trouille bleue –, et mes parents ne font a-bso-lu-ment rien.

– Peut-être veulent-ils lui donner une leçon, ou un truc comme ça. Moi, les miens me font toujours ce coup-là. Comme la fois où ils m'ont obligée à fumer plein de cigarettes d'affilée, au point que j'en ai vomi.

– Non, c'est encore plus tordu. Ils *veulent* qu'elle revienne, mais, d'après moi, ils croient qu'elle a été emportée par la tornade et que c'est à son *fantôme* qu'ils parlent.

– Ben dis donc!

– Mince alors!

– Ils croient *ça?*

– Dana, tes parents ont besoin de repos.

– Tu sais, les miens, ils ont cessé de croire à l'existence de ma grande sœur, Katie, depuis qu'elle fait partie des Krishna. C'est exactement comme si elle était morte. Je te jure. Il se passe peut-être le même genre de choses chez toi.

– Peut-être bien, fit Dana en secouant tristement la tête. Tout ce que je sais, c'est que cette maison me donne la chair de poule, surtout après la tombée de la nuit.

– Ça, je te comprends!

– Ils ont presque réussi à me faire croire à ces coups sourds, ces drôles de craquements. J'en arrive à penser qu'ils cachent Carol Anne quelque part, pour je ne sais quelle raison tordue. Je ne sais vraiment plus ce qui se passe.

– Hé! Peut-être que tes parents essaient de te rendre folle, comme dans *Hantise*. Tu sais, quand Ingrid Bergman croit que la lumière baisse, et que Joseph Cotten...

– Espèce d'idiote, pourquoi voudrait-on me rendre folle?

Trudie s'appuya contre son dossier et se gratta le menton.

– Peut-être pour l'assurance?

La nuit tombait. Marty avait passé la plus grande partie de l'après-midi à installer son matériel dans le salon des Freeling; il y mettait la dernière main. Deux caméras vidéo, dont une équipée d'un grand angle, couvraient différents secteurs de la pièce. Chacune était branchée sur une unité de monitorage. Sur leurs trépieds, trois appareils-photo 35 mm automatiques étaient reliés, en guise de déclencheur, à des fils tendus à travers le salon. Il y avait également des caméras à infrarouges et à ultraviolets; des magnétophones et une batterie de micros spécialisés dans les fréquences ultra-basses et ultra-hautes; un thermographe, un enregistreur d'ionisation, un magnétomètre, un baromètre, un sismographe et un petit fluoroscope. L'endroit ressemblait au repaire d'un savant fou.

Au milieu d'une activité bourdonnante, Diane et Steve, assis sur la banquette, se tenaient par la main. Martha, Ryan et Marty faisaient d'ultimes réglages, vérifiaient leurs branchements; bref, ils faisaient montre d'une grande fébrilité.

Dana arriva du premier étage, un sac en bandoulière.

Diane lui sourit et déclara d'une voix égale :

– Ma chérie, je te présente le docteur...

– Il va faire nuit, m'man, l'interrompit l'adolescente. Faut que j'y aille. Je t'appelle de chez Trudie.

Elle s'était exprimée de façon nette et concise, et Martha Lesh n'aurait pu dire si elle était soucieuse, honteuse, ou simplement effrayée.

– Elle ne veut pas rester à la maison après la tombée de la nuit, expliqua faiblement Steve, semblant presque s'excuser.

– Elle est pas folle, marmonna Robbie d'un air dégoûté.

Assis sur le tapis, il jouait avec un camion.

Sans rien dire d'autre, Dana sortit par la porte de devant. Diane alla allumer le téléviseur. Les informations régionales se terminaient par un reportage sur les dégâts causés par la tempête de l'avant-veille. Diane les passa sur le canal 81 UHF.

– Nous recevons mieux sur ce canal, mais ne me demandez pas pourquoi.

Perplexe, Martha Lesh, comme les autres, fixait l'écran. La lueur blanc bleuté caractéristique inonda la pièce, de plus en plus prononcée au fur et à mesure que Steve éteignait les différentes lampes. Il n'y eut bientôt plus que l'éclairage froid et intense de la télévision; et le sifflement continu des électrons.

Ryan et Marty coiffèrent leurs écouteurs et braquèrent caméras et micros sur le poste, tandis que Diane haussait le volume du sifflement. Lesh mit ses lunettes. Steve alluma une cigarette et tira une longue bouffée. Diane vint lui tenir un instant la main, comme pour rassembler ses forces, puis s'adressa au groupe :

– Je vais l'appeler.

Elle avait dit cela si simplement et si subitement que Martha Lesh retint sa respiration. Diane alla se poster au centre de la pièce, croisa les bras, ferma les yeux, prit une profonde inspiration... et s'adressa tendrement au plafond.

– C'est Maman, ma chérie. Nous voudrions te parler. Ma chérie, je t'en prie, réponds. Parle-moi, Carol Anne.

Le Dr Lesh jeta un coup d'œil vers ses assistants afin de voir comment ils réagissaient. Apparemment impavide, Marty surveillait ses cadrans et ses entrées. Ryan, lui, était visiblement fasciné, encore qu'incertain du comportement qu'il convenait d'adopter. Martha était elle-même désorientée. Qu'allait-il se passer?

Buzz entra tout à coup dans la pièce, le nez en l'air, comme si quelqu'un l'appâtait avec un morceau de sucre. Il remuait la queue.

– Tu as vu le chien? souffla Martha à Ryan.

Marty plissa le front et appuya plus fermement les écouteurs sur ses oreilles. Le chien alla s'asseoir à l'autre bout de la pièce et se mit à fixer d'un regard suppliant un point invisible de l'espace.

– Es-tu avec nous en ce moment, ma chérie? demandait Diane. Veux-tu dire bonsoir à papa? Dis bonsoir à papa, mon chou.

Ryan secoua lentement la tête, ébaucha même un sourire; le scepticisme commençait à l'emporter sur ses autres émotions. Ainsi, tout cela n'était qu'une mystification. Ou, sinon une mystification, du moins une triste erreur dont ces pauvres gens avaient...

Il venait d'entendre quelque chose. Son sourire s'évanouit. Il pressa le casque sur ses oreilles. Son pouls s'accéléra.

Marty avait lui aussi entendu. Il s'activait sur ses curseurs, réglant gains, filtres et fréquences.

– Bon Dieu!... fit-il dans un souffle.

Tendus, les yeux plissés, le souffle retenu, tous étaient comme fascinés par le flux bleuté. Nul soupir, nul cillement; alors, douce comme un souvenir lointain, tendre et frêle, une voix :

– Salut, papa.

– Bonsoir, ma chérie, balbutia Steve.

Il avait la gorge nouée, les yeux humides. Assise à côté de lui, Martha Lesh en avait sursauté de saisissement. Lentement, sans cesser de fixer la neige tourbillonnante, elle s'approcha du poste. C'était cette voix qui la veille avait filtré des lèvres de Tangina. Elle en frémissait d'émotion.

Comme elle, tous s'étaient levés.

Diane parla de nouveau :

– Ma chérie, c'est maman.

– Bonsoir, maman, fit la voix qui semblait bien provenir du poste.

Imperceptiblement, Marty se mit à secouer la tête. Tout cela ne tenait pas debout. Une voix dans la télévision? Trop facile. N'importe qui pouvait avoir bricolé ce poste. Pour se conforter dans sa méfiance, il tourna les yeux vers Ryan; mais celui-ci était complètement absorbé dans le réglage des magnétophones, la surveillance des répétiteurs d'images infrarouges et des mesures du flux ionisé.

Alors, Marty enleva ses écouteurs et ouvrit sa mallette à outils pour en sortir un tournevis cruciforme et une lampe-torche. Il passa derrière le téléviseur dont il dévissa le capot protecteur, puis, méthodiquement, il en examina les circuits.

– Est-ce que tu me vois? reprenait Diane. Est-ce que tu vois ta maman?

– Où es-tu, maman? Je ne te vois pas!

– Nous sommes à la maison, mon bébé. Viens rejoindre maman. Est-ce que tu connais le chemin?

– J'ai peur, maman. J'ai peur de la lumière.

Martha Lesh s'approcha vivement de Diane.

– Dites-lui de rester loin de la lumière, dit-elle d'une voix égale, mais impérieuse.

– Mais c'est peut-être la porte de sortie! protesta Diane

– Ça l'est. C'est une porte de sortie... *la* porte de sortie. Mais pas pour elle. Dites-le-lui, vite.

– Carol Anne. Où est cette lumière?

– Dites-lui de ne pas s'en approcher! Tout de suite! adjura Lesh en agrippant le bras de Diane.

– Fais-le! pressa Steve, suspendu à la peur que contenait la voix de Martha Lesh.

La jeune femme opina d'un air incertain.

– Ma chérie, la lumière est dangereuse. Ne t'en approche pas. Ne la regarde pas.

Marty vint se ranger près de Martha Lesh.

– C'est pas croyable, murmura-t-il. Le téléviseur a l'air normal, mais cette voix pourrait être diffusée par un émetteur dissimulé quelque part dans la maison. Je vais jeter un coup d'œil.

Lesh hocha la tête d'un air absent, puis elle dit à voix basse :

– Ce n'est pas une mystification.

C'était à présent une conviction. Elle ne savait pas exactement pourquoi, mais elle en était tout simplement certaine.

– On va bien voir, dit Marty.

Il sortit du halo blanchâtre et monta à pas de loup au premier.

Buzz se mit à japper et sauta en l'air pour saisir quelque chose dans sa gueule. Chacun reporta son attention sur lui, juste à temps pour voir plusieurs décharges électriques éclater dans le vide au-dessus de sa tête. Presque aveuglantes, elles illuminèrent la pièce quelques instants, puis s'évanouirent en laissant une odeur d'ozone.

– Qu'est-ce que c'est que ça?

Au même endroit, une série de menus objets s'étaient matérialisés, qui tombèrent immédiatement sur le tapis. Lesh et les autres firent cercle pour les examiner. Il y avait là différents bijoux, des camées, des broches, des pièces de monnaie, des montres de gousset, des chaînettes; et quelques petits os. Le chien s'approcha et renifla le tout avec méfiance.

Martha Lesh se tourna vers Ryan qui n'avait pas quitté ses appareils.

– Tu as capté quelque chose?

– Rien du tout, marmonna-t-il en consultant ses voyants.

– Maman... (Teintée de peur, la voix dans le poste se fit plus forte.) Maman... il y a quelque chose, là.

Dévoré d'inquiétude, Steve se prit la tête entre les mains.

– Doux Jésus, ce n'est pas vrai.

– Maman... c'est toi?

– Qu'est-ce qu'il y a, ma chérie? Qui est avec toi?

– Il y a quelqu'un qui vient, maman, fit la voix angoissée.

– Ne t'en approche pas! Va-t'en...

Une plainte aiguë sortit de la télévision, le cri d'un enfant fou de terreur :

– Noon! Non, non...

– Sauve-toi, Carol Anne! Sauve toi! hurla Diane à l'adresse du poste.

Marty longea silencieusement le couloir jusqu'à la

chambre de Dana. La porte était entrebâillée. Il la poussa et entra en restant dos au mur. D'une pression de l'épaule, il alluma la lumière.

Il ne vit rien d'extraordinaire. Juste une chambre d'adolescente. Une chaîne stéréo, une pile de disques, des revues, des livres, des vêtements épars, un sèche-cheveux, une affiche du Rocky Horror Picture Show, des rideaux de dentelle et des bottines de daim. Il jeta un rapide coup d'œil sous le lit, puis alla inspecter la penderie.

Y étaient suspendus quantité de vêtements, vaguement fantasmagoriques dans la pénombre. Un parfum d'essence de rose emplissait le réduit, tel le souvenir olfactif de quelque vie antérieure. Marty se gorgeait de cette senteur tout en farfouillant entre les chemisiers et les robes pendus à des cintres, puis parmi les objets disparates entassés sur le sol.

Dans un angle du fond, il avisa, presque caché derrière une pile de papiers et de vieux souliers, quelque chose qui ressemblait à une boîte. Peut-être un émetteur. Ou encore un lecteur de cassettes dont les haut-parleurs auraient été dissimulés au rez-de-chaussée.

Il balaya le camouflage et ramena une boîte en carton qu'il ouvrit avec un sentiment de triomphe. Elle ne contenait que du papier à cigarettes, une trentaine de grammes d'herbe californienne, un tamis à égrainer et quelques boîtes d'allumettes. Marty éclata de rire. Il décida rapidement de ne pas s'en rouler un petit : Martha ferait la gueule; et puis cette maison émettait de trop mauvaises vibrations, il se paierait sans doute un coup de parano.

Il alla faire un tour dans la salle de bains qui se trouvait au bout du couloir, après la chambre de Dana. Le rideau de la douche était fermé – pourquoi fallait-il que les rideaux de douche fussent toujours fermés dans des situations comme celle-ci?

Il l'écarta d'un geste dramatique, prêt à affronter la plus épouvantable abomination. Rien. Il retourna dans le couloir pour gagner la chambre des parents.

Il y sentit une drôle d'odeur, comme un remugle d'humidité et de moisissure, et se demanda si quelque petit animal n'était pas venu mourir derrière la commode ou ailleurs. Mais il ne trouva rien d'anormal derrière ce meuble, pas plus que sous le lit, dans la penderie ou le placard. Il passa dans la salle de bains attenante. Ce n'était que miroirs limpides et céramique étincelante; Marty ne pouvait imaginer que quelque chose de sinistre pût être caché ici. Il examina la baignoire, puis voulut ouvrir le petit placard supportant le lavabo. Il ne s'ouvrit pas.

Tout à fait étrange. Il n'y avait ni serrure ni loquet, et pourtant les portes résistaient. Il s'accroupit, affermit sa prise, et commença à tirer... quand il perçut le bruit. Il venait de l'intérieur du placard.

Un grondement effrayant, le grincement de formidables crocs, un bruit, en vérité, sourd et tranquille, mais suggérant une telle puissance, une telle violence contenues qu'il ne pouvait apparemment provenir que d'une créature dix fois plus volumineuse que le petit meuble.

Marty se redressa vivement et sortit à reculons de la salle de bains. Quel que fût le petit jeu des Freeling, il ne voulait rien savoir de ce qui se trouvait sous ce lavabo.

Il repassa rapidement dans le couloir enténébré et s'arrêta devant la porte de la chambre des enfants. Tout cela ne pouvait être qu'un coup monté; il n'y avait pas d'autre explication possible.

En dépit de l'obscurité – pas moyen de trouver un interrupteur –, il savait que c'était là la dernière pièce qu'il lui restait à visiter. Il appliqua l'oreille contre la porte et perçut une rumeur lointaine, comme le bruit du vent qui s'engouffre dans une caverne. Rassemblant son courage, il essaya de tourner la poignée : fermée à clé.

Venant du rez-de-chaussée, lui arrivaient indistinctement les bruits d'une grande agitation; il entendit même une explosion assourdie. Il prit une profonde inspiration. Bon, c'était maintenant ou jamais.

Ce fut maintenant. Il sortit une lime de la trousse qu'il portait à la ceinture, et entreprit de crocheter la serrure. Au bout de quelques secondes, le pêne s'effaça. Lentement, il manœuvra la poignée.

Soudain, une chose infecte lui planta ses crocs dans le flanc. Il s'écroula avec un hurlement de douleur et, pour fuir l'abomination, roula sur lui-même jusqu'au palier.

Ryan ne quittait pas ses cadrans des yeux. Subitement, tous les indicateurs s'affolèrent. Dans la télévision, les hurlements ne cessaient pas.

Diane n'en pouvait plus. Elle se bouchait les oreilles et, le visage inondé de larmes, implorait Martha Lesh du regard. Celle-ci gardait les yeux baissés, totalement impuissante.

Trop terrorisé pour pleurer, Robbie était assis dans un coin et se balançait d'avant en arrière comme un enfant autistique. Steve allait et venait dans la pièce, submergé par la colère et le désespoir. Lové sous une chaise, le chien gémissait.

– Carol Anne! hurla à nouveau Diane. Oh! Mon Dieu!

Steve se mit à marteler le mur.

– Espèce de salaud, ce n'est qu'une enfant! fit Diane d'une voix brisée.

– Maman! Maman!

– Aidez-la! criait maintenant Diane à l'adresse de Lesh. Vous n'entendez pas ce qui se passe? Oh, pour l'amour de Dieu, aidez-la!

Avant que Lesh ait pu dire un mot, on entendit un léger trottinement courir au plafond et descendre le long du mur. Deux lampes qui se trouvaient sur la table, contre le mur, furent renversées et se fracassèrent sur le sol.

Aussitôt, un bruit de pas lents et pesants suivit le même itinéraire – au plafond, puis le long du mur. La table se brisa en deux. La maison entière tremblait sous l'impact de ces pas.

Tout à coup, un vent tiède passa sur Diane, soulevant ses cheveux, traversant ses vêtements. Elle ouvrit grand les yeux et exhala un long cri d'émotion brute, un cri où se mêlaient la joie et l'horreur. Puis elle balbutia :

– Mon Dieu, je l'ai sentie. Elle vient de me traverser. C'était comme si elle me traversait l'âme. (Elle courut vers Steve, s'agrippa à lui.) Sens mes vêtements. C'est elle. Elle, partout sur moi.

Il porta un pan de son chemisier à son visage. Ses yeux s'emplirent de larmes.

– Oui, c'est bien elle. Mon Dieu, je n'arrive pas à y croire.

Les formidables bruits de pas devenaient plus forts à présent. Ils allaient et venaient à travers la pièce, sur les murs, renversant des chaises, brisant des cadres, comme lancés en une vaine poursuite. Chacun suivait ce cheminement effrayant; aux bruits de pas s'ajoutaient d'écœurants grognements. Tout à coup, une odeur abominable emplit l'atmosphère, une odeur de mort et de putréfaction. Alors, il y eut une implosion; tout le monde vacilla sous le souffle puissant. Puis la vaste baie vitrée se fêla en une douzaine de points.

Une paix immense descendit sur le salon.

– Carol Anne? fit Diane d'une voix altérée.

Silence...

– Steve! Elle ne répond plus!

– Elle est en sécurité, je pense. Pour le moment.

Toute tremblante, Diane s'assit par terre.

– Combien de temps cela va-t-il durer?

Son fils vint lui passer les bras autour du cou pour la rassurer.

– T'en fais pas, m'man. On va la retrouver, Carol Anne. Peut-être qu'elle est chez mamie. On devrait y aller voir. Pleure pas, m'man.

Pour Robbie, voir sa mère s'effondrer était presque le coup le plus dur.

Martha Lesh s'approcha de l'amoncellement d'artefacts qui s'étaient abattus sur le sol. Elle y préleva une broche ancienne.

– Avez-vous déjà entendu parler de « téléportation »? demanda-t-elle à la ronde.

Personne ne lui prêtait vraiment attention, mais elle n'en continua pas moins à parler afin de meubler le silence.

– Eh bien, moi oui. Dans le *Journal de Parapsychologie* du mois dernier, était rapporté le cas d'un charpentier dont les outils ne cessaient de disparaître de l'atelier, pour être retrouvés bien plus tard, plantés dans le sol devant la fenêtre de sa cuisine. Les cas de ce type abondent dans les publications spécialisées. Mais c'est bien la première fois que j'assiste personnellement au phénomène.

Robbie inclina la tête comme un chiot curieux.

– C'est comme dans *Star Trek*, quand Spock balade le capitaine Kirk sur un rayon?

Le regard de Martha Lesh s'éclaira.

– Il y a un peu de cela, Robbie.

Son regard se fit rêveur; en elle, s'opéraient certains rapprochements. Elle s'adressa à Steve :

– Selon vous, où Carol Anne se trouvait-elle au moment de sa disparition?

– Dans le placard de sa chambre.

– Montons voir.

– Si on peut l'ouvrir, fit Steve en haussant les épaules.

– Ne vous en faites pas pour cela, répondit Martha à ce qu'elle avait pris pour un défi.

Et, suivie des autres, elle prit le chemin de l'escalier.

Comme ils allaient tourner au coin du couloir, un cri d'agonie leur parvint. Une seconde plus tard, Marty roulait au bas de l'escalier. Ils le trouvèrent affaissé contre la première marche, la respiration oppressée. Il se tenait le côté. Le Dr Lesh s'accroupit près de lui.

– Que s'est-il passé?

– J'allais inspecter la chambre fermée à clé quand... je ne sais pas... quelque chose m'a enlevé un morceau de viande.

Ces mots terrorisèrent Robbie; il se mit à claquer des dents.

– Tu t'es fait mordre?

– Oui, ou alors c'est l'hallucination physique la plus...

– Relève ta chemise, je vais t'examiner, commanda le Dr Lesh d'un ton clinique.

Tandis que le jeune homme s'exécutait, Diane donna de la lumière dans le couloir. Tous se pressèrent autour de Marty.

Une série d'ecchymoses violacées entouraient tout le flanc de Marty, du dos à l'abdomen, comme si une horrible créature pourvue d'une mâchoire de trente centimètres avait essayé de lui enlever un énorme morceau de chair.

Robbie avança la main pour toucher timidement la marque de la bête.

Martha examina un moment la morsure, puis lança un regard méfiant vers la cage d'escalier obscure.

– Tout le monde va passer la nuit en bas, dit-elle enfin.

Steve en avait sa dose.

– Chérie, Robbie et toi allez venir avec moi. Nous allons dormir en ville, et demain nous...

– Pas question de laisser Carol Anne, fit Diane d'un ton péremptoire.

Robbie regardait tour à tour son père, sa mère, le docteur et la morsure.

– Je ne veux pas rester ici. On n'arrête pas de se faire mordre.

Il se souvenait de son clown et se mit à sucer son doigt.

– Tu vas emmener Robbie en ville, dit Diane à Steve.

– Non. Je ne te laisse pas seule ici.

Une émotion faite de fatigue, d'amour et de peur mêlés les gagnait. Martha Lesh s'esquiva discrètement et regagna le salon. Elle avait un don naturel pour dissiper les tensions; ainsi, d'un grand geste théâtral, elle déploya la banquette en un grand lit convertible.

– Des couvertures, des oreillers, des draps, lança-t-elle. Le sommeil porte conseil!

5

Le reste de la soirée se passa dans une gaieté quelque peu forcée. On descendit de la literie et des oreillers supplémentaires; *Monsieur Pizza* vint en livrer deux, l'une à l'oignon et au poivre, l'autre à la saucisse; chacun aida Robbie à bâcler ses devoirs. On eût dit une petite bourgade en état de siège.

Les appareils furent repositionnés, revérifiés, réétalonnés. Ryan proposa que l'on se raconte des histoires de fantômes, mais personne ne rit. Buzz se mit à se comporter bizarrement, couinant et tournant en rond, la queue entre les jambes. Il faillit renverser le trépied d'une caméra. Afin de prévenir tout incident de cette nature, Diane l'emmena dehors pour l'attacher à sa niche.

Vint le moment de se coucher.

Diane et Robbie prirent place dans le convertible. Steve, épuisé mais incapable de dormir, alla s'étendre sur son transat. La télévision était toujours allumée, réglée sur un canal vacant.

Martha Lesh regarda Marty remettre l'oscilloscope à zéro, tester l'électrohygromètre. Elle sentait le sang battre à ses tempes. Tout cela était vraiment trop étrange.

Telle une sentinelle faisant sa ronde, elle se rendit dans le couloir d'entrée. Ryan y était assis dans un grand fauteuil, face à l'escalier; il disposait une caméra à cet endroit de façon à prendre en enfilade la volée de marches, le palier et le couloir du premier étage. Martha lui tapa sur l'épaule, ce qui le fit bondir en l'air.

– C'est un arrêt cardiaque que vous voulez? fit-il entre ses dents pour ne pas gêner les vaillants efforts de ceux qui tentaient de s'endormir.

– Chhhut! admonesta Martha. (Puis, avec un sourire de connivence :) C'est plus excitant que de passer un examen d'UV, tu ne trouves pas?

Il lui agita son index sous le nez.

– Je peux m'en aller quand ça me chante, vous savez. On n'est pas à l'armée et vous n'êtes pas ma mère.

– Si jamais on en vient à jouer des coudes, dit-elle avec un clin d'œil, je parie que je suis la première dehors. Que disent les appareils?

– Par instants, on trouve un flux ionisé plutôt irrégulier. Je vérifierais bien que ce n'est pas causé par de l'humidité due à une fuite quelque part, mais il est hors de question que je monte là-bas.

– Galilée serait allé voir. Newton serait allé voir.

– Eh bien, allez-y.

Elle jeta un coup d'œil à l'obscure cage d'escalier.

– On n'est pas à l'armée, et tu n'es pas ma mère... soupira-t-elle d'un air lugubre.

Marty venait de les rejoindre.

– Vous savez, reprit Ryan, ce qu'il se passe dans cette maison laisse loin derrière tout ce que nous avons pu étudier jusqu'à présent.

– Tu parles, renchérit Marty. Ces marques de dents, c'est pas de la gnognote. Là-haut, quelque chose a vraiment voulu me déguster.

– A propos, tu les as photographiées? demanda Martha à Ryan.

– Photos, empreintes des dents, cultures bactériologiques... tout le truc, quoi.

Elle approuva d'un hochement de tête.

– Tout cela semble plus sérieux que la manifestation paranormale moyenne.

– Tous les deux, vous êtes vraiment les rois de la litote. Tiens, je vous souhaite de le rencontrer, le rigolo à denture *Colgate*.

Lesh fit la moue.

– Cette voix à la télévision... je me demande d'où elle peut bien venir.

– Je ne pense toujours pas que la possibilité d'un générateur ou d'un émetteur placé dans la chambre condamnée soit à écarter... Je veux dire que tout ce que nous avons vu voler était *possiblement* magnétisé, et puis il y a ici un puissant champ magnétique tourbillonnaire, provoqué par...

Ryan s'aperçut que les autres le regardaient de biais.

– Manifestement, vous n'y croyez pas, hein? Bon alors, prenons cette voix à la télévision... quand un canal ne reçoit pas d'émission, il peut accrocher toutes sortes d'interférences, des ondes courtes, de la CB...

– Les perturbations solaires, ajouta Marty, une voiture qui démarre...

– Des signaux venus de l'espace profond, chuchota Ryan en écarquillant les yeux.

Martha Lesh pouffa.

– Toi, tu lis trop de science-fiction.

– Vous rigolez? éclata Ryan. Avec tout ce qui s'est passé sous notre nez, vous venez me parler de science-fiction? L'idée de recevoir des signaux radio venus du cosmos n'a rien de tiré par les cheveux, vous savez. La NASA a disposé des radiotélescopes sur toute la planète, juste pour *attendre* un tel signal. Et nous *envoyons* des signaux vers Dieu sait où. Alors peut-être que Dieu sait qui préfère diffuser sur le canal 83 à Cuesta Verde, plutôt qu'en direction du mont Palomar (1).

– A propos d'espace, intervint Marty, si on parlait un peu des trous noirs?

– Oui, eh bien? fit Martha en fronçant les sourcils avec un air de scepticisme teinté d'ironie.

– Et s'il y en avait un dans ce salon?

– Hé, c'est une idée, embraya Ryan. Un minuscule trou noir, gobant tout ce qui passe trop près, pour le recracher dans un continuum espace-temps totalement différent.

Il saisit une des broches qui s'étaient matérialisées un peu plus tôt, et la porta à la lumière.

– Et certaines choses sont renvoyées en sens inverse, dans ce vieil univers ennuyeux.

Martha secouait la tête d'un air peu convaincu.

Ryan regarda l'endroit proche du plafond, où les téléportations avaient eu lieu.

– Si cet emplacement en est la sortie... alors, quelque part dans cette maison, il y a une entrée, dit-il, levant les yeux vers la chambre condamnée.

– Dommage que nous n'ayons pas pensé à prendre un appareil à mesurer la courbure du continuum, railla Martha.

Ryan hocha la tête d'un air désenchanté et retourna au réglage de ses instruments.

Le temps s'écoulait. La maison paraissait dormir comme le font toutes les maisons la nuit. Martha Lesh marchait de long en large afin de rester éveillée. Comme les autres, elle n'avait guère dormi ces derniers temps; et bien qu'elle fût encore sous adrénaline, elle savait qu'il lui suffirait de s'asseoir un peu trop longtemps pour glisser dans le sommeil, ce qu'elle ne pouvait encore se permettre. Si épuisée qu'elle fût, elle avait le sentiment qu'un

(1) Mont Palomar : célèbre observatoire situé en Californie. *(N.d.T.)*

petit surcroît de tension nerveuse stimulerait sa lucidité.

Elle comprenait en revanche l'impérieux besoin de sommeil des autres, spécialement de Diane et de Steve. Peut-être pouvait-il leur assurer au moins deux heures de paix. Elle alla éteindre la télévision, coupant pour la première fois la sinistre lueur blanchâtre.

Une petite voix flûtée monta du lit convertible. C'était Diane :

– Je vous en prie, laissez-la allumée.

Martha sourit, ralluma le poste et s'approcha du lit. Robbie dormait. Diane se souleva sur un coude.

Elle regardait le Dr Lesh venir à elle dans la pénombre et vit tout à coup l'image de la grand-mère de son livre d'histoires préféré, qui venait la border, lui chanter une berceuse. Elle souriait, les larmes aux yeux, lorsque Martha s'assit sur le bord du lit.

– Quand tout est calme comme maintenant, j'arrive à imaginer de quoi tout cela peut avoir l'air, vu par vous. Et je me sens vraiment gênée.

– Oh, ne parlez pas comme cela, fit Martha avec un geste élusif de la main. Je vais vous dire, moi, ce qui est gênant. C'est ma présence ici, chez des gens aussi charmants que vous. En parapsychologie, il n'y a pas de diplômes, pas de certificats, pas de pratique codifiée. Psychiatre, je passe le plus clair de mon temps – et une bonne part de mes nuits – à traquer des fantômes, ce qui fait de moi, je suppose, la sexagénaire la plus irresponsable que je connaisse.

– Vous étiez si drôle aujourd'hui, tremblant comme une feuille.

Diane fut prise d'un petit rire nerveux; elle se sentait subitement plus détendue. Les émotions de Martha étaient identiques aux siennes; celle-ci se mit à rire. Robbie se réveilla et se frotta les yeux. Les deux femmes reprirent leur conversation à voix basse.

– Et ce n'est pas fini, assura Martha. Je suis complètement terrifiée. Tous ces phénomènes que nous ne comprenons pas... Je me sens comme un proto humain qui sort de la forêt des premiers âges et voit la lune pour la première fois. Il lui jette des pierres.

– Vous voulez dire qu'un jour viendra où nous comprendrons toutes ces choses?

– Il faudra d'abord qu'on admette leur existence et leur nature. Comme n'importe quel autre objet scientifique. Nous sommes loin de tout comprendre – en fait, avec les années, j'en suis arrivée à penser que nous ne comprenons pratiquement rien, encore que la plupart de mes collègues ne me rejoindraient pas sur ce point.

– Et moi qui croyais que nos savants avaient tout compris, dit Diane qui ne plaisantait qu'à moitié.

– Parrainage scientifique et compréhension semblent toujours survenir un bon siècle après le ridicule et le doute. Supposez que dans cette maison nous prenions une photo à haute définition d'un phénomène authentique, eh bien, *Time Magazine* nous la passera en page mystifications et histoires drôles.

Le clair de lune filtrait à travers les rideaux, projetant des lignes froides sur le sol. Steve remua dans son transat, cherchant vainement une position confortable. La maison était tranquille, pleine d'ombre.

Robbie s'assit dans le lit.

– Si je mourais, est-ce que je deviendrais un fantôme, est-ce que je serais coincé quelque part dans la maison, comme Carol Anne?

– Ta petite sœur n'est pas morte, Robbie, répondit Diane.

– Si je mourais, est-ce que je pourrais aller la retrouver pour lui montrer comment revenir ici? Il faudrait m'attacher à une corde, comme ça quelqu'un pourrait venir nous chercher et on s'en irait.

– D'après certaines croyances, dit Martha, lorsque l'on meurt, l'âme s'en va au paradis.

– Quand mon grand-père est mort, je l'ai bien regardé sur son lit, à l'hôpital, mais je n'ai rien vu sortir de lui.

– Les âmes sont invisibles, mon chou, expliqua Diane. (Elle écarta une mèche de cheveux du front de son fils.) Tu n'as donc pas pu voir celle de ton grand-père monter au ciel.

– Et pourquoi il passe pas à la télé avec Carol Anne?

– Je viens de te le dire, Robbie : Carol Anne n'est pas morte.

Martha Lesh prit appui sur un coude, de façon à être à la hauteur de Robbie.

– Certaines personnes disent que lorsqu'on meurt, on voit une merveilleuse lumière. Elle est aussi lumineuse que le soleil, mais elle ne fait pas mal aux yeux. Toutes les réponses à toutes les questions sont dans cette lumière. Et lorsque l'on y entre... on en fait partie pour toujours.

– Et les gens invisibles qui n'arrêtent pas de lancer nos chaises dans tous les sens?

– Eh bien, peut-être ne savent-ils pas qu'ils sont morts.

– Ils se croient toujours vivants?

– Peut-être. Peut-être ne voulaient-ils pas mourir. Peut-être n'y étaient-ils pas prêts. Peut-être avaient-ils à peine commencé à vivre. Même si la lumière les désire très fort, ils refusent d'y entrer. Alors ils restent dehors, ils regardent la télévision, regardent grandir leurs amis avec un sentiment de jalousie. Et ils ont mal. Et puis il y a aussi des gens qui se perdent sur le chemin de la lumière. Et il faut que quelqu'un le leur montre.

– C'est pour ça qu'il y en a qui se fâchent et se mettent à tout casser, comme dans ma chambre?

– Tout juste. C'est comme à l'école. Il y a des enfants qui sont gentils avec toi. Et d'autres qui sont méchants.

– Je me suis fait attaquer par trois gars une fois. Ils m'ont même pris l'argent de mon déjeuner. Peut-être qu'ils se sont fait écraser par un camion et qu'ils sont là-haut maintenant.

Emplie d'amour et de tristesse, Diane soupira. Elle caressa affectueusement la nuque de Robbie, puis le força à s'allonger.

– Et si tu fermais un peu les yeux maintenant?

Robbie émit un soupir et obéit.

– Bonne nuit, m'man. Bonne nuit, madame docteur. Bonne nuit, p'pa. Bonne nuit, Buzz.

Diane et Martha échangèrent un regard plein de chaleur. Le garçonnet leva une dernière fois la tête vers l'écran du téléviseur.

– Bonne nuit, Carol Anne.

Deux heures s'écoulèrent. Steve, Diane, Robbie et même Martha Lesh finirent par trouver le sommeil. Les deux jeunes chercheurs restaient éveillés, sinon vigilants, à leurs postes respectifs. Bercés par le bourdonnement des appareils, ils jetaient de temps en temps un coup d'œil aux divers voyants qui les entouraient.

Un calme irréel planait sur la maison. Parfois, le vent faisait vibrer une vitre. Ce bruit était si agaçant et inattendu que Ryan et Marty sursautaient à chaque fois puis échangeaient un sourire crispé avant de reprendre leurs activités.

Pour le moment, Ryan était plongé dans un de ses livres de cours, l'essai classique, encore que fumeux, de Dunne sur la nature du temps et sa relation avec la prescience. Marty, lui, parcourait tour à tour un numéro de *Mécanique Populaire,* deux exemplaires de la revue *Les Gens,* et le *Téléguide* de la semaine. Vers 3 heures du matin, son estomac se mit à gargouiller, le tirant de l'engourdissement où il commençait à sombrer. Par-dessus son épaule, il jeta un coup d'œil en direction de la cuisine.

Affamé et somnolent, il se leva, s'étira et fit signe à Ryan de surveiller ses appareils pendant qu'il irait se dégourdir les jambes du côté des victuailles. Ryan opina, lança un rapide regard vers les voyants, et se replongea dans la prose difficile de J.W. Dunne. Marty entra dans la cuisine. Il y faisait noir.

Incapable de trouver l'interrupteur, il alluma sa lampe-torche pour localiser le réfrigérateur. Bientôt, il fut baigné par la lumière froide de l'appareil.

Il grappilla un peu de laitue directement dans le saladier; mais le bruit de sa mastication lui parut trop fort, et, de crainte de réveiller la maisonnée, il chercha autre chose.

Il sortit une cuisse de poulet qu'il plaça entre ses dents, et un steak enveloppé de papier cellophane qu'il posa sur le comptoir. Il referma la porte du réfrigérateur, replongeant la pièce dans l'obscurité. Il ralluma sa torche et se mit à la recherche d'un couteau et d'une fourchette.

Ustensiles divers, élastiques, crayons; Marty ouvrait les tiroirs les uns à la suite des autres. Le faisceau de la torche errait au hasard dans la pièce immaculée, projetant des ombres nettes dans des recoins curieux. Soudain, Marty s'immobilisa et inclina la tête. Il venait d'entendre un bruit.

Un bruit étrange, difficile à identifier. Comme un bouillonnement. Cela provenait du comptoir où il avait déposé le steak. Il se retourna vivement, à temps pour voir une ombre bouger. Il leva sa lampe.

Le steak était vivant. Vivant dans la mort. Il rampait grotesquement, s'enflant, se bouffissant de tumeurs cancéreuses. Ondulant, abject, il approchait.

Marty réalisa subitement qu'il avait toujours la cuisse de poulet entre les dents. Il la recracha furieusement sur le sol. Avec un haut-le-cœur, il braqua sa lampe sur elle.

Elle grouillait de milliers d'asticots, qui abandonnèrent la viande pour se répandre sur le sol, autour des pieds de Marty et dans les recoins sombres de la cuisine. Pris de nausée, Marty tituba jusqu'à la buanderie.

Sa tête heurta le mur quand il se pencha précipitamment au-dessus de l'évier pour y vomir un grand jet de bile. Ses doigts finirent par rencontrer l'interrupteur; il alluma.

Agrippé à l'évier, il régularisa lentement sa respiration, apaisa peu à peu ses haut-le-cœur.

Puis il leva la tête pour se regarder dans la glace.

L'image que lui renvoyait le miroir était celle d'un cadavre en décomposition. Horrifié, il leva les mains et plongea les doigts dans la chair putride de son propre visage. Son reflet en fit autant.

Il voyait *ses* mains lacérer des muscles nécrosés, arracher des lambeaux de chair à des os suintants. *Ses* dents ne tenaient que par le nerf; des coulées de sanie ruisselaient sur *ses* bras. Il voulut hurler, mais aucun son ne franchit sa gorge.

L'ampoule nue qui surplombait le miroir changeait de couleur en une rapide succession de jaune, d'orange, de rose, accentuant l'aspect immonde et irréel de son image. L'ampoule explosa dans une gerbe d'étincelles. Marty pivota et partit à toutes jambes vers le salon.

Mais, tandis qu'il traversait la cuisine, le temps s'altéra.

Il sentit qu'il se mouvait de plus en plus lentement, comme s'il courait avec de l'eau à mi-cuisses. Comme si l'air avait la même densité que son corps. Comme si ses pieds n'adhéraient plus au sol.

De plus en plus lentement. Ses jambes commencèrent à le faire souffrir sous l'effort; il pouvait à peine respirer. Un son – peut-être celui de la dilatation du temps – l'environnait, lui emplissait la tête... Alors, il s'arrêta tout à fait.

Il s'immobilisa complètement, un pied en l'air, la bouche ouverte. Gelé, pétrifié. Et autour de lui, tout paraissait également figé. Comme sur une photo.

Il voyait, mais ne pouvait remuer les yeux. Il pouvait entendre, mais un silence absolu s'était refermé sur lui. Il pouvait penser – mais que devait-il penser de tout cela? Etait-il en train de sombrer dans la folie? Venait-il de tomber dans le fameux trou noir?

Il perçut alors un son des plus ténus, d'abord presque inaudible, puis de plus en plus fort. Un bruit d'ailes de libellule frottant sur du papier de verre, ou de feuilles mortes balayées sur une terre meuble; ou de pattes d'araignée parcourant du linoléum. Marty regardait droit devant lui, dans la seule direction que lui permît la fixité de son regard. Des araignées arrivaient.

En petit nombre d'abord. Elles avançaient prudemment sur le sol dur et lisse, levant une patte pour tester cette curieuse surface glissante, progressant d'un centimètre, puis levant la patte suivante. Dans l'univers de Marty, les seules choses qui bougeaient étaient ces araignées, toutes de tailles différentes.

Il tenta de crier, de s'enfuir, de les chasser, mais, bien sûr, en vain. Bientôt de nouvelles araignées vinrent se joindre aux premières. Elles différaient toutes par la taille, la forme, les couleurs. Certaines étaient velues, avec des pattes épaisses et lentes, et un tronc noir et villeux. D'autres avaient un corps luisant et dur comme une carapace. Certaines étaient pourvues de pattes fines et fuselées, certaines de mandibules en forme de pinces, d'autres de piquants.

Il en apparaissait sans cesse de nouvelles. Jaunes et noires, ou brunes et duveteuses avec une tache en forme de violon sur le dos, ou encore noir luisant avec des motifs rouges en forme de sablier. Des thomises qui marchaient en crabe, des lycoses luisantes de mucus, des tipules aux longues pattes grêles, des mygales, des tarentules. Et même une loxoscèle africaine à taches vertes.

Il y en avait des douzaines à présent. Elles progressaient toujours aussi lentement, mais certaines, plus rapides, piétinaient celles qui les précédaient. Parfois des combats se déclenchaient : deux corps roulaient ensemble, seize pattes s'emmêlaient frénétiquement, les dards frappaient, le venin coulait... Alors, l'un des adversaires – ou les deux – restait sur le carreau, d'abord agité de spasmes, puis inerte, tandis que la horde poursuivait sa progression.

Sa progression en direction de Marty. Le jeune homme était plongé dans les affres de la terreur; mais son corps était une statue. Et toujours, les araignées approchaient. Comme un essaim terrestre.

Soudain, l'un des insectes qui se trouvaient en tête redoubla de vitesse et sortit bientôt du champ de vision de Marty. Celui-ci, incapable de bouger le moindre muscle, n'avait aucune idée de la direction prise par l'araignée. Mais il comprit sans tarder que si la vue et l'ouïe lui étaient restées, il avait également conservé le sens du toucher. Il sentit l'horrible bestiole grimper sur son pied gauche.

Sur sa cheville... arrêt... le long du mollet, dans la jambe de son pantalon. Elle s'arrêta à nouveau vers le genou.

Si seulement il avait pu hurler. Des centaines d'araignées s'engouffraient maintenant sous la porte, se heurtant, se piétinant. La première vague disparut sous la limite inférieure du champ de vision de Marty. Il sentit l'insecte gagner l'intérieur de sa cuisse.

Il demanda à Dieu de lui faire perdre conscience.

Deux nouvelles araignées l'atteignirent et commencèrent à monter le long de sa jambe droite. Il était au supplice. Une douzaine évoluaient maintenant sur les revers de son pantalon. Puis elles furent innombrables, grimpant à l'extérieur, à l'intérieur de ses vêtements. Elles étaient sur son dos, sa nuque. Dans ses cheveux. Elles investissaient les endroits les plus sensibles de son corps, exploraient, mordaient, déféquaient, mastiquaient. Certaines tissaient leur toile, certaines retombaient à terre pour remonter aussitôt.

L'une vint s'embusquer dans sa narine droite, s'y roula en boule et défendit son repaire contre toute intrusion. Elles entrèrent dans sa bouche béante, sous sa langue, dans les profondeurs de sa gorge. Pour y pondre des œufs.

Si atroce que fût sa situation, il ne pouvait ni s'évanouir ni mourir. L'horreur était à son comble. C'est alors qu'arrivèrent les rats.

Le sol était noir d'araignées, mais les rats les piétinèrent pour se ruer sur Marty. Ils commencèrent par mettre en pièces ses souliers, puis s'attaquèrent à ses orteils.

La douleur était incroyable, et l'on eût dit que les rongeurs le sentaient et n'en étaient que plus frénétiques. Ils s'attaquèrent aux mollets, en dévorèrent la chair, en lapèrent le jus. Il n'y eut bientôt plus qu'un squelette aux os maculés de graisse et de sang. Alors, pendant un long moment, calmés et repus, les rats rongèrent des os.

Les vers apparurent. Ils rampaient autour des phalanges, entre les vertèbres. Ils gigotaient dans la moelle des os brisés par les rongeurs; ils en mangeaient la substance et y exsudaient leur jus de ver. Ils envahirent les globes oculaires, les conduits auditifs, et parvinrent au cerveau.

Bizarrement, Marty pouvait toujours sentir et voir. Il sentait les asticots grouiller dans ses os. Il voyait sa main décharnée.

Et il vit sa propre dissolution. Ses os se muèrent en molécules d'os qui se décomposèrent en atomes de calcium, de phosphore, de carbone. Dans l'air raréfié de cette cuisine intemporelle, il n'y eut plus que des électrons orbitant autour de protons, de neutrons presque imperceptibles... Marty n'était plus. Invisible. Absent. Inexistant.

Retourné au néant.

Après le départ de Marty, Ryan s'efforça de poursuivre sa lecture; mais au cours de l'heure écoulée il avait déjà dû lutter pour rester éveillé, aussi glissa-t-il au bout de trois minutes dans un état hypnagogique qui n'appartient ni au sommeil ni à la veille. Sa tête oscillait; un filet de salive s'écoulait du coin de sa bouche entrouverte et le long de son menton; ses paupières étaient presque closes. Il n'eut donc pas conscience du vrombissement ténu qui sortit des appareils ni des BIP espacés de l'oscilloscope.

Pas plus qu'il ne vit les images vagues et tremblotantes qui apparurent quelques minutes plus tard sur les écrans de monitorage, ni n'entendit le bruissement subit des appareils à déclenchement automatique. Il ne remarqua pas non plus la lueur falote qui apparut au sommet de l'escalier.

Les aiguilles du magnétomètre bondissaient au delà des graduations; le baromètre commença de chuter. Mais Ryan dormait profondément à présent. Sur le palier, la lueur se fit plus intense, vira au bleu-vert, prit forme. Et commença à descendre.

Ryan eut d'abord conscience qu'*on* était en train de le réveiller, puis que *quelque chose* était en train de le réveiller, et enfin que ce *quelque chose* exerçait une pression sur son épaule. Une main.

Il bondit en opérant un demi-tour et vit Marty, debout derrière lui. Levant sa torche, il vit sur le visage de son ami une expression de pure stupeur, d'étonnement blême. Marty était en état de choc. Ryan se retourna une nouvelle fois, pour suivre le regard fixe du technicien.

A mi-hauteur de l'escalier, une masse luisante, verdâtre, rampante, qui ressemblait à une main géante, se coulait le long des marches droit vers eux. Ils firent deux pas en arrière.

Marty ouvrit la bouche pour hurler, mais le souffle lui manqua. Ryan était incapable de faire un geste. L'atmosphère se fit tendue, chargée. Les indicateurs étaient fous. La chose approchait.

Enfin, Ryan recouvra l'usage de la voix.

– Ça enregistre! fit-il d'une voix rauque. Regarde le scope!

Marty baissa la tête.

– Le fil tendu a été touché! La température descend!

– Ce truc est réel! Il existe vraiment!

– T'arrives à respirer?

– Et toi, tu peux courir?

– J'y travaille.

Les doigts arrivèrent au bas de l'escalier puis s'élevèrent soudain jusqu'au plafond du couloir. Un cirrhe parcouru de pulsations s'avança, descendit, vint survoler la caméra, arqué comme un cobra, puis se retira.

Les doigts se refermèrent en un poing qui se mit à enfler. Quand la main se rouvrit, elle avait doublé de volume. Elle toucha à nouveau le sol et reprit sa progression.

En Marty, quelque chose se rompit. Sa bouche s'ouvrit et se referma plusieurs fois. Puis il poussa un hurlement.

Dans le salon, tout le monde sursauta. Avant même de savoir ce qui arrivait, Diane enlaça Robbie et le serra contre elle. Martha Lesh mit ses lunettes. La chose était là. La main était dans le salon.

Elle évoluait sans but, passant sous les tables, tournant autour des chaises. Telle une brume possédant substance. La pièce était froide et humide. Personne ne bronchait.

– Aviez-vous déjà eu droit à cela? interrogea Lesh.

– C'est la première fois, souffla Diane.

– Même chose pour moi.

La brume montait et retombait comme le flot. Des lueurs éparses clignotaient au cœur de sa substance comme de minuscules explosions de lumière, ou bien comme les cellules nerveuses d'une forme de vie inconnue déchargeant son électricité. On aurait dit que cela était doué d'intelligence.

– C'est... stupéfiant, murmura Martha Lesh.

– C'est rien à côté de ce que j'ai connu dans la cuisine, fit Marty d'une voix rauque.

Mais personne ne l'écoutait; tous étaient cloués sur place. La vapeur, d'un vert profond à présent, allait et venait, tel un souffle luminescent. Elle paraissait chercher quelque chose – peut-être une sortie à cette dimension.

Martha recula pour éviter une vrille qui se tortillait non loin de son oreille.

– Ne vous laissez pas toucher, murmura-t-elle. Mais ne la dérangez pas. Je crois... j'ai l'impression qu'elle veut quelque chose... mais qu'elle ne sait pas exactement quoi.

– Vous faites de la projection, docteur Lesh, croassa Ryan. (A cet instant, la brume vint s'enrouler autour de ses jambes, monta puis redescendit le long de son dos; il se contraignit à l'immobilité.) Vous voyez? fit-il d'une voix blanche quand la chose le quitta. Je suis intact. Rien ne m'est arrivé.

Du moins l'espérait-il.

Après s'être décomposé dans la cuisine, Marty supportait très mal cette nouvelle diablerie. Presque au bout du rouleau, il s'éloigna lentement à reculons vers le couloir et la petite salle de bains du rez-de-chaussée.

Diane étreignait toujours Robbie. Elle n'avait jamais rien vu de tel et ne savait pas comment réagir. Ce phénomène était étonnant, fascinant. Mais en même temps, il était lié à la disparition de sa fille; de plus, il pouvait être dangereux. Elle craignait donc de commettre une erreur; sa réaction, son comportement allaient peut-être influer sur le sort de Carol Anne. Devait-elle se montrer brave ou agressive? Ou au contraire pusillanime? Elle était paralysée par ces possibilités et restait là, serrant son fils dans ses bras, prête à tout, ne faisant rien.

Steve était à la fois plus apeuré et plus furieux. Par nature, c'était un homme de bon sens, et tout ceci n'avait vraiment aucune place dans son univers. Cela dépassait carrément les bornes. Son esprit refusait le témoignage de ses yeux. Mais il dut se rendre à l'évidence : *cela* existait, là, devant lui.

Aussi son état émotionnel était-il bien fonction de cette rupture de l'ordre naturel des choses que de la disparition de sa fille. Cette brume hésitante le rendait furieux et lui inspirait en même temps une grande méfiance.

Mais ce phénomène n'était pas le plus fantastique de ceux auxquels il allait être confronté avant la fin de la nuit. Car à cet instant il y eut une série d'étincelles dans le vide, près du plafond, là où les bijoux s'étaient matérialisés quelques heures auparavant. Et quelque chose apparut.

Une poche amorphe d'obscurité. Une tache sans forme qui semblait absorber la lumière. Ses dimensions changeaient sans cesse. Et elle se mouvait.

La créature d'ombre évoluait en sustentation, s'arrêtait, repartait, prenait de la hauteur, décrivait un cercle, puis s'arrêtait de nouveau. Comme si elle explorait ce lieu qui lui était inconnu.

Pour la première fois de la nuit, Lesh sentit une peur glacée l'envahir. Jamais de sa vie entière elle n'avait rien vu de tel; mais on lui en avait parlé la veille. Tangina l'avait vu en rêve... Quelles avaient été ses paroles? « Il y en a un qui est une ombre, une créature insaisissable qui me dépasse. En lui-même, il constitue le passage qui conduit à un autre plan. »

Maintenant qu'elle y était confrontée, Lesh ressentait une écœurante impression de déjà vu. A demi souvenue, à demi refoulée. Un sentiment d'engloutissement ou de chute dans le vide. Cette créature donnait sur le néant.

– Ne vous en approchez pas, recommanda-t-elle dans un souffle. Ne le laissez pas vous approcher. C'est... je crois que c'est un tunnel menant à un autre univers.

Une peur électrique s'empara aussitôt des autres.

– Vous voulez dire... comme un trou noir? articula péniblement Ryan. Mais les trous noirs ne sont pas mobiles. Ce truc est tout ce qu'il y a de vivant. Et puis un trou noir de cette taille aurait déjà englouti à l'heure qu'il est une bonne moitié de la Californie.

– J'ignore ce qu'est un trou noir, et j'ignore ce qu'est *ceci*, dit Lesh avec prudence. Mais selon

Tangina, c'est la porte d'accès à un autre plan, et je n'aime pas du tout ça.

Personne n'aimait. C'était froid; c'était insondable. Ça se déplaçait. On aurait même dit que ça émettait un son; à moins que ce ne fût une absence de son. Une sorte de non-rire.

La chose s'approcha d'une chaise. Se posa sur le coussin.

Puis elle alla vers la table du salon. Le coussin avait disparu, comme absorbé par la créature d'ombre. Avalé.

Elle s'éloigna de la table pour s'approcher de Diane.

– Non! balbutia celle-ci.

Son visage se crispa. Incapable de faire un pas, elle étreignait frénétiquement Robbie.

L'ombre approchait toujours.

Alors, près du plafond, il y eut une nouvelle gerbe d'étincelles, et une flamme apparut. Elle s'enfla et prit bientôt une vague forme humaine. Une créature-flamme, orange, liquide, parcourue de pulsations. Fusant telle une boule de feu dans le salon, elle alla se placer devant l'ombre.

Elles se mirent à danser. Du moins, cela ressemblait-il à une danse. Elles se touchaient, se séparaient, tourbillonnaient, s'entrelaçaient. La créature-flamme parlait une langue-flamme éthérée, semblable à un vent brûlant; peut-être s'agissait-il d'un chant.

Fascinés, ils fixaient tous l'étrange manège. Le salon était devenu la scène de cet inconcevable spectacle.

– Tangina a *vu* cela, fit observer Lesh à voix basse.

– Ce sont les rêves de Carol Anne, murmura Diane. Les rêves de Carol Anne sont devenus réalité.

Martha Lesh secoua la tête.

– Je crois qu'ils l'étaient avant que Carol Anne n'en rêve.

– Que faut-il *faire*? dit Ryan d'une voix pressante.

– Faire? s'étonna Martha en haussant les sourcils. Voilà une idée bien présomptueuse.

Et de reporter son attention sur les danseurs.

L'être-flamme changeait de couleur; il passa de l'orange au rouge, puis au jaune, au blanc, au blanc bleuté, au vert pâle, au blanc orangé. Sa forme se modifiait par intermittence : voici qu'il ressemblait à une aile, puis à un météorite. Et maintenant à une averse de flammèches. Il communiquait avec la créature d'ombre, et celle-ci semblait lui répondre.

Et durant tout ce temps, la brume verdâtre continuait à tourner dans la pièce; elle allait sans but apparent, s'arrêtant parfois dans un coin pour repartir bientôt en sens inverse.

La danse se fit plus rapide. Le feu rougeoyait, la tache sombre s'obscurcissait. L'atmosphère de la pièce devenait de plus en plus chargée, électrique. Soudain, l'ombre absorba son partenaire... et tout redevint sombre, silencieux et tranquille, hormis la brume phosphorescente qui imprégnait toujours le sol, et le rire sans joie de la créature d'ombre.

Cependant, un instant après, l'inextinguible flamme réapparut juste derrière la tache obscure, et toutes deux reprirent leur ballet frénétique.

– Je voudrais bien savoir qui fait leur chorégraphie, réussit à plaisanter Ryan dans l'espoir d'apaiser la tension qui l'habitait.

Cependant, dans une nouvelle gerbe d'étincelles, une autre créature se matérialisa près du plafond. Epaisse, solide, elle ressemblait d'assez près à un arbre noueux. Une écorce rugueuse couvrait toute la partie qui émergeait du sol, jusqu'au faîte qui paraissait traverser le plafond. Une demi-douzaine de branches s'avançaient comme à tâtons dans la pièce; des sons à peine articulés s'en élevaient.

Robbie se mit à hurler, persuadé que *son* chêne revenait pour le capturer une nouvelle fois. Mais les cris du garçonnet s'interrompirent quand la créature-flamme se sépara de l'ombre pour attaquer l'arbre.

Elle se mit à évoluer entre les branches qui s'embrasèrent peu à peu. Son chant étrange semblait maintenant plein de colère, semblable au ronflement d'une fournaise ardente. Les branches enflammées se convulsaient en gémissant, leurs brindilles calcinées se recroquevillaient et se brisaient. La flamme plongea vers le tronc qui se mit à pousser des grondements étouffés. Quand enfin il parvint à repousser la caresse ardente, tout un côté de l'arbre était noirci et fumant.

L'ombre se précipita pour absorber la fumée. L'arbre gronda longuement et se tordit, lézardant le plafond.

La vapeur iridescente rampait toujours sur le sol.

Les témoins étaient maintenant bien trop stupéfaits pour parler ou même bouger.

Arbre, flamme et ombre jouaient un drame dont seuls les astres, peut-être, connaissaient l'argument.

Marty parvint sans encombre à la salle de bains et s'y engouffra, pantelant. Cette brume luisante et verdâtre était plus qu'il n'en pouvait supporter. Terminé. Il s'étonnait de n'être pas encore mort de peur. En ce qui le concernait, c'était porter un peu loin « l'expérience sur le terrain ». Il allait passer le restant de la nuit dans cette salle de bains, dire « merci pour tout » au lever du jour, et rédiger ses mémoires dans l'avion qui le ramènerait à la maison.

Il alluma, abaissa le couvercle de la cuvette et s'y assit le temps de calmer sa respiration. Bientôt, il se sentit mieux. Des sons étranges arrivaient du salon, mais il ne voulait pas en savoir plus à leur sujet. Il referma la porte et en manœuvra le verrou.

Et maintenant? Du regard, il fit le tour de la petite pièce. Lavabo et W.-C. de porcelaine blanche, murs laqués blanc semi-mat, sol blanc, papier hygiénique blanc, savon blanc ivoire, applique plafonnière blanche. Sur un mur était accrochée une aquarelle sous verre représentant des coquelicots. Au-dessus du lavabo, se trouvait un miroir mural qui masquait une armoire à pharmacie. Mais Marty n'avait pas l'intention de se regarder à nouveau dans une glace avant la fin de la nuit. Un sourire béat aux lèvres, assis paisiblement, il attendait le jour.

Tapotant du bout de ses doigts la porcelaine de son siège improvisé, il fredonnait un petit air. Des bruits insolites passèrent sous la porte; il haussa le ton. Tout à coup il fit plus froid; un courant d'air, sans doute. Il remonta son col puis se remit à pianoter.

Son index toucha quelque chose de poisseux, sur le rebord de la cuvette. Bravo, Marty, en plein dedans. Il frotta le bout de son index contre son pouce pour se faire une idée plus précise de la substance : c'était vraiment très collant. Avec un sourire mitigé, il ramena sa main pour voir ce dont il s'agissait.

Sa main était en train de fondre.

Il sursauta si vivement que le couvercle du réservoir sauta et tomba à terre avec fracas. Glacé d'horreur, il fixait ses mains : elles se liquéfiaient, ses doigts s'allongeaient, sa peau gouttait sur le sol. Haletant, le souffle court, il glissa de son siège et atterrit rudement sur le linoléum.

Les yeux fous, il tourna la tête en tous sens en

quête d'une explication. En vain. Mais voici que ses avant-bras s'étiraient tels des boudins de mastic tiédi. De plus en plus longs, de plus en plus fins; trois fois leur longueur normale. Quand il reposa les mains à côté de lui, sur le sol, ses coudes se dressèrent en l'air comme d'immenses pattes d'araignée.

A cette atroce comparaison, il baissa vivement les yeux; mais non, il ne s'était pas transformé en araignée.

Pourtant, il se sentait... bizarre. Habité, en fait, par un sentiment de puissance. Totalement en éveil, son esprit était vif et affûté, pareil au fil d'un rasoir, comme s'il venait de se faire une prise d'un demi-gramme de cocaïne. Avec un étrange sourire, il ramena les genoux contre sa poitrine et s'adossa au mur. Il n'en était pas certain, mais il lui semblait qu'il grandissait. Il entendit soudain les coutures de son pantalon craquer. Il sourit de plus belle. Un filet de salive passa par-dessus sa lippe et s'étira jusqu'à terre, y formant une petite flaque. Il baissa la tête, et, d'un coup de langue, ramassa le tout. Son long cou et son museau fortement proéminent lui facilitaient la tâche. Et puis il aimait beaucoup cela.

Sa chemise se déchira. Cela le fit rire; le sifflement qui franchit sa gorge – Kssshhhh... – le combla d'aise. Son corps continuait de prendre du volume; ses vêtements partaient en lambeaux. Les imbéciles, ils avaient cru pouvoir le dissimuler sous des morceaux d'étoffe. Ils comprendraient bientôt leur folle erreur. Ils allaient découvrir son vrai visage.

Son regard fit le tour de la petite pièce, indécis. De ses pattes griffues, il releva le couvercle de la lunette. Il enfonça la tête dans la cuvette et lappa un peu d'eau.

Insatisfait, il leva les yeux vers le miroir. Une fureur subite l'envahit : il détestait les miroirs. Du dos de sa main reptilienne, il fit voler la glace en éclats. Il écouta un instant sa respiration rauque, puis il ramassa un des éclats de verre et le mangea.

Il avala ensuite tous les flacons de médicaments qu'il trouva dans l'armoire. Il arracha l'aquarelle et l'engloutit morceau après morceau. Il se sentait beaucoup mieux. Vaguement excité, il se gratta. Des bruits extérieurs attirèrent son attention. Il arracha la porte de son chambranle et partit d'un pas pesant en direction du salon.

Dans le salon, la flamme et l'ombre tournoyaient autour de l'arbre. Tout à coup, un grognement venu du couloir mit tout le monde en alerte : là-bas, une silhouette approchait.

L'arbre, la flamme et l'ombre la virent en même temps et semblèrent s'affoler. La flamme sauta dans l'ombre et disparut; l'ombre absorba l'arbre qui disparut à son tour, puis elle s'évanouit dans la pénombre de l'escalier.

Lesh et les autres avaient les yeux braqués sur la forme qui avançait vers eux. Elle entra rapidement dans la demi-lumière du téléviseur : nu, bavant, se dandinant comme un chimpanzé... venait Marty. Remétamorphosé.

Il s'immobilisa devant le petit groupe, redressa le torse, et prit un air gêné pour demander :

– Pourquoi me regardez-vous tous ainsi?

Avant que quelqu'un ait pu répondre, survint l'événement le plus superbe de cette étrange et effrayante nuit.

Une femme apparut dans l'escalier.

Elancée, gracieuse, vêtue d'une majestueuse robe fin de siècle, elle glissait sur les marches, entourée d'une vingtaine de petites lueurs vives. Superbe parce qu'elle était très belle – encore que personne n'eût pu décrire son visage. Superbe parce qu'elle semblait réelle – quelqu'un d'audacieux aurait pu tendre le bras pour la toucher, mais personne ne le fit. Superbe enfin parce qu'elle était un fantôme.

Si saisissantes qu'eussent été les précédentes manifestations, elles s'étaient apparentées, par leur extrême bizarrerie, à un phénomène hallucinatoire. Déjà, Martha Lesh s'interrogeait sur la réalité des événements de la nuit.

En revanche, cette femme semblait bien réelle. Sa présence s'imposait à tous.

Elle s'approchait d'eux. Les points scintillants qui la nimbaient s'éloignaient de temps en temps pour aussitôt revenir auprès d'elle. Sa propre image, de plus en plus transparente, la précédait comme si elle se laissait guider par son aura.

De temps à autre, ses bras ectoplasmiques, prolongés de longs et minces palpes, traversaient la pièce pour examiner un objet. Quelquefois, elle se dissolvait momentanément, pour se reconstituer un peu plus tard en une volute de fumée de plus en plus dense.

Tous regardaient sa silhouette diaphane aller de la chaise à la caméra, puis aux rideaux; et pas un seul qui n'espérât être ainsi frôlé. Chacun était captivé, ensorcelé, sous l'empire de cette magie.

Immobiles, ils la suivaient des yeux. Tout à coup, elle s'arrêta; la vapeur vert-bleu qui la constituait parut se gélifier. Sa tête s'agrandit, ses yeux se firent plus sombres, ses lèvres se retroussèrent en un rictus démoniaque. Il semblait qu'une entité bestiale s'agitait en elle, commençait à émerger. Une peur glacée envahit les témoins.

La température de la pièce chuta. Tous les regards firent le tour du salon, tentant de déceler la cause du changement survenu dans l'atmosphère, quand, soudain, toutes les lampes s'allumèrent. Leur clarté allait croissant et atteignit bientôt une intensité aveuglante, insupportable. Ils se voilèrent les yeux. Marty se mit à hurler. Une fumée électrique emplissait la pièce; des gerbes d'étincelles jaillissaient partout; un sifflement s'éleva et devint bientôt suraigu.

– Ça sent le court-jus! cria Steve.

– Tout va exploser! lança quelqu'un d'autre.

Une formidable détonation ébranla la maison; la brume et ses lumignons furent aspirés dans le néant; la lumière s'éteignit. Tout n'était plus que silence et obscurité. La séance était terminée.

La voix de Martha Lesh s'éleva, tendue mais contrôlée :

– Réenroule la bande.

Ryan alla s'affairer devant la console, tandis que les autres vérifiaient qu'ils étaient indemnes, puis se regroupaient autour des appareils. Seul Marty resta où il était, assis tout nu à même le sol; il respirait vite, mais ne paraissait pas blessé.

– Je crois qu'on tient un enregistrement, marmonnait Ryan en manipulant ses touches. Oui. Oui! ça a marché!

Les deux bandes vidéo commencèrent simultanément à passer, chacune sur un écran de monitorage. L'une rapportait le spectre visible; l'autre, une bande thermographique, captait les infrarouges grâce à un objectif spécial.

Mais sur aucune des bandes ils ne trouvèrent trace de la créature-flamme, la chose d'ombre, ou l'arbre. Pas plus que de la brume turquoise, la vapeur ou la fumée. Ce qu'ils virent, en revanche, était incroyable. Ils virent... des gens.

Des formes diaphanes descendaient l'escalier, exactement comme l'avait fait quelques instants plus tôt l'étrange apparition. Du centre de leur poitrine rayonnaient les lueurs qui avaient accompagné le fantôme. Une fillette – ce n'était pas Carol Anne – jetait partout des regards affolés, comme si elle s'était égarée et ne voyait pas le vieil homme voûté qui se tenait près d'elle. Apparemment désorientée, elle errait dans le salon.

Puis quatre nouveaux personnages apparurent sur l'écran : des hommes à l'air rude, en manteau de toile grossière, chapeau ample et bottes de cheval. Une femme habillée à la mode des années vingt entra dans le champ. Le visage inondé de larmes, elle allait de-ci de-là, semblant chercher une porte de sortie.

Plusieurs autres personnages arrivèrent : un nouveau-né, enveloppé de langes, qui hurlait silencieusement; deux hommes qui se battaient furieusement à coups de couteau; une vieille femme en robe de mariée.

Des gens de tous âges et de toutes natures glissaient sur l'écran. Eperdus, indécis, spectres lugubres, fantômes qui n'avaient su trouver le repos.

La caméra à infrarouges avait filmé les mêmes scènes, mais les couleurs étaient complètement différentes puisqu'il s'agissait d'un enregistrement des températures et des longueurs d'onde. Ils étaient froids, ces spectres.

Il était rare qu'ils entrent en contact; aucun ne semblait conscient de la présence des autres. Certains regardaient la caméra sans paraître la voir. Un jeune homme vint droit sur l'objectif et s'évapora.

La belle dame entra dans le champ, non plus nimbée de lumière, mais escortée d'une cour spectrale. Elle évoluait telle une reine au milieu de sa suite, saisissante de grâce et de beauté.

Comme par caprice, elle se tourna vers l'objectif, approcha et emplit l'écran. Elle s'immobilisa une seconde, puis avança encore jusqu'à ce que l'écran s'obscurcisse. Alors, son image se transforma horriblement : deux points lumineux apparurent et commencèrent à reculer. Ces yeux occupaient le centre d'une tête opaque, aux contours incertains – incertains, mais abominables. Peu à peu, ce visage acheva de se composer. Et on vit qu'il souriait. C'était le sourire de la folie, de l'horreur et du chaos incarnés.

Et à l'arrière-plan, on vit une ombre, l'ombre de la Bête.

Le souffle coupé, Marty regardait fixement l'écran : cette créature était ce qu'il avait été pendant quelques instants.

Diane étreignit Robbie, lui couvrit les yeux et se mit à hurler comme une démente. Un hurlement monté du fond de l'abîme.

Steve vint se placer entre elle et l'écran pour l'empêcher de voir ce dont elle ne pouvait détacher le regard.

– Cette chose est de l'autre côté avec mon bébé! hurla-t-elle.

Martha Lesh, l'air totalement désespéré, regardait toujours l'écran.

– Mon Dieu, murmura-t-elle pour elle-même. C'est épouvantable...

Steve enveloppa Diane de ses bras puissants; bientôt les cris de la jeune femme se muèrent en sanglots, puis en hoquets assourdis. Steve lui caressait doucement la tête. Il se pencha pour prendre Robbie et le fit entrer dans la tendre et interminable étreinte.

Lesh et ses deux assistants les observaient en silence. Les deux bandes vidéo s'arrêtèrent. Tout était paisible.

Pendant une minute, personne ne bougea. Finalement, Martha Lesh sortit de sa torpeur; elle alla retirer les cassettes de la console et les plaça dans un attaché-case qu'elle ferma à clé.

6

Un beau soleil entrait par la fenêtre de la cuisine, projetant sur le sol des losanges de lumière. La journée était déjà chaude; la nuit était révolue.

Robbie, habillé de vêtements propres, le cheveu encore humide, entra dans la cuisine en poussant un profond soupir.

– Je suis prêt, annonça-t-il.

– Dis bien à ta grand-mère d'appeler à la seconde où tu arrives, recommanda Diane en s'essuyant les mains à un torchon.

– Le taxi est là, cria Steve du couloir.

Diane s'accroupit pour arranger le col de son fils.

– N'aie pas peur du chauffeur, c'est un ami de papa.

– Qu'est-ce que tu crois? J'ai huit ans.

Toutes ces recommandations commençaient à agacer Robbie. Les fantômes étaient une chose, mais une course en taxi pour aller chez sa grand-mère, cela ne l'impressionnait pas du tout.

– Voilà qui est parler, lança Steve en entrant. Allez, dépêche-toi! En route pour de nouvelles aventures.

– Je n'ai pas besoin de nouvelles aventures. J'ai plutôt besoin de sommeil.

Ils allèrent à la porte d'entrée. Là, Robbie prit

une petite valise dans une main et la laisse de Buzz dans l'autre. Puis il sortit. Steve voulut l'accompagner pour l'aider à porter son bagage, mais le garçonnet lui fit signe de ne pas bouger.

– Je peux me débrouiller tout seul. Au revoir.

– Au revoir, mon chéri, lança Diane sur le seuil. N'oublie pas de nous téléphoner.

Retenant ses larmes, elle regarda Robbie et Buzz monter à bord du taxi. Le chien poussa un jappement. Puis la voiture démarra.

Steve regagna le salon pour bavarder avec Ryan. Diane, elle, réintégra la cuisine. Elle y trouva Martha Lesh qui, assise à la table, triait les bijoux et breloques diverses qui s'étaient matérialisés dans le vide la veille au soir. Broches, épingles à cheveux, camées, peignes, boutons de cuivre, boutons de manchettes, médaillons, ainsi que quelques dents et des osselets. Comme autant de vestiges fossilisés, ils témoignaient d'existences révolues.

– Ce camée, dit Martha Lesh en l'exposant à la lumière, a au moins un siècle.

Diane prit place à côté d'elle, et se mit à examiner les objets.

– Sacré butin, hein? (Elle montra le plafond.) Peut-être craignent-ils que nous les poursuivions en justice. Tout cela serait alors un dédommagement en vue d'un règlement à l'amiable.

Lesh désigna une montre à affichage digital.

– C'est une véritable énigme... elle n'a pas plus de deux ans. Elle n'appartient pas à votre mari?

– Il m'a dit que non.

– J'ai entendu parler de cas où des objets avaient disparu d'un endroit pour réapparaître plus tard dans un autre, mais... le phénomène auquel nous avons assisté n'a rien à voir avec ce que j'ai pu lire ou expérimenter.

– N'en est-il pas de même pour tout ce qui s'est passé ces derniers temps?

– Absolument exact, reconnut Martha en souriant.

Elle s'était beaucoup attachée à cette famille durant le peu de temps où elle avait partagé ses épreuves. Diane, en particulier, lui paraissait si forte; cette jeune femme refusait d'abandonner son enfant à cette insanité; elle laissait libre cours à ses émotions, sans toutefois se permettre de renoncer ou de s'écrouler. Et ce matin, au lendemain d'une nuit particulièrement éprouvante, Diane, vêtue d'une jolie robe jaune, se montrait fraîche, radieuse, et même sarcastique.

Steve entra dans la cuisine.

– Bon alors, qu'avons-nous pour le petit déjeuner?

Martha Lesh se leva, retira ses lunettes, déplissa sa robe.

– Moi, je pars, dit-elle en déposant les artefacts dans un sac. J'emporte tout cela au labo, ainsi que les bandes. Il faut aussi que j'aille voir Tangina. Ensuite... Je viens de donner plusieurs coups de fil; j'ai mis sur pied pour cet après-midi une réunion du comité des Sciences Humaines. Je compte y montrer toutes nos pièces à conviction, nous verrons bien si quelqu'un a des suggestions à faire. (Elle se dirigea vers la porte.) Ryan va rester avec vous. Quant à moi, je reviens ce soir. Marty ne remettra plus les pieds ici, vous savez?

– Oui, il m'a expliqué qu'après avoir vu ses chairs se décomposer, hier soir, il avait décidé de chercher un travail de jour, s'esclaffa Steve.

– Il m'a dit que ç'avait été le pire flash-back (1) d'acide qu'il ait jamais eu, dit tristement Diane. Pauvre garçon.

On sonna à la porte.

(1) Brève récurrence des effets du LSD (acide) qu'expérimentent parfois et involontairement ses (anciens) utilisateurs. *(N.d.T.)*

– J'y vais, annonça Steve.

Cette sonnerie le rassurait. C'était un son si familier, si *normal;* dehors, des gens jouaient au golf, allaient au supermarché, appuyaient sur des sonnettes, bref, faisaient ce que font les gens normaux. Grâce à ce bruit, il avait l'impression de vivre à nouveau comme tout le monde.

Il traversa le couloir d'un pied léger et ouvrit la porte. Son allégresse fondit sur-le-champ. Devant lui se tenait Frank Teague, attaché-case à la main.

– Bonjour, Steve.

– Bonjour, Frank.

De tous les gens que Steve ne voulait pas voir, Teague se trouvait en tête de liste. Non seulement celui-ci était soupçonneux de nature, mais il avait une idée assez précise de la façon dont devaient se comporter ses employés. Et Steve n'avait pas présentement l'impression de se conformer à ces critères.

– Vous nous avez manqué ces deux derniers jours au bureau, Steve. Vous n'avez pas eu de pépin, au moins?

– Non, non. Tout va bien.

– Vous savez, vos collègues s'inquiètent depuis que vous avez appelé pour dire que vous étiez souffrant. Aussi ai-je pris la liberté de... (Teague s'avança pour détailler Steve.) Bon Dieu, vous avez une sale tête, mon vieux. Vous ne vous sentez pas mieux?

Steve se sentait comme un gamin pris en flagrant délit d'école buissonnière.

– Eh bien... maintenant que vous en parlez, je me sens effectivement un peu faible... pas facile de se débarrasser de ce type de grippe. Je vous jure, à peine vous êtes sur pied... euh... elle vous ressaute dessus.

Teague avisa alors le salon. Les appareils étaient encore en place; le sol était quadrillé de câbles électriques; trois récepteurs de télévision étaient allumés, l'écran vide d'images. S'apercevant que Teague regardait ce désordre, Steve fit un pas de côté pour lui masquer la vue. Mais Teague se déplaça également, sa curiosité en éveil.

– Dites donc, fit-il, on dirait que votre câble est en panne.

– Mon câble? Ah oui, la télé par câble... En effet, elle est en dérangement depuis plusieurs jours.

– C'est ennuyeux, ça... Est-ce que d'autres maisons ont le même problème dans le secteur?

– Euh, non, non... rien que nous.

A l'autre bout du salon, le piano droit se déplaça d'un bon mètre et heurta doucement le canapé avec un son discordant et prolongé. Teague n'avait rien vu, mais le bruit lui fit froncer les sourcils. Steve fit immédiatement un pas en avant et referma la porte dans son dos.

Aussitôt, la lampe du porche s'alluma, puis crût en intensité au point de devenir éblouissante, même en plein jour. Steve eut un rire nerveux. Les yeux plissés, Teague considéra l'ampoule.

– On dirait que vous avez pas mal de problèmes électriques dans cette maison. Qu'est-ce que vous avez monté là, du trois cents watts? Vous craignez les rôdeurs – dans ce quartier? A moins que vous ne vouliez attirer tous les insectes de Cuesta Verde?

Teague riait. Steve l'imita.

– Alors? insista l'autre au bout d'un instant.

– Oui, euh... c'est pour le livreur du... du supermarché. C'est que, voyez-vous, euh... ma femme ne va pas très bien non plus. Elle aussi a attrapé la grippe.

Teague regardait Steve d'un drôle d'air, comme s'il s'apprêtait à prendre une décision. Quand il parla, son ton était plus grave qu'auparavant; plus intime aussi.

– Steve, je voudrais vous demander, êtes-vous

heureux ici? J'espère que vous ne me trouverez pas indiscret. Je ne vous l'ai jamais dit, mais vous êtes notre meilleur vendeur. Nous ne voudrions pas vous perdre pour cause de grippe, ou de... toute autre « occasion ». Je dis peut-être des bêtises... mais en voyant tout ce matériel installé dans votre salon, je me suis demandé si des fois vous n'auriez pas un petit à-côté.

Steve s'empourpra.

– Oh! ça? Juste un passe-temps.

– Hmm, je vois, opina Teague qui n'était pas vraiment satisfait. Comme j'arrivais, la femme de Tuthill m'a fait signe de m'arrêter – sous je ne sais quel prétexte, les potins habituels. Mais elle m'a dit avoir entendu, cette nuit, des bruits bizarres qui venaient de chez vous. Bien sûr, je n'accorde pas grand crédit à ce qu'elle raconte... mais elle m'a affirmé que cela ressemblait à des hurlements.

Steve sentit le sang refluer de sa tête, mais il parvint à se reprendre.

– Du feed-back, opina-t-il d'un air contrit. Bon Dieu, je suis vraiment désolé que cela ait porté si loin. On ne fait pas toujours ce qu'on veut avec cet équipement vidéo, vous savez. C'est un tube qui a lâché, en fait. Mais je ferai plus attention à l'avenir. D'ailleurs, Diane m'en a également fait le reproche.

Steve se tut, un sourire gêné aux lèvres. Teague semblait rasséréné.

– Steve, fit-il au bout d'un moment, vous êtes partant pour un petit tour? Je désire vous montrer quelque chose.

Martha Lesh repartit pour l'université, Steve s'en fut en compagnie de Teague, Ryan fit un somme sur le canapé. Diane était épuisée.

Elle essayait cependant de rester occupée, se raccrochant désespérément aux réalités mineures mais tangibles de sa vie. Elle finit de laver la vaisselle puis balaya les fragments de poterie; les fragments de sa vie brisée.

Elle monta ensuite faire le ménage de la chambre de Dana, y trouva un numéro de *Cosmopolitan* qu'elle feuilleta machinalement.

Puis elle ressortit dans le couloir et fit halte devant la porte de la chambre des petits. Une porte qui désormais restait fermée à clé. Pourquoi avait-il fallu que tout cela leur arrive? Elle appliqua l'oreille au panneau. Silence de mort.

– Hé, appela-t-elle, il y a quelqu'un? Carol Anne?

Elle gratta doucement à la porte. Nulle réponse.

Avec un sentiment de terrible ambivalence, elle posa la main sur la poignée. Elle était rassurée par le fait que la porte fût verrouillée, qu'elle ne s'ouvrirait pas; mais elle était également remplie de crainte à l'idée de ce qu'il devait se passer à l'intérieur. Elle fit tourner la poignée et... la porte s'ouvrit de quelques millimètres.

Elle la referma vivement et fit un pas en arrière. Pendant une minute, elle resta immobile, le cœur battant, le regard fixe. Puis, revenant de sa stupeur, elle fit de nouveau tourner la poignée. La porte s'ouvrit d'un centimètre, deux centimètres. Tout à coup, la pièce retentit d'un rugissement féroce, un grognement atroce, et la porte fut violemment refermée. Diane bondit en arrière. Saisie, hérissée, elle remonta le couloir à reculons, entra dans sa chambre et ferma la porte.

Elle venait de consumer ses dernières forces. Elle fut soudain submergée par l'immense fatigue de tant d'heures horribles et insomniaques. Comme droguée, elle se laissa glisser sur son lit; au bout d'une minute, elle dormait du sommeil le plus profond.

Les fenêtres de la chambre étaient fermées. Pourtant, les rideaux frémirent brièvement, comme sous l'action d'un léger courant d'air. Mais de cela, la dormeuse n'eut pas conscience.

Toujours vêtue de sa robe jaune, allongée sur le ventre, elle ronflait doucement. Rattrapant son retard de sommeil et de rêves. Aussi n'entendit-elle pas le lit craquer.

Tout à coup, le matelas s'incurva légèrement; il s'y forma, à côté et aux pieds de la dormeuse, une concavité aux contours étranges, peu profonde mais distincte. Au-dessus du lit, planait une odeur infecte, saumâtre. La robe de Diane commença de remonter.

Centimètre par centimètre, l'ourlet glissait le long de ses jambes, découvrant ses genoux, puis ses cuisses, dénudant bientôt ses reins, son dos. Enfin le tissu fut rabattu sur sa tête, comme un gai linceul jaune.

Ses jambes, complètement détendues, bougèrent néanmoins : elles se tendirent, et lentement s'écartèrent. La chair de ses cuisses était pétrie, malaxée, triturée par d'invisibles manipulations; deux minuscules traces d'ongle en forme de demi-lune apparurent au pli de sa fesse gauche.

Elle geignit, bougea légèrement et cessa de ronfler. Elle tourna la tête, prit plusieurs profondes inspirations et se rendormit. Pendant une quinzaine de minutes, rien d'autre ne se passa.

Puis les doigts invisibles reprirent leur manège, recommencèrent de la fouiller, de la sonder. Sa culotte de coton fut tirée sur le côté, ses fesses écartées, sa chair investie.

Des sons gutturaux montèrent alors du lit, semblables aux bulles de gaz délétère montant d'un cloaque; mais Diane ne s'éveillait pas. Car le sommeil était pour elle l'ultime refuge.

Elle dormit tout l'après-midi.

Steve et Teague se trouvaient au sommet d'une colline dénudée qui dominait toute l'étendue du lotissement de Cuesta Verde. Derrière eux, au delà de la *Plymouth* de Teague, s'étendaient des kilomètres et des kilomètres de mamelons incultes et broussailleux. En revanche, devant eux il y avait Cuesta Verde, moderne, florissante et verdoyante.

– Je suis vraiment très fier de tout cela, déclara Teague avec flamme.

– Je suis déjà monté ici une fois ou deux. Diane appelle cet endroit le « Mont de la Vanité ».

Les yeux plissés, Steve contemplait les alignements réguliers des maisons. Paisible et bleutée, de la fumée montait d'une ou deux cheminées; des enfants s'ébattaient sur les pelouses; de temps en temps le vent leur apportait le son d'un klaxon, assourdi, presque irréel. La scène avait quelque chose de si humain, une qualité à la fois contemporaine et intemporelle, que Steve s'y sentit inclus, intégré à ce tout rassurant. Ce sentiment lui faisait du bien, l'emplissait comme une onde chaleureuse.

Teague prit une inspiration.

– Et alors? Qui interdirait à l'artiste de s'éloigner de son chevalet pour embrasser d'un seul coup d'œil l'ensemble de son œuvre?

Steve se contenta de hocher la tête et laissa son esprit vagabonder pendant plusieurs délicieuses minutes.

– Il n'y avait encore rien quand notre maison-témoin a été construite. Juste de la terre fraîchement retournée, des centaines de piquets en bois et des kilomètres de cordeau.

– Un de vos enfants est né dans cette maison, se souvint Teague.

– Carol Anne, précisa Steve en abandonnant son sourire rêveur.

– Si j'ai bien compris, elle a pas mal manqué l'école, ces derniers temps. La fille de Trask est dans la même section à la maternelle. Elle a attrapé la grippe, elle aussi ?

– Ouais. Ce microbe nous a tous contaminés, marmonna Steve, brusquement ramené à la réalité.

– C'est moche, compatit Teague. Mais... je ne l'ai pas vue tout à l'heure.

– Oh ! elle ne devait pas être loin.

– Et vous, Steve ? fit abruptement Teague.

La question dispersa les derniers vestiges de la rêverie de Steve.

– Et moi, quoi ?

– Songeriez-vous à quitter Cuesta Verde ?

Cette question reporta ses pensées vers la vallée, les maisons et les habitants dont il se sentait si proche. Il avança la main, comme pour toucher la petite communauté nichée entre les collines, comme s'il s'agissait d'une peinture distante de quelques dizaines de centimètres. Mais sa main ne rencontra que le vide. Ce paysage avait-il une quelconque réalité ? L'air, à cette altitude, paraissait déjà raréfié.

Steve s'emplit de la caresse du vent, du poudroiement du soleil.

– Je n'arrive pas à croire qu'une journée puisse être aussi belle, dit-il comme s'il parlait aux collines. C'est à se demander comment on peut avoir des problèmes en un jour comme celui-ci.

Teague le regardait d'un œil circonspect tout en donnant du talon contre la base d'une touffe d'herbe.

– Ce serait une bonne exposition pour une baie vitrée, vous ne trouvez pas ?

– Pour celui qui habiterait derrière, sûrement. Mais de la vallée, ce serait plutôt triste de voir ces collines surchargées de maisons.

– Vous n'êtes plus obligé d'habiter dans la vallée, vous savez.

– Où voulez-vous en venir? fit Steve avec un coup d'œil en coin.

– La cinquième tranche de Cuesta Verde va monter exactement jusqu'à l'endroit où nous nous trouvons. Ici, ce pourrait être votre chambre. En vous levant le matin, vous verriez ce paysage. Cela vous intéresserait?

Steve était pris de court.

– Frank, euh... votre proposition est très généreuse. Mais je n'ai rien d'un lotisseur, et puis...

– Ecoutez, Steve, vous avez à votre actif quarante-deux pour cent de nos ventes, presque la moitié de ce que nous avons sous les yeux. A peu de chose près, soixante-dix millions de dollars de chiffre d'affaires. Peut-être le confort et la sécurité de plusieurs générations, et cela, ça n'a pas de prix. (Teague fit une pause, pour ménager son effet.) Nous aurions dû faire de vous notre associé il y a trois ans. Je ne veux pas vous perdre maintenant.

Steve faillit bondir. Tant de choses lui arrivaient si vite. Teague, naguère plein de suspicion, débordait maintenant de générosité. Sa maison, naguère son château, son nid, était maintenant son enfer. Il se sentait comme aveuglé, inapte à atteindre la plus évidente conclusion, incapable de lire les signes les plus limpides. Peut-être avait-il eu une attaque. Peut-être était-il en plein délire.

Mais non, tout cela était ridicule. Il savait parfaitement qui il était et où il était. Il savait que Frank Teague, son patron, se trouvait près de lui, au sommet d'une colline ensoleillée d'où il découvrait son passé et son avenir. Il savait que cet homme venait de lui faire une offre en or qui, deux semaines plus tôt, eût signifié des vacances à Hawaï et des jours de parfait bonheur. Mais que signifiait-elle à présent? Quelque chose avait-il encore un sens?

Il fit demi-tour et partit à pas lents pour tenter de faire le point. Teague le suivit. Juste derrière une petite hauteur, à dix mètres à peine de l'endroit où ils s'étaient précédemment arrêtés, s'étendait un charmant petit cimetière. Un hectare de pierres tombales usées par les intempéries, enclos d'une palissade délabrée et parsemé de coquelicots.

– On dirait que l'extension est limitée, remarqua Steve en désignant le cimetière.

– Le terrain nous appartient, expliqua Teague. Nous avons déjà pris nos dispositions pour déplacer les tombes.

– En a-t-on le droit? s'étonna Steve. Je veux dire, n'est-ce pas un peu... sacrilège?

– Ne vous en faites pas pour ça. Il ne s'agit pas d'un lieu sacré de sépulture tribale. Non, ce sont juste... des gens, fit Teague avec autant de détachement que s'il avait chassé une poussière du revers de son veston. D'ailleurs, ajouta-t-il, nous l'avons déjà fait par le passé.

Steve s'immobilisa.

– Quand cela?

– En 76. Là, dans la vallée, laissa nonchalamment tomber Teague.

– Cuesta Verde? articula péniblement Steve.

– Oui, les cent vingt hectares. Croyez-moi, cela a été du boulot.

Mais Steve n'écoutait plus. Etait-ce là la clé qui permettrait d'expliquer ce qu'était devenue sa vie? Mais, au bout du compte, ce cauchemar admettait-il seulement une explication? Son esprit fonctionnait à toute vitesse. Il aurait voulu secouer Teague comme un prunier.

– Je n'en avais jamais entendu parler, se borna-t-il cependant à dire.

– C'est que ce n'est pas le genre de chose que l'on placarde sur les murs et les bus, s'esclaffa l'autre.

Steve en avait le souffle coupé. Son regard allait

du lotissement de Cuesta Verde au petit cimetière. De la Cité des Vivants à la Cité des Morts.

Tout à coup, un nuage passa devant le soleil. La brise folâtre se fit instantanément plus froide.

Sensible au froid, Teague glissa les mains dans ses poches. Il était conscient du malaise de Steve et voulut le dissiper.

– Qu'est-ce qui vous tracasse? Vous n'êtes tout de même pas bigot ou superstitieux? Les gens peuvent aller voir leurs chers disparus au cimetière de Broxton. Ce n'est quand même qu'à cinq minutes d'ici, Bon Dieu.

Steve répondit d'un ton paisible, pour lui-même.

– Cinq minutes. J'imagine que ce n'est pas bien méchant. Oui, je suppose que cela devrait aller.

– Comment cela? fit Teague d'un air perplexe.

– Je pense à ceux qui pourraient s'en plaindre.

– Jusqu'à maintenant personne ne s'est plaint, dit Teague avec un sourire.

A la lumière froide de l'aube, Tangina se préparait à l'affrontement. Elle avait dormi vingt-quatre heures d'affilée, après son équipée avec Martha Lesh, d'un sommeil de plomb. Il lui fallait récupérer ses forces. Et voici qu'elle se sentait prête.

Ses pouvoirs n'étaient toutefois pas à leur maximum; c'est pourquoi elle allait essayer d'entrer en contact avec la fillette pendant les heures diurnes : de nombreux esprits se mettent en repos pendant le jour; il y aurait donc moins de risques d'interférences, moins d'activité astrale susceptible de perturber sa réceptivité.

Tranquillement, elle se leva pour aller ouvrir la porte. Le couloir de l'hôpital était désert; seuls quelques bruits assourdis arrivaient de la salle de garde. Elle referma la porte qui ne possédait pas de verrou. Elle ne pouvait qu'espérer que personne n'entrerait pendant sa transe. Elle alla se recoucher.

La porte s'ouvrit et un jeune homme entra.

– Bonjour, je suis le docteur Berman.

– Bonjour, répondit Tangina avec une inflexion légèrement hésitante.

– Je vous dérange?

– Eh bien...

– Je pourrais repasser dans une demi-heure...

Tangina se dit qu'il était préférable de se débarrasser maintenant de ce jeune loup de la médecine, plutôt que de le voir débarquer au beau milieu de sa projection.

– Non, non, entrez, je vous en prie. Que puis-je pour vous?

Berman s'assit au chevet du lit et sortit son stylo et un bloc-notes.

– Je suis l'interne de ce service. J'ai juste quelques renseignements à vous demander pour votre dossier.

– Allez-y.

– Bien. D'abord, qu'est-ce qui vous a amenée ici?

– Je... je me suis effondrée.

– Oui, fit-il tout en jetant quelques notes sur le papier. Et quelles ont été les circonstances de cet, euh... effondrement? Etiez-vous déjà malade?

– Malade? Non. Il s'agit simplement d'un cas de surmenage.

– Ah! Et d'où venait ce surmenage?

– D'avoir étranglé un succube dans les flots bleus du douzième plan astral.

Berman cessa d'écrire et posa son stylo.

– Hmm, je vois.

– C'était au terme d'une longue nuit, je vous prie de me croire. Une nuit au cours de laquelle j'avais essayé de remonter à l'origine des pleurs d'une petite fille, pour finalement m'égarer moi-même dans la Zone Grise, et...

– Mademoiselle Barrons, prenez-vous des médicaments? Oh, du genre Thorazine, Haldol, ou...

Tangina eut un joyeux éclat de rire.

– C'est donc ce que vous pensez? Vous croyez que j'ai un petit grain, n'est-ce pas? Ma foi, j'aimerais autant, cela faciliterait bien des choses. Je crois avoir quelque peu brûlé les étapes. Bon, je vais tout reprendre au début. (Elle le considéra un instant avec l'air de ne pas trop s'illusionner.) Mais je doute que vous y compreniez quoi que ce soit.

Il lui sourit et reprit son stylo.

– Essayez toujours.

Elle se mit alors à le détailler pour la première fois. Son visage respirait l'innocence. Elle en fut instantanément envieuse; elle n'avait pas connu cet état de grâce depuis très, très longtemps. Mais elle ne pouvait être véritablement jalouse de son ingénuité; non, cela faisait seulement monter en elle comme une bouffée de regret. Elle le regarda droit dans les yeux.

– Vous êtes vraiment mignon.

Il rougit, posa une nouvelle fois son stylo.

– Mademoiselle Barrons...

– Appelez-moi Tangina.

– Tangina, je sais que je suis mignon. Vous aussi, vous êtes mignonne. Et en Aile Nord Quatre il y a une infirmière que je trouve *très* mignonne. Maintenant, si vous pouviez me fournir un résumé des événements physiques et spécifiques qui ont précédé votre effondrement, j'en aurais vite terminé et pourrais vous laisser vous reposer.

Tangina eut un pâle sourire. Dommage... elle lui avait fait peur. Dommage pour elle, qui se serait volontiers laissé toucher par la main de l'Innocence. Cela l'aurait aidée lors du conflit à venir; et cela aurait aussi été pour elle comme une bouffée d'air frais. Dieu était témoin que les démons qui la tourmentaient lui avaient accordé bien peu de repos ces derniers temps, et un bref interlude avec ce beau jeune homme ingénu aurait fait merveille sur son esprit fatigué.

Mais elle l'avait effarouché, cela se voyait en dépit de l'air impavide qu'il affichait, expression que ressentent cruellement les nains qui se font encore quelques illusions. Peut-être allait-elle s'amuser quand même un peu avec lui, arrondir les angles de sa réserve. Oui, cela la détendrait certainement, et elle en avait bien besoin.

Elle ferma les yeux.

– Qu'est-ce que vous faites? demanda Berman en se penchant en avant.

– Je lis en vous. Vous paraissez un peu crispé, docteur Berman. Il semblerait que votre supérieur – le Dr Ellis ou Elliot? – vous ait fait une remarque hier, et vous êtes soucieux de bien accomplir votre travail. Il y a également dans vos pensées une jeune dame, Julie – oui, Julie –, une infirmière, sûrement celle de l'Aile Nord, qui suscite en vous des émotions violentes de type... oui, sexuel. (Tangina sourit en rouvrant les yeux, et affecta un air confus.) Oh, excusez mon indiscrétion.

Berman ne put s'empêcher de rire.

– Vous savez, je ne crois pas à tout cela. Pour moi, c'est de la supercherie. N'importe qui est capable de se renseigner sur ces noms, et tous les internes de cet hôpital en pincent pour Julie. Qu'est-ce que vous répondez à ça?

Tangina fronça les sourcils.

– Je vous vois très nettement, recouvert de fourrure – un peu comme un grand ours –, ainsi que Mlle Julie portant un vêtement très court. Dans ses longues boucles blondes, elle enroule votre... voulez-vous que je poursuive?

– Ça va, ça va, qui vous a raconté ça? Cela ne

peut être que Julie. Je n'arrive pas à croire qu'elle ait pu vous en parler. C'était...

– Franchement, elle ne m'a rien dit. Je ne l'ai même jamais rencontrée. Mais ne vous mettez pas dans tous vos états, je...

– Alors, il y avait une caméra dans la chambre? Si elle...

Tangina leva la main.

– On vient.

L'air interdit, il se tourna vers la porte. Personne. Il refit face à Tangina.

– Vous voyez, il n'y a personne. Dites, j'aimerais bien savoir comment...

Tangina répéta son geste de la main.

– Attendez.

Il se tut, consulta sa montre, soupira. Encore une de ces journées où tout va de travers. Il ouvrit la bouche pour parler, mais elle leva une nouvelle fois la main pour le faire taire. Son visage s'éclaira. On frappa à la porte. Berman fit un bond sur sa chaise.

– Entrez, invita Tangina.

Entra une femme entre deux âges, vêtue de l'uniforme des bénévoles hospitaliers.

– Oh, excusez-moi, je ne voulais pas déranger...

– Mais pas du tout, lui assura Tangina. Entrez, je vous prie. Le Dr Berman et moi parlions contes de fées...

Berman lui jeta un regard interloqué. La nouvelle venue fit deux pas timides dans la chambre. Elle se trouvait visiblement dans un état d'agitation contenue.

– Il paraît... enfin, une des infirmières vient de m'apprendre que vous êtes médium. C'est vrai, vous êtes médium?

– Pour tout vous dire, je serais plutôt mini.

Ceci n'eut pour effet que d'embarrasser l'inconnue qui n'avait apparemment pas l'esprit à plaisanter. Tangina fut prise de pitié.

– Bon, disons que je suis un mini médium, admit-elle.

La femme eut un sourire. Elle fit un nouveau pas en avant.

– Je me demandais... oh, pardonnez-moi, je m'appelle Louise Dreyer... et je me demandais si...

– Vous vous demandiez si je serais disposée à vous aider... pour... pour... retrouver quelqu'un. Un parent disparu, je crois. Albert? Alfred? Un frère depuis longtemps perdu de vue?

Louise Dreyer, bouche bée, porta la main à sa poitrine.

– C'est... c'est incroyable, souffla-t-elle.

– Je suis terriblement désolée, madame Dreyer, s'excusa Tangina, mais pour l'instant je suis plongée dans quelque chose qui requiert toute ma concentration. Peut-être dans quelques mois, si vous avez toujours besoin de mon aide...

– Oui... oui, bien sûr, fit la femme en reculant vers la porte. Merci. Pardonnez-moi de vous avoir dérangée. Oui, c'est cela, je vous recontacterai dans quelque temps.

Toujours à reculons, elle sortit et referma la porte.

Tangina émit un profond soupir.

– Voyez-vous, docteur Berman, il est très aliénant, entre autres choses, d'être voyante. Les gens ne vous abordent pas normalement. Ils sont soit craintifs, soit respectueux à l'excès, soit encore... condescendants.

Berman prit un air mortifié.

– Un point pour vous. Cela ressemble assez à la façon dont ils approchent les médecins.

– Je n'approche jamais les médecins de cette façon.

– Ça, je dois dire que vous m'avez donné un aperçu plutôt saisissant de votre manière.

Tangina haussa les épaules.

– Vous savez, personne ne se satisfait vraiment de ses propres facultés. Et nul ne peut apprendre à voir ce pour quoi il n'a pas d'yeux. Ainsi, je suis incapable de lire une radiographie.

Berman se pencha en avant d'un air de conspirateur.

– Très franchement, Tangina, moi non plus. C'est du moins ce que m'a dit hier le Pr Elgin.

Et tous deux éclatèrent de rire.

– Bon, déclara finalement Tangina, puisque vous avez cessé d'être insolent, je peux peut-être cesser d'être évasive. Disons que je me trouvais dans un état psychique agité et que j'ai perdu connaissance.

– Voilà qui m'a l'air parfait, approuva-t-il en reprenant son stylo.

– Je me trouvais en état de transe hypnotique depuis... Dites, vous en avez encore pour combien de temps?

– Oh, peut-être une quinzaine de minutes.

– Et ensuite, à quelle heure revenez-vous nous pour la visite?

Il consulta sa montre.

– Sans doute pas avant deux heures.

Elle parut soulagée.

– Parfait. Comme cela, je vais avoir le temps.

– Le temps de quoi?

– Oh, rien... rien du tout, fit-elle avec un regard malicieux.

– Ecoutez, dit-il en se levant, je suis un peu pressé ce matin et je pense avoir compris les grandes lignes, aussi je vous propose de procéder à un rapide examen. Nous pourrons parler plus longuement plus tard dans la journée.

– Entendu.

– Bon, eh bien, allongez-vous sur le dos que j'écoute un peu votre cœur...

Elle s'exécuta tandis qu'il sortait son stéthoscope. Il ouvrit son peignoir et lui posa la paume de la main droite sur la poitrine, à la hauteur du cœur, afin de sentir la force et les caractéristiques de son pouls.

– Ah! soupira-t-elle. Enfin touchée par la main de l'Innocence.

Il rougit pour la seconde fois.

Lorsqu'il la quitta, dix minutes plus tard, elle se sentait beaucoup mieux. Elle avait puisé quelque force dans la clarté d'esprit de l'interne, force dont elle savait qu'elle aurait bientôt besoin. Ce faisant, elle ne l'avait toutefois ni épuisé ni miné; il était d'ailleurs trop vigoureux pour se laisser ainsi entamer. Les choses de l'esprit n'obéissent pas aux mêmes lois que celles de la thermodynamique; dans une relation, le renforcement d'un facteur n'entraîne pas nécessairement l'affaiblissement de son complément.

Néanmoins, il arrive parfois, et de façon imprévisible, qu'un esprit se régénère aux dépens d'un autre. C'est ce que redoutait Tangina de la rencontre qu'elle allait faire. Elle accrocha une pancarte NE PAS DÉRANGER à sa porte et se remit au lit avec un soupir d'inébranlable détermination.

Cette fois, l'affaire était sérieuse. Tangina éprouvait un léger malaise en considérant combien elle s'y trouvait déjà investie, et vers quelles profondeurs il lui faudrait encore plonger tête baissée avant de pouvoir en être libérée. Elle savait par expérience que la seule façon de s'en débarrasser était de la mener à son terme.

La progression avait été si rapide, si poussée, qu'elle se demandait si son don de voyance ne s'était pas affiné. Dieu, pourvu que non. Mais peut-être cette hypersensibilité avait-elle résulté de l'intensité de la transe où le Dr Lesh l'avait fait entrer. Tangina priait le ciel pour que cette explication fût la bonne.

Mais c'était là considérations oiseuses. Le moment était venu de tenter de rejoindre cette pauvre petite fille.

Tangina sortit de son sac à main la bille de verre coloré qu'elle avait trouvée la veille entre deux coussins du canapé des Freeling. Une *agate,* comme les enfants appelaient cela. Celle-ci appartenait à Carol Anne.

A présent, Tangina savait clairement le nom de la fillette; elle le connaissait depuis la seconde où elle était entrée dans la maison. Elle connaissait également son aura. Cette aura imprégnait la bille.

Se forçant au calme, elle approcha le petit orbe hyalin de la veilleuse et plongea le regard dans sa tranquillité inerte et glacée.

Dans ses prunelles, dans son esprit, la lumière crût et s'intensifia. Elle en fut bientôt emplie, environnée. Au point de n'être plus que le reflet qu'elle scrutait.

Sur le lit d'hôpital, la respiration de Tangina se fit courte et rapide, de plus en plus saccadée. Son corps rigide fut parcouru d'une série de spasmes, puis s'immobilisa totalement. Atonie musculaire et apnée; seul un très faible pouls persistait. En entrant à cet instant dans la chambre, on eût pu la croire morte.

En fait, sa conscience était en pleine activité. Détachée de son enveloppe corporelle, elle s'était projetée dans l'astral et évoluait maintenant dans le vide. En ce lieu, tout était à chaque fois différent. En l'occurrence, elle ne voyait rien et devait se contenter de sentir et pressentir.

« Carol Anne, émettait son essence, Carol Anne! Manifeste-toi!

Pendant un temps indéterminable, il n'y eut rien. Rien qu'un vent éthéré et âpre qui soufflait en tous sens.

Puis elle passa au-dessus de la mort rampante, tapie dans son antre, très loin en dessous; pour l'instant, elle était en sommeil, et Tangina se garda bien de l'éveiller.

Elle survola un gouffre horrible et glauque, qui, alors qu'elle ne s'en méfiait déjà plus, tenta de l'aspirer; au terme d'une lutte brève et douloureuse, elle parvint à se dégager et poursuivit sa progression.

Des chants désincarnés, pareils au tintement de clochettes cristallines, l'accompagnèrent quelque temps.

Un pseudopode se matérialisa en travers de son chemin. Il était trop tard pour le contourner, et elle s'enfonça dans l'ectoplasme flasque. Cette créature tenta aussitôt de la déchirer pour assimiler ses éléments. Mais Tangina résista à la brûlante suffocation, se concentra sur la nécessité d'en émerger... et se retrouva à l'air libre.

Des lambeaux gluants étaient restés collés à son corps, mais le vent virevoltant l'en libéra bientôt. Elle perdit momentanément l'équilibre, partit en un piqué tournoyant; lorsque sa trajectoire se stabilisa, elle se trouvait sur un nouveau plan. Tout était noir.

Noir, épais, comme si elle évoluait dans du goudron. Non, plutôt comme si elle était elle-même goudron. Elle était constituée de la substance de cette dimension. Tout y était désespérément lent et sans ressort.

Mais Tangina mit à profit le fait qu'elle *était* cette entité et en connaissait donc parfaitement les contours, surfaces, profondeurs et textures. Elle s'aperçut qu'elle se trouvait à proximité de trois univers différents, darda une ligne de force vers l'un d'eux, et, violemment propulsée, se retrouva sur un autre plan. Elle connaissait ce nouvel endroit. C'était le domaine des ombres, le domaine de Sceädu.

Il y a bien des façons d'accéder à un plan, et bien des façons de le quitter; mais on peut également n'en jamais ressortir. Tangina savait que Sceädu allait la traquer, tenter de la capturer; Sceädu ou ses semblables. De ce risque, il fallait qu'elle se garde.

Prudemment, elle se mit à traverser les ombres. Certaines étaient profondes et glacées, mais désertes. Certaines étaient ténues. D'autres, inattendues.

Une petite ombre qu'elle longeait se mit subitement à enfler. Tangina eut beau obliquer et accélérer, elle ne put éviter le contact. Là où l'ombre l'avait effleurée, le vide se fit.

Saisie d'horreur, elle se dit que ce néant allait la gagner tout entière, l'absorber de l'intérieur. A présent, des formes sombres passaient de tous côtés. Un bruit strident s'éleva. Tangina perdit l'équilibre. C'est alors qu'apparut Sceädu.

Instinctivement, elle se laissa partir en arrière et le traversa avant qu'il n'eût pu se refermer sur elle. Roulant follement sur elle-même, elle se retrouva de l'autre côté, sur le plan nappé de brumes et parcouru par les âmes errantes. Carol Anne devait s'y trouver.

Tangina dégringolait toujours dans le vide. Elle vit Sceädu se mettre à folâtrer, comme si ce monde le remplissait d'allégresse. Fantabel passa non loin, lancé dans une folle poursuite. Tangina franchit une couche nuageuse et se retrouva emprisonnée dans les branches de la créature-arbre qui la dévora aussitôt.

Nuit immémoriale, souffrance sans âge. Elle se trouvait à l'intérieur de l'arbre et, lentement, devenait cette entité. Déjà, elle *ressentait* la nature de cette chose, elle la ressentait suffisamment pour ne pas vouloir en savoir plus à son sujet. La désolation de cette créature séculaire était un supplice. Un tourment ancien tordait ses membres; son écorce usée par les éléments faisait entendre des craquements lourds de peine et de malheur. Souffrance sans âge, nuit immémoriale.

Fantabel fusa entre les ramures dénudées, brisant une branche, en incendiant une autre. La part de Tangina qui faisait déjà corps avec la créature se mit à gémir d'agonie, l'extrémité des doigts en flammes. L'arbre agita désespérément ses branches et le feu s'éteignit. De la fumée montait des rameaux noircis. Sceädu vint voleter au-dessus, se repaissant de fumée, puis s'éloigna, enjoué et espiègle.

Tangina ne parvenait pas à saisir le sens de tout cela. Or, seule la compréhension lui permettrait de s'échapper. Elle se laissait gagner par le désespoir.

Non, elle ne devait pas désespérer. Ce n'était pas son enfer, mais celui d'un autre. De beaucoup d'autres, peut-être. Mais pas le sien, ni celui de Carol Anne.

Carol Anne, c'était elle le nœud de la situation. C'était pour elle que Tangina était venue, et les souffrances de l'arbre ne devaient pas lui faire oublier son objectif. Du tréfonds de son âme, elle appela : « Carol Anne! Manifeste-toi! »

Et presque immédiatement : « Maman, où es-tu? »

Une voix d'enfant; celle de Carol Anne. Cette voix était plus une couleur qu'un son pour Tangina, une couleur qui se fit plus profonde; une couleur qu'elle s'efforça de remonter jusqu'à sa source, luttant, se débattant... au point que, dans un triomphal VOUFF, elle se retrouva propulsée au loin.

Elle se retourna pour voir Fantabel plonger une

nouvelle fois dans les branches et gagner précipitamment une autre dimension. Sceädu gambadait dans la brume. La créature-arbre exhalait une plainte monotone.

Tangina flottait maintenant au sein d'un cirrus.

– Carol Anne! Je suis venue te voir!

– Maman! Maman, où es-tu?

– Ta maman n'est pas ici, ma chérie, projeta-t-elle. Mais je suis venue t'aider. N'aie pas peur.

– Où es-tu? fit la voix de Carol Anne. Je veux rentrer à la maison.

– Bien sûr. Mais il faut que tu fasses exactement ce que je te dis.

Tout à coup, l'éther crépita.

– La Chose revient, geignit Carol Anne. Elle est tout près!

L'espace fut parcouru de pulsations rapides.

Alors s'éleva un monstrueux grognement.

– Carol Anne! Est-ce que tu aperçois une lumière? Va vers elle! Va vers la lumière!

– Maman me l'a interdit! gémit la petite voix.

– Carol Anne! Va vers la lumière, mais n'y entre pas! Ta maman t'a juste dit de ne pas y entrer! Va vers la lumière. La Chose a peur de la lumière! Tiens-toi près de la lumière, Carol Anne, et la Chose ne s'approchera pas de toi! Reste près de la lumière, mais ne la regarde pas! Tu m'as bien comprise?

Une odeur d'incertitude se répandit dans l'atmosphère.

– Est-ce que tu m'entends? cria Tangina pour imposer sa volonté à l'enfant terrorisée.

Le vent se leva soudain et vint frapper l'esprit de Tangina; elle n'y résista pas. Des explosions de lumière tentaient de l'écraser. L'horreur embryonnaire la plus profondément enfouie en elle adopta une forme physique pour l'éventrer de ses crocs. Et toujours, elle se laissait malmener, rouler, sans résister ni réagir. Sa seule peur était presque insupportable.

Puis, tout cessa.

De nouveau, tout n'était que silence. Le grand vide sans lumière, l'infini hors du temps.

– Carol Anne, appela-t-elle faiblement.

Elle flottait aux confins ultimes. Elle allait mettre longtemps pour regagner son corps.

– C'est parti très loin, fit la voix de Carol Anne, vibrante de soulagement. Je suis toute seule maintenant.

– Es-tu près de la lumière?

– Oui, mais je ne veux pas y entrer. J'ai promis.

La petite fondit en larmes.

– Ne la regarde même pas, Carol Anne. N'aie pas peur. Nous viendrons bientôt te chercher.

La fillette continua de sangloter. Mais Tangina, épuisée, ne pouvait lui être d'aucun secours. Elle flottait, inerte, laissant l'aimant qu'était son corps exercer sa chaude attraction.

Pendant un temps, rien ne se passa. Puis un lumineux vortex se saisit d'elle pour la faire circuiter, lentement d'abord, puis de plus en plus vite, vers son centre, approchant bientôt la vitesse de la lumière... jusqu'au moment où elle fut à nouveau éjectée dans l'éther.

Elle sentit alors deux présences qui se la disputaient; une partie d'elle-même fut blessée au cours de l'affrontement. Mais les deux adversaires sans substance se fondirent l'un à l'autre, et Tangina flotta librement, tandis qu'ils allaient ailleurs souffrir et se repaître de leurs agonies mutuelles.

Chaque plan comportait de nombreux accès et de nombreuses issues. Tangina savait qu'un principe maléfique l'avait touchée tandis qu'elle guidait Carol Anne vers un abri temporaire; le mal restait accroché à elle et brouillait ou effaçait les pistes. Mais la vertu l'avait également touchée; et il n'y avait pas longtemps. Elle avait foi en la sûreté de cette main qui la ramènerait à son enveloppe charnelle.

Elle resta un long et délicat moment à flotter, sans intention, dans le vide.

Finalement, elle eut conscience d'un appel, venu d'un autre plan. Des voix. Un concert d'exclamations.

Elle sentit un picotement, comme lorsque le sang recommence à circuler dans un membre gourd; les fourmis du retour des sensations. C'était une impression caractéristique; cela indiquait qu'elle venait de regagner son corps.

Elle ouvrit les yeux. Une activité bourdonnante l'entourait : des infirmières allaient et venaient, des médecins donnaient leurs instructions, des étudiants assistaient à tout cela d'un air consterné ou fasciné. Elle referma les yeux.

– Elle vit! lança quelqu'un. Je viens de la voir ouvrir les yeux!

– Préparez quand même l'intraveineuse!

– Doyle, faites une prise de sang!

– Le pouls est revenu... léger, mais régulier!

– Qu'on examine les pupilles.

Tangina sentit qu'on lui relevait les paupières, puis une violente lumière l'éblouit. Elle la repoussa d'un revers de main.

– Enlevez-moi cette lumière, grogna-t-elle, trop fatiguée pour se prêter à tout ce folklore.

– Hé, elle pète le feu, s'esclaffa quelqu'un.

– Bon, vous tous, le spectacle est terminé. Remettons-la au lit.

Tangina sentit huit mains la soulever du sol, la porter tant bien que mal sur plusieurs mètres et la déposer enfin sur un lit. Elle rouvrit les yeux et vit que plusieurs personnes étaient penchées sur elle. On lui faisait une prise de sang au bras gauche, une perfusion à la main droite; un troisième personnage disposait des électrodes sur sa poitrine.

Le Dr Berman entra dans son champ de vision.

– Vous nous avez flanqué une bonne frousse, dit-il avec un sourire rassurant. Nous passions pour la visite, et pendant une seconde nous avons bien cru que vous aviez cessé de respirer.

Elle aurait voulu qu'il s'en aille. Elle se sentait trop épuisée pour s'intéresser aux craintes du jeune interne. Des questions bien plus importantes allaient requérir son attention; pour s'y préparer, il lui fallait du repos. En même temps, elle savait combien elle était injuste : très probablement, c'étaient les bons sentiments de ce garçon qui l'avaient fait revenir, qui l'avaient guidée et ramenée jusqu'à son corps. Grâce à lui, elle allait reprendre des forces pour tenter une nouvelle fois de sauver la petite. Plus tard, elle le remercierait.

Toujours est-il qu'il continuait de parler, prononçant chaque syllabe d'une voix forte et avec une mimique exagérée, comme si Tangina était sourde ou retardée.

– Mais tout va bien maintenant. Vous avez juste eu un petit ralentissement cardiaque de rien du tout. A présent tout est redevenu normal.

Elle referma les yeux pour tenter de trouver un sommeil amer. Non, rien n'était redevenu normal; et le danger haletait à la porte.

7

Confortablement assise au bout d'une grande table de conférence ovale, Martha Lesh contemplait ses ongles, tandis que les gens peu à peu entraient et prenaient place. La vaste salle était équipée de deux postes de télévision intérieure, accrochés près du plafond, d'un grand tableau vert qui couvrait tout un mur, et, au fond, d'un écran de projection 16 mm. Trente chaises entouraient la table. Lorsque Martha prit la parole, presque toutes avaient un occupant.

Il s'agissait de la réunion d'un comité mixte, organisée par le Dr Lesh pour la communication de son rapport. Il y avait là des membres du comité des Sciences Humaines, le comité de Parapsychologie, le service de Psychiatrie, et une poignée d'étudiants en médecine. Vis-à-vis de la parapsychologie, cet éventail de professionnels présentait donc des croyants, des indécis, des non-croyants et des anti-croyants.

Face à ce formidable panaché, Martha n'était pas certaine de l'approche qui convenait le mieux. Quelques-uns commençaient déjà à regarder leur montre.

– Si je vous ai réunis un peu précipitamment, c'est en raison de matériaux que j'ai rassemblés ces deux derniers jours, des matériaux proprement...

saisissants. Si saisissants, même, que je ne sais trop qu'en penser, et encore moins comment vous les présenter.

Elle se tut et chercha dans l'assemblée un regard encourageant; il n'y en eut pas. Elle se leva et se mit à marcher de long en large afin de dissiper sa nervosité.

– La plupart d'entre vous connaissent dans les grandes lignes l'orientation générale qu'ont prise mes recherches : hypnose de sujets travaillant en tandem, suggestion de rêves spécifiques chez l'un, activité onirique libre chez l'autre, puis comparaison des électro-encéphalogrammes pour rechercher toute correspondance pouvant suggérer un transfert télépathique d'information d'un rêveur à l'autre. Comme le savent certains d'entre vous, mes résultats ont été plutôt prometteurs en certaines occasions, plus équivoques en d'autres. Il y a déjà plusieurs semaines, j'ai commencé à travailler avec une femme, le sujet T, médium conscient de l'être, encore qu'à contrecœur. Il y a approximativement soixante-cinq heures, nos investigations ont pris un tour troublant.

» Nous étions en train de suivre la fréquence de son activité électrique ponto-géniculo-occipitale en corrélation avec les phénomènes psychiques observés, quand tout à coup, cette nuit-là dans le labo, sa zone PGO s'est activée de façon débridée; nous n'avions jamais rien vu de tel. Simultanément, T s'est mise à parler avec la voix d'une jeune enfant; apparemment, elle semblait rêver. Mon collègue, le Dr Ryan Mitchell, remarqua alors, plutôt astucieusement, que la fréquence de l'onde en question variait selon la position du sujet; dès qu'il se tournait dans une certaine direction, les pointes devenaient bien plus intenses. Je comparerais cela à une antenne en ferrite qui assure une réception optimale lorsqu'elle est braquée droit sur la source d'émission.

– Ai-je bien entendu? fit d'un ton plein de dérision le Pr Hoffman de la Faculté de Médecine. Prétendez-vous que le *cerveau* de cette femme recevait des messages que vous n'aviez plus qu'à relever sur son EEG?

– Je ne prétends encore rien. Je me contente pour l'instant de présenter les données comme nous les avons relevées, c'est-à-dire chronologiquement. Dès que j'en aurai terminé, je serai heureuse de recevoir toute suggestion, postulation, ou conseil sur la marche à suivre, que l'on voudra me fournir.

Hoffman s'excusa d'un signe de tête, comme un garnement surpris à faire des grimaces à son professeur. Martha Lesh poursuivit :

– A la demande du sujet, et en raison du tour nouveau et inattendu que venait de prendre l'expérience, nous en avons modifié le déroulement de la façon que voici :

» La nuit suivante, nous avons pris place, le sujet, moi-même et deux assistants, à bord d'une unité mobile équipée d'un électro-encéphalographe et d'un télémètre. Et nous sommes partis dans la direction qui coïncidait chez le sujet à un accroissement de l'activité que je viens de vous décrire; un peu comme si cette femme était un radiogoniomètre que nous aurions utilisé pour trouver la source d'une émission.

Hoffman leva les yeux au plafond. Martha Lesh l'ignora.

– Nous sommes arrivés au petit matin devant la maison de gens qui nous ont paru fortement perturbés. Et qui, finalement, nous ont demandé de l'aide. T étant complètement épuisée, j'ai demandé à mes assistants de la reconduire ici, à l'hôpital, tandis que je demeurerais auprès de la famille en question.

» Au cours de l'interview qui a suivi, ces gens

m'ont fait part de leur conviction que la maison était le siège d'un phénomène du type « esprit frappeur ».

Là-dessus, le Pr Hoffman se leva, sourit et regarda ostensiblement l'horloge murale.

– Si vous voulez bien m'excuser, j'ai un rendez-vous que je ne peux absolument pas manquer.

Et il sortit, suivit d'un de ses collègues, plus jeune, et de deux étudiants. Martha Lesh attendit pour reprendre que la porte ait été refermée.

– M. et Mme F. m'ont fait le récit d'épisodes au cours desquels les cadres tombaient des murs, un vent furieux soufflait dans une pièce hermétiquement close, des coups retentissaient, des éclairs lumineux apparaissaient dans l'espace, et ainsi de suite. Mais le plus préoccupant pour ces gens, et cela se comprend, était le fait que leur fillette de cinq ans avait disparu. Et plus troublant encore, ils pouvaient l'*entendre* dans le téléviseur.

» Bien sûr, elle ne se trouvait pas physiquement à l'intérieur du poste, mais sa voix et parfois une image floue y apparaissaient lorsque l'appareil était réglé sur une chaîne vacante. Les canaux UHF les plus hauts semblaient les plus propices à ces manifestations, m'ont-ils dit.

» Ils étaient... affolés. Bien qu'assez incrédule, j'ai décidé de poursuivre l'affaire jusqu'à sa conclusion, quelle qu'elle soit. Aussi avons-nous installé notre matériel le soir même – des caméras, des analyseurs d'ionisation, des magnomètres, des objectifs à infrarouges, bref, l'attirail de ma discipline. Ce que nous avons vu, et finalement enregistré, m'a laissé interloquée; comme je vous l'ai dit, je ne sais pas ce qu'il faut en penser.

» D'abord, nous avons examiné la chambre où la fillette avait prétendument disparu – du moins avons-nous essayé de l'examiner. A l'intérieur, des objets se déplaçaient – volaient, pour être exact –

avec une telle violence que nous n'avons pu pénétrer dans la pièce.

» Ensuite, Mme F. est entrée en communication avec sa fille, Carol Anne, par le téléviseur du salon. Nous avons tous assisté à la conversation qui s'ensuivit entre la mère et l'enfant; la voix qui nous parvenait du poste de télévision était celle que nous avions entendue la veille dans la bouche du sujet T. La fillette disait apercevoir une vive lumière; nous lui avons conseillé de s'en écarter. Je reviendrai là-dessus plus tard.

» Puis nous avons assisté à une série de matérialisations. (Elle sortit de sa mallette les artefacts et les fit circuler.) Ces objets sont littéralement apparus dans le vide, sous nos yeux.

Un murmure parcourut l'assemblée.

– Ensuite, il y a eu ceci. (Elle brandit plusieurs agrandissements de 20 × 25.) Un de mes assistants est monté au premier afin de voir si la maison ne recelait pas un émetteur d'où aurait pu provenir cette voix que nous entendions. Au cours de ses recherches, ce garçon eut la sensation vive et douloureuse de se faire mordre au côté...

– Vous avez dit « mordre »?

– Oui, mordre au côté, alors qu'il n'y avait aucune cause visible à une telle morsure. Néanmoins, en l'examinant quelques instants après, nous avons relevé des empreintes de dents que nous avons prises en photo. Je vous les fais passer. Comme vous le voyez, elles semblent avoir été faites par des mâchoires de trente centimètres à leur plus grande largeur. Nous avons fait des prélèvements que nous avons placés en milieux aérobie et anaérobie. Ce matin, rien n'était encore apparu sur les plaques en aérobiose. En revanche, sur les autres, deux formes inconnues se sont rapidement développées avant de mourir au bout de quelques heures. Une étude antigénique est maintenant en cours. En outre, nous avons administré à la victime un sérum antitétanique. Bien que cette morsure semble avoir été infligée par un mammifère, nous avons décidé de différer la vaccination antirabique, tout au moins temporairement, pour le cas où cet animal pourrait être capturé sous peu, et son taux rabique mesuré.

Autour de la table, les clichés suscitaient différents degrés d'étonnement, d'incrédulité, ou de mépris. Martha Lesh enchaîna.

– Ensuite, devant nous tous, des créatures sont apparues. J'ai longuement hésité à vous en parler, car nous n'avons pu obtenir de preuves documentaires de leur existence. Je vous en parle néanmoins parce que *je les ai vues.*

» Trois se sont d'abord manifestées. Pour vous les décrire le mieux possible, je dirai qu'elles ressemblaient à un arbre, une ombre et une flamme. Elles interagissaient sur un mode que je ne comprenais pas. Mon sentiment – encore que je pèche certainement par anthropomorphisme – est qu'elles se livraient à une sorte de ballet rituel. Très honnêtement, je ne saurais vous dire combien de temps cela dura; j'étais dans un état de profonde stupeur.

» Finalement, nous avons pu mettre en boîte l'épisode le plus bizarre de ces étranges manifestations.

Martha Lesh éteignit la lumière et fit passer ses deux bandes vidéo.

Quand ce fut fini, cinq autres personnes sortirent. Un silence pesant planait autour de la table. Finalement, le Dr LeMay du service de Psychiatrie prit la parole avec un léger accent sudiste.

– Martha, où voulez-vous en venir?

Lesh s'assit, retira ses lunettes.

– J'aimerais bien le savoir, fit-elle en souriant.

– Ecoutez, je suis prêt à croire à pas mal de

choses, mais alors ça... (LeMay montra les téléviseurs.) C'est un peu fort, vous ne trouvez pas?

– Un peu fort en effet, admit Martha d'un ton las.

– Et vous ne pensez pas avoir probablement été abusée – sans doute par votre sujet, de mèche avec cette famille? – à l'aide d'aimants déplaçant des objets, d'émetteurs de CB faisant passer cette voix dans le téléviseur, et d'hologrammes ou de jeux de miroirs? Ne pensez-vous pas que l'explication la plus plausible et la plus probable à tout cela est un tour de magie, un trucage merveilleusement sophistiqué?

Martha Lesh se frottait les yeux.

– C'est ce que je penserais si je ne m'étais pas trouvée sur place.

LeMay eut un sourire non dépourvu de gentillesse, et se leva.

– Bon, j'ai *vraiment* un rendez-vous. Je vous remercie de votre exposé.

Et il sortit à son tour, suivi de quelques autres.

– Eh bien, fit Lesh en considérant les rangs clairsemés, nous voici entre irréductibles.

Il y eut quelques rires complices. Quelqu'un redonna de la lumière.

– Il n'est pas besoin de supposer l'existence d'un esprit frappeur, déclara Recht. Peut-être cette enfant a-t-elle un don de télékinésie. Elle peut très bien être cachée quelque part et induire elle-même ces phénomènes.

– Je ne *crois pas* à la télékinésie, rétorqua Schaffer de l'autre côté de la table.

– Eh bien, moi, je ne crois pas aux *fantômes,* fit Recht d'un ton irrité.

– Qu'est-ce que c'est que cette histoire de « lumière » dont parlait la fillette? demanda l'un des étudiants.

– Je n'en sais trop rien, dit Martha Lesh en

haussant les épaules. A la façon dont elle en parlait, j'ai aussitôt pensé à cette lumière qu'évoquent les gens qui ont été proches de la mort ou cliniquement morts pendant quelques instants; ils disent avoir quitté leur corps et avoir aperçu une « vive lumière » qui leur inspirait un sentiment de bien-être, une certaine curiosité et un « détachement serein ». C'est en raison de ce type de témoignages que j'ai recommandé à la fillette de se garder de la lumière. J'ai craint d'une certaine façon que cela soit pour elle synonyme de mort.

– Ne sommes-nous pas en train de sortir du sujet? intervint le Dr Wallace. Nous passons de l'EEG sous hypnose à la télékinésie, puis de la télékinésie aux phantasmes sur la mort... je veux dire, que faisons-nous ici, aujourd'hui?

– Je ne sais pas ce qu'il en est pour vous, Wallace, intervint Recht, mais moi, je vais déjeuner. (Il se leva.) Merci, Martha, c'était fort intéressant. Tenez-nous au courant.

Et il sortit, en grande conversation avec plusieurs étudiants.

Lorsque la porte se referma, Martha Lesh alla s'asseoir devant le seul personnage à être resté. Le Dr Anthony Farrow, quatre-vingts ans, professeur honoraire au service de Psychiatrie, et mentor de Martha, lui souriait avec un air de vieux sage.

– Quelle épreuve! fit-il en secouant la tête.

– Et *vous*, quelle est votre opinion? demanda-t-elle.

– En un mot?

– En un mot.

– Trop pittoresque, laissa-t-il tomber en posant le bout de son index sur la table.

– C'est pourtant comme cela que c'est arrivé.

– Peut-être.

– Oh, Tony... vous aussi?

Elle était visiblement très déçue de voir que son ultime partisan semblait ne pas l'avoir suivie.

– Mais je ne demande qu'à croire à ce que je viens de voir, protesta-t-il. Vous savez, je ne suis moi-même qu'à quelques enjambées du grand saut. Croire qu'il y a quelque chose de l'autre côté me serait d'un grand réconfort.

– Vous auriez préféré ne voir que les palpes d'un ectoplasme?

– Cela eût mieux valu... opina-t-il.

– Une vague brume entraperçue? proposa-t-elle en se voilant les yeux à la façon d'un prestidigitateur.

– Encore mieux, fit-il en applaudissant.

– Rien du tout sur l'image... rien que des bruits, des coups, un soupir...

– Eh oui, ils seraient encore ici, à vous poser toutes sortes de questions; et ils ne demanderaient qu'à retourner avec vous cette nuit même dans cette maison. Mais vous leur en avez trop donné, Martha. Trop et trop tôt. (Du menton, il désigna les téléviseurs.) Aucune place n'a été laissée à l'imagination. Ce n'est pas encore une science officielle, voyez-vous.

– Et cela alors? Qu'est-ce que vous en faites? fit-elle en passant la main au-dessus des objets qui reposaient sur la table.

Farrow prit une belle broche qu'il leva vers la lumière.

– Une chose est certaine, si ce sont des charlatans, ils dépensent un argent fou pour un canular idiot. (Il épingla la broche sur le pull de Martha, puis choisit une bague ancienne qu'il lui passa au doigt.) Chère Martha, puissions-nous un jour faire ensemble le grand saut. Puissions-nous piqueniquer dans les nuages.

Martha se mit à rire gaiement.

– Espèce de vieux cabotin. Si encore vous aviez cinquante ans de moins.

– Permettez-moi de vous donner un conseil, dit-il en baissant la voix. Mettez de côté quelques-uns de ces bijoux. Sortez de cette affaire avec quelque chose en poche. La presse paie bien plus pour pouvoir tourner en dérision ce que nous nous échinons à mettre au jour – et dans quel but, je vous le demande?

Farrow abattit son poing sur la table.

– Dans quel but cultive-t-elle la dérision? Ou dans quel but nous échinons-nous? Je crois, dans l'ordre, pour l'argent et pour la gloire, bien que nous nous disions que c'est pour la Vérité.

Maintenant c'était au tour de Farrow de rire.

Martha ramassait les artefacts dans une serviette en papier, quand l'un d'eux accrocha le regard du vieil homme.

– Voilà qui est intéressant. (Il prit un clip très mince qui ressemblait à une tête de caniche en miniature.) Ceci s'est-il matérialisé avec le reste?

– Oui, je l'ai ramassé moi-même. Pourquoi?

Il retourna l'objet, l'inspectant minutieusement.

– Il s'agit d'une agrafe, d'une broche à maxilaire.

– Ce n'est pas le genre de chose que je porterais, même à un bal costumé.

– Non, mais vous l'auriez à vos funérailles. C'est un truc d'entrepreneur de pompes funèbres. Cela empêche la bouche de s'ouvrir subitement pendant l'exposition du corps, évitant ainsi une grande gêne et pas mal d'évanouissements.

– Eh bien, cela a eu l'effet contraire la nuit dernière.

Farrow plissa les yeux.

– Où ces choses se sont-elles matérialisées?

– Dans le salon, en pleine lumière. Si seulement les caméras avaient été braquées...

– Cela a donc eu lieu tout près de l'endroit où vous aviez installé vos gadgets? Tout près aussi du tube cathodique de la télévision?

– En effet. Mais où voulez-vous en venir?

– Oh, je ne sais pas. Cela me rappelle des conversations que nous avons eues par le passé, au sujet du rapport entre ce type de phénomènes et des ondes électromagnétiques de différentes natures. Vous dites avoir trouvé ces gens grâce à des ondes que recevait Tangina – à propos vous devriez passer la voir, elle a eu un moment difficile ce matin –, ensuite vous dites avoir entendu et vu l'enfant disparue sur un canal UHF vacant. Et enfin, vous me dites avoir assisté à la matérialisation de ces objets dans une pièce infestée de toutes sortes de radiations électromagnétiques de fréquences variées. Qui sait, peut-être ces choses sont-elles apparues à la confluence des ondes émises par la télévision en couleurs. (Il adressa à Martha un sourire plein de chaleur.) Bien, il va falloir que j'y aille.

Ils s'étreignirent les mains un bref instant. Puis Martha se leva.

– Vous avez raison, je vais aller voir Tangina. Merci de vous être occupé d'elle. Ensuite je vais m'accorder deux heures de sommeil. J'ai promis aux Freeling de revenir avant la nuit. (Elle lui appliqua un baiser sur la joue, puis ajouta d'un air mélodramatique :) Que la Force soit avec nous.

– J'apprends que vous avez eu un petit problème ce matin, dit Martha d'un ton inquiet. Un problème vagotonique, d'après ce que me dit l'interne. Il pense que vous vous êtes levée trop brusquement après être restée si longtemps au lit.

Tangina se contenta de regarder Martha, sans répondre.

– Eh bien? insista celle-ci. C'est ce qu'il s'est passé?

– Et *vous,* qu'est-ce que vous en pensez? demanda finalement Tangina.

Une heure plus tôt, Martha avait posé la même question à Farrow.

– C'est moi qui vous pose la question.

Tangina ferma les yeux. Une larme perla sur sa joue.

– N'y a-t-il pas de remède à ma maladie?

– Vous avez une nouvelle fois établi le contact, n'est-ce pas? Avec la petite?

– Ce n'est pas de votre faute, mais vous ne pouvez pas comprendre. La douleur de voir des choses que j'aurais voulu ne jamais voir... d'affronter les démons des autres... Je ne choisis pas mes visions, vous savez. Ce sont elles qui me choisissent. Et dès lors que je *sais,* je ne peux plus oublier. Pour moi, c'est comme un paradis perdu. Dieu, que je vous envie votre cécité.

– La petite, comment va-t-elle?

Tangina émit un soupir de lassitude.

– Bien. Pour le moment, elle va bien.

Lesh remarqua combien le visage de Tangina était marqué par la fatigue.

– Nous avons passé une nuit éprouvante à Cuesta Verde, dit-elle. Nous avons vu les créatures dont vous parliez... dans votre rêve. L'ombre, l'homme-flamme, l'être-arbre.

Tangina tourna la tête.

– Vous les avez vus? Fantabel et Sceädu? Où cela?

– Dans les pièces de devant. (Lesh secoua la tête; elle avait du mal à croire à son propre souvenir.) Ils étaient...

– Ah, ils gagnent en audace, fit Tangina d'un ton rêveur. Pour venir aussi hardiment dans notre plan, il faut qu'ils y aient été incités. Ils ont dû être influencés par la Bête. Cela ne fait pas de doute.

– La Bête?

Du coin de l'œil, Lesh crut voir quelque chose bouger. Elle tourna vivement la tête, mais il n'y avait rien.

– Cela fait deux fois maintenant que je rencontre ce principe maléfique à proximité de la fillette. Il n'est pas le seigneur de cette dimension, mais il y exerce une grande influence. Ce matin je l'ai vu, presque clairement. Il poursuivait la petite. Il s'est manifesté à moi sous diverses formes, afin que, déjà affaiblie, la peur m'égare et que je ne puisse plus quitter cette dimension. Cette fois, nous avons réussi à lui échapper, la petite et moi. Mais la Bête reste puissante. Elle impose sa féroce volonté aux êtres pitoyables de cet univers. Elle est épouvantable.

Lesh se rappela la femme spectrale qui était apparue dans l'escalier. Elle repensa à la manière dont elle s'était transformée en une chose hideuse, bestiale.

– A deux reprises, j'ai failli la voir, continuait Tangina. La troisième sera la bonne.

– Que dites-vous? s'inquiéta Lesh.

– Il faut que j'essaie encore, affirma Tangina d'une voix lourde de fatigue et de regrets.

– Par pitié, Tangina! Vous avez une mine épouvantable. Ces transes vous ont privée de sommeil à un point proche de la limite vitale, et j'en suis tout aussi responsable que vous. Il *faut* que vous vous reposiez.

– Je serais *incapable* de me reposer avant que cette... situation soit résolue.

Lesh la considéra d'un air triste.

– J'y retourne ce soir, dit-elle. J'espère que... si jamais nous parvenons à comprendre tout cela... nous pourrons également résoudre votre problème et le leur.

– Il n'y a pas à comprendre, dit Tangina. Cela *est*,

voilà tout. Je le sais maintenant. Et il n'y a rien à faire pour moi.

– Il n'est rien qui se borne à *être*. Si l'on ne peut comprendre *pourquoi* cela est, on peut au moins comprendre *comment*.

– Ce n'est pas grave, Martha. Restez sur vos positions, je reste sur les miennes.

Lesh eut une moue presque amère.

– Voici que vous semblez aussi sceptique et bornée avec moi que l'ont été cet après-midi les grands prêtres de ma science.

– Ah? Votre réunion s'est donc mal passée? Le Dr Farrow m'a dit qu'il s'y rendait; il en prédisait l'issue. Il doit être un peu médium.

Lesh prit la main de Tangina entre les siennes.

– Je vous en prie, essayez de vous reposer cette nuit. Nous faisons tout ce que nous pouvons.

Elle se leva pour partir. Tangina fit un geste de la main.

– Attendez, souffla-t-elle. La Bête... elle convoite la petite.

Lesh eut un frisson. Elle voulut sourire, mais ne parvint qu'à grimacer.

– Je vais dormir un peu, moi aussi. Je passerai vous voir demain matin.

Et elle sortit.

– La Bête, balbutia Tangina, risque d'arriver à ses fins.

Elle ôta posément le goutte-à-goutte de son bras, le remplaça par un sparadrap, s'habilla et sortit de sa chambre. Elle suivit le couloir, dépassa la salle de garde et entra dans la salle de conférence des médecins. Comme elle s'y attendait, elle y trouva le Dr Berman, assis, en train de converser avec un étudiant.

Elle s'adressa d'abord à ce dernier :

– Voulez-vous nous excuser?

Eberlué, le jeune homme sortit; Tangina ferma la porte derrière lui.

– Qu'avez-vous fait de votre perfusion? fit Berman avec irritation. Vous devriez être au lit, en chemise de nuit!

– Bonjour! Ça va? fit-elle jovialement.

– N'essayez pas de noyer le poisson. Qu'est-ce que vous fichez ici?

– Je passais vous dire un petit bonjour.

– Mais encore? fit-il en lui jetant un regard sans aménité.

– Ce que vous êtes soupçonneux, dit-elle en s'efforçant vainement de paraître insultée. Voilà, je voulais seulement vous remercier de... m'avoir rappelée ce matin.

– De vous avoir rappelée?

– Oui. Vous savez, quelquefois, si personne ne vous appelle, il est difficile de revenir.

Il se gratta la tête.

– J'ai dans l'idée que vous parlez encore de vos états seconds.

– De temps en temps, il n'est pas aisé de distinguer l'état second de l'état de référence. Il y a des moments critiques au cours de la migration d'un esprit dans le vide, où il peut aussi bien aller dans un sens que dans l'autre. Revenir vers le présent, ou basculer dans le néant. Dans ces moments-là, avoir des balises est crucial; cela peut être le souvenir d'une caresse, une odeur familière. En l'occurrence, c'est vous qui m'avez servi de balise. Votre esprit m'a appelée, et vers lui je suis venue, comme vers la flamme d'une bougie dans la nuit. Pour cela, je vous remercie.

Il eut l'air suprêmement gêné.

– Jamais personne ne m'avait traité de bougie...

Il voulut essayer d'en tirer une plaisanterie, mais se ravisa. Tangina s'approcha de lui. Elle debout, lui assis, leurs visages étaient à la même hauteur.

– Je veux que vous m'embrassiez.

Effaré, il se recula contre son dossier. Aucune patiente ne lui avait jamais tenu pareil langage. Il se trouvait complètement pris de court.

– Je... euh...

– Ne soyez pas stupide, dit-elle, presque vexée. Je ne pense à rien de charnel. Non, juste un peu de chaleur. Le souffle de l'affection... pour le recueillir dans mes mains.

– J'ai mauvaise haleine... improvisa-t-il.

Elle se pencha en avant. Ils fermèrent les yeux. Leurs lèvres s'unirent un instant, se séparèrent. Elle fit un pas en arrière.

– Au revoir.

Elle pivota et s'en fut.

Dans le couloir, elle tomba sur Louise Dreyer, la bénévole.

– Louise, ça c'est une chance! J'allais justement partir à votre recherche.

– Mademoiselle Barrons...

– Suivez-moi, je vous prie. (Elle mena la femme à sa chambre, la fit asseoir.) Bien. Je n'ai pas beaucoup d'énergie ou de temps à vous consacrer, mais je m'en voulais de vous avoir renvoyée ce matin... et puis j'ignore si je reviendrai jamais ici. Aussi, si vous le voulez...

– Oh, non, ce n'est pas la peine...

– Mais si, je vous en prie. Dites-moi ce dont vous avez besoin, et peut-être pourrai-je vous aider, même un tout petit peu, dès maintenant.

Louise Dreyer se décida et prit une profonde inspiration.

– Très bien. Il s'agit de mon frère, Andrew. Il a disparu il y a de cela cinq ans, mais je sais qu'il est vivant. Il faudrait que je vous donne quelque chose lui ayant appartenu. Si vous pouviez seulement me dire dans quelle partie du pays il se trouve, me donner un fil conducteur qui nous permettrait de le retrouver, je vous serais si reconnaissante, je vous donnerais tout ce que...

Tangina lui fit signe de se taire. Elle posa la paume de sa main sur le front de la femme, ferma les yeux et entra en une légère transe. L'autre restait absolument silencieuse.

Tangina rouvrit les yeux une minute plus tard.

– Je suis désolée, dit-elle.

– Désolée?

– Oui, je n'obtiens absolument rien. Je n'ai aucune idée de l'endroit où il peut être.

– Ah...

– Mais laissez-moi votre adresse à la réception, Louise. Et si jamais je rencontre Andrew ou si j'obtiens des renseignements à son sujet au cours de mes... voyages... je me ferai un devoir de vous joindre.

– Oh! merci, merci, mademoiselle Barrons! Oui, je vais vous laisser mon adresse.

Louise Dreyer sortit en courant presque.

Tangina soupira. Andrew était mort, c'était certain. Louise le savait, elle aussi, consciemment ou non. Tangina n'avait perçu aucune image claire des circonstances de cette mort. Et puis elle souhaitait que Louise aille mieux. Elle prit plusieurs inspirations profondes. Elle espérait ne jamais rencontrer Andrew de l'autre côté.

Elle ressortit dans le couloir, gravit le premier escalier qu'elle trouva, jusqu'au quatrième étage. Aile Nord Quatre. Elle s'approcha de la salle de garde.

– Julie est-elle ici?

L'une des infirmières leva les yeux.

– Au bout du couloir; elle distribue les médicaments.

Tangina parcourut la moitié du couloir et s'arrêta. Julie lui tournait le dos; près de son chariot, elle disposait des comprimés dans de petites coupelles de papier. Gracile, blonde, légèrement voûtée. Tangina se mit à étudier son aura.

Au bout de quelques secondes, elle s'approcha de la jeune fille.

– Excusez-moi...

Julie se retourna.

– Oui? fit-elle avec surprise.

– Excusez-moi, je suis rarement aussi peu réservée, mais je me trouve sur le point de partir pour un long voyage, et... je voulais vous dire...

– Oui? dit la jeune infirmière avec un air d'intense curiosité.

– Vous... vous avez une aura charmante. Je... c'est tout. Dieu vous bénisse, Julie.

Tangina tourna les talons et s'en fut rapidement vers les escaliers, laissant derrière elle une Julie stupéfaite qui dut recompter ses pilules.

Les adieux étaient faits. Le moment était venu du sinistre et ultime voyage. Elle descendit de cinq niveaux, jusqu'au sous-sol. Ne connaissant pas exactement le plan de l'hôpital, elle n'était pas certaine de l'endroit où elle se trouvait; mais elle savait que ce qu'elle cherchait se trouve généralement dans le sous-sol des hôpitaux : la morgue.

Car ce n'était plus la fillette qu'elle cherchait, mais la Bête.

Elle longea plusieurs coursives, certaines obscures, d'autres éclairées par des tubes fluorescents à la lumière malsaine. Elle dépassa des laboratoires, des vestiaires, des salles de lecture, des photothèques, et arriva finalement devant une porte marquée PATHOLOGIE : ENTRÉE INTERDITE À TOUTE PERSONNE ÉTRANGÈRE AU SERVICE. Elle savait ce que cela signifiait. Elle ouvrit la porte et entra.

Cette salle était le musée de pathologie. Tous les murs, du sol au plafond, étaient garnis de rayonnages. Chaque étagère portait des flacons remplis de liquide où baignaient ici une main cancéreuse, là une tête débitée en tranches comme une miche de pain, plus loin un embryon mutant, là-bas un rein malade. Un musée de pathologie humaine. Si Tangina ne trouvait pas de cachette dans la morgue, cette pièce ferait parfaitement l'affaire. Désert, obscur, tranquille, morbide, c'était l'endroit rêvé pour ce qu'elle devait accomplir.

Elle s'avança jusqu'à une nouvelle porte, celle-ci de verre dépoli, sur laquelle était inscrit POST MORTEM. Des lumières vives, des cliquetis métalliques passaient à travers la vitre.

Elle entrebâilla le panneau et glissa un œil à l'intérieur. Quatre hommes en blouse blanche se tenaient autour d'un cadavre livide, allongé sur une table d'acier. Ils plaisantaient, parlaient de sport et de sexe. Deux d'entre eux mangeaient des sandwiches. Un troisième se saisit d'un scalpel et commença d'entailler l'abdomen du cadavre.

Tangina referma doucement. L'endroit était trop peuplé. Elle allait devoir œuvrer dans cette pièce-ci.

Dans un coin, des flacons rangés et empilés en demi-cercle formaient une sorte de niche. Il y avait là un cerveau et une paire d'yeux en connexion, un fœtus mal formé, un pied podagre, un cœur en coupe, un visage mangé par une tumeur. Le catalogue était sans fin. Tangina se glissa dans ce recoin. Elle se mit à fixer une tache de lumière qui se réfléchissait sur la paroi incurvée d'un des flacons. Sa respiration se fit plus rapide et plus courte. Ses prunelles devinrent vitreuses.

« Viens à moi, la Bête, fut sa dernière pensée terrestre. Nous avons bien des choses à nous dire, toi et moi. »

Elle se dissocia. Les fantômes de la morgue et du musée l'environnaient, présences grises et mutilées, chiffonnées et incomplètes.

– Viens, la Bête, projeta Tangina à travers l'éther. Viens voir ce dont je suis faite.

Sorti de nulle part, un démon tenta de bondir sur elle; peut-être était-ce un test, ou bien peut-être n'en voulait-il qu'à sa vitalité. Cela provoqua un bruit sec et une douleur subite; mais Tangina avait affronté de bien pires démons, et elle le laissa passer à travers elle.

– Comme tu vois, la Bête, je n'ai pas peur de mourir. Certaines choses me font peur, mais pas de quitter cette vie sans sommeil; pas plus que je ne te crains. Je te connais, la Bête.

Puis elle s'éleva dans l'espace obscur afin de s'éloigner des autres démons. Bientôt, il ne lui fut plus possible de progresser; cet endroit était gluant, comme s'il se liquéfiait. Il était voisin d'un plan qu'elle avait déjà traversé, et elle savait que de là il lui serait possible d'accéder à la sphère des ombres, et ensuite au domaine de la Bête. Mais elle n'avait pas l'intention de s'y rendre cette fois-ci; elle voulait que la Bête vienne à elle.

Elle ne pensait pas qu'il serait trop difficile de l'attirer. La Bête se complaisait dans ce type de monde peuplé de présences malignes.

Un spectre sans visage monta jusqu'à elle. Une main écrasée, sectionnée, se porta vers sa gorge, mais elle la chassa sans peine. Des entrailles putrides s'abattirent derrière elle, lui emprisonnèrent un pied, commencèrent à l'envelopper. Elle les arracha, mais elles avaient déposé sur elle un film de mucus à l'odeur infecte.

– Viens, la Bête! appela-t-elle.

Mais la Bête ne venait pas.

Aussi Tangina se mit-elle à décrire de longues et lentes boucles concentriques afin d'approcher son repaire de biais, dans l'espoir de la prendre par surprise. Elle arriva dans un univers de fils jaunes entrelacés, un réseau poisseux et collant qui l'emprisonna promptement dans un étouffant cocon. A force de coups de dents, elle parvint à se ménager un conduit d'aération puis elle libéra suffisamment ses doigts pour se glisser fil par fil à travers la matrice jaune.

Bientôt, elle se trouva entourée d'une sorte d'écume, plus luisante que poisseuse, qui peu à peu se densifia en une mousse épaisse où Tangina sombra sous une violente tempête. Une éternité passa. La tempête finit par s'apaiser. Emergeant de la mousse, Tangina découvrit un calme limpide et glacé.

Au loin, un soleil rubis orbitait autour de son jumeau indigo. A leur périgée, les reliait un torrent de feu liquide qui, dès qu'ils s'éloignaient, se changeait en cristaux de glace améthyste. Dans les jeux de la diffraction, orbitant selon des trajectoires compliquées, vivaient des esprits arc-en-ciel. Tangina avait confiance en ces créatures de la lumière. Elle leur demanda quelle était la bonne direction; elles lui répondirent en leur chant-couleur.

Elle contourna les deux astres et entra dans un empyrée d'anneaux gazeux concentriques. Prenant soin de ne pas les toucher, elle se faufila jusqu'au noyau de cette sphère et déboucha dans une atmosphère chatoyante, parsemée de nuages. C'est là qu'elle vit la femme pour la première fois.

Altière, elle se déplaçait sur les bancs de brume. Sa robe avait une splendeur surannée; ses façons étaient pleines de grâce. Si son visage était empreint d'une beauté diaphane, ses yeux étaient en revanche des plus vides et profonds, comme ouverts sur l'abysse d'une autre dimension.

Vingt esprits l'entouraient, attentifs. Derrière elle, mille âmes erraient sans but dans la brume, certaines en larmes, d'autres riant, toutes perdues. Carol Anne était du nombre.

Suivie de son entourage, la femme-fantôme s'avança dans la foule. Maîtresse de ce plan de l'astral, elle n'était ni la souveraine ni le guide de ces âmes errantes, mais plutôt leur essence. Si elle était bonne, sa principale qualité n'était pas la bonté, mais la présence.

Elle attendait. Elle n'était pas perdue comme les autres. Elle ne mettait pas tous ses espoirs dans l'objet de son attente. L'attente en soi était sa raison d'être. Cela ne la rendait ni heureuse ni triste. Elle était l'attente. Elle durait.

Tangina planait au-dessus de l'étrange procession. Elle vit Carol Anne qui déambulait au sein de la multitude, mais ne s'y attarda pas; la fillette, dans son anonymat, était temporairement en sécurité. Non, ce que cherchait Tangina, c'était la chose immonde.

Là-bas. Elle l'aperçut vaguement au milieu de la brume.

Elle s'ouvrit pour exacerber ses sens; ainsi exposée, elle était dangereuse, mais aussi en danger.

– Je te vois, la Bête, émit-elle.

La Bête se trouvait sur le plan terrestre. Penchée au-dessus d'une femme endormie, en robe jaune, elle palpait, fouillait, bavait. Tout à coup, alarmée par la présence de Tangina, elle leva les yeux de sa fête obscène.

– Je te vois, la Bête. Viens à celle qui te connaît.

La Bête poussa un cri de rage. Elle se mit à clopiner en crabe sur toute la surface du lit, piétinant la dormeuse, traînant ses griffes ébréchées, grimaçant, salivant. Elle s'accroupit sur le dos de la femme, la retourna, s'assit sur sa poitrine. A nouveau, elle poussa un cri rauque.

– Je suis ici, la Bête.

Elle jeta un dernier regard sur le corps endormi de Diane, remisa sa concupiscence pour une autre fois, et bondit dans le vide.

Là, Tangina et la Bête se mirent à décrire des

cercles. Les deux adversaires tournaient, fusionnaient, se volatilisaient.

– Viens donc me montrer tes crocs, riait Tangina. Allez, dis-moi ton nom.

Alors, la Bête attaqua. Mue par une colère démentielle, elle plongea ses crocs dans la gorge de Tangina, lui arrachant presque la tête. Mais celle-ci se dissocia en une présence vaporeuse; les volutes de sa fumée entourèrent la Bête. Une infime quantité d'elle-même fut aspirée par les monstrueuses narines; la Bête hurla.

Avant qu'elle ne recrache violemment sa substance, Tangina remonta son conduit nasal. Quelques-unes de ses particules atteignirent les poumons; une petite partie arriva même au cerveau.

En une toux sifflante, la Bête l'expectora, mais un peu tard; Tangina venait de remporter la première reprise. Une partie d'elle-même connaissait maintenant son adversaire, et de l'intérieur. Jamais la Bête n'avait été ainsi violée. Cela décuplait sa fureur.

Les deux ennemies se faisaient de nouveau face. Après ce premier engagement, Tangina se sentait plus forte; mais ce qu'elle avait vu dans le cœur et le cerveau de la Bête la glaçait d'horreur. C'était pour elle un enseignement vital, mais à quel prix!

Avoir si vite percé à jour son essence lui assurait, elle le savait, un avantage momentané; peut-être qu'en poussant cet avantage, elle la ferait flancher. Mais prudence! La Bête était toujours redoutable, et ce qu'elle savait de son ignominie n'était qu'un aperçu.

– Alors, la Bête, triompha-t-elle, maintenant je peux le dire, ton nom. gHalâ. gHalâ. Un nom minable, même pas à la mesure de ta bassesse. Que tu le taises ne m'étonne pas. Cela doit être gênant un nom pareil, gHalâ, répéta-t-elle en faisant semblant de s'éclaircir la gorge.

La Bête poussa un hurlement et bondit. Tangina

fit un pas de côté, tel un matador. La Bête tomba, se releva, une écume putride aux babines. Haletante, elle restait sur place, évaluait ce fluet adversaire.

– Khhhhhh, feula-t-elle doucement.

– Ainsi, gHalâ, tu t'approches pour m'embrasser et te voilà qui trébuches comme un idiot. Disparais de ce plan; tu te couvres de honte.

Soudain, la Bête se mua en une gelée acide et gicla au visage de Tangina; celle-ci se fit de verre, et le gel caustique ruissela à sa surface. La Bête se fit rocher, voulut l'écraser; mais elle devint eau et la laissa passer en elle. La Bête se réchauffa pour la brûler; mais, chuintante, elle s'évapora. Alors, la Bête refroidit violemment l'éther et se mit à broyer dans sa main les cristaux de glace qui se condensaient; Tangina se transforma en de minuscules dards qui lui lacérèrent les mains. Elle sentit le sang de la Bête, substance noire et huileuse, la recouvrir, l'inonder; cela la brûlait; cela empestait le mal.

Reprenant du champ, les deux adversaires revinrent à leur apparence normale. Il se remirent à tourner en s'observant.

gHalâ feignit une attaque. Tangina para, mais l'autre avait anticipé son mouvement, et elle dut à nouveau se vaporiser pour lui échapper.

Elle voulut se reconstituer derrière la Bête; mais celle-ci ne se laissa pas surprendre et lui faisait déjà face lorsqu'elle se recondensa. Sans laisser à Tangina le temps d'opérer une nouvelle transsubstantiation, elle lui enfonça ses ergots dans les yeux.

Dans un râle, Tangina tomba en arrière. La suivant dans sa chute, gHalâ l'éventra, cracha sa bave immonde dans la blessure. Folle de douleur et de dégoût, Tangina se dématérialisa. Avant que sa fumée se dissipe dans le vide, l'autre inhala puissamment, l'aspira tout entière dans ses poumons.

Puis, retenant son souffle, il la maintint prisonnière.

Ses babines s'étirèrent en un fin rictus. Il était capable de retenir longuement son souffle, suffisamment longtemps pour asphyxier cette vermine, absorber son esprit falot, pour ensuite le recracher inerte et sans vie, et en barbouiller quelque ombre affamée.

Tangina se débattait en vain dans l'obscurité. Elle perdait souffle et espoir. Très vite, son esprit tarit, son âme commença de flétrir.

Non. Il ne pouvait pas en être ainsi. Oubliant tout, elle se dissocia en microscopiques particules, plus petites même que les pores de l'enveloppe qui l'emprisonnait. Sentant la menace, la Bête contracta si fort cette membrane que le plus infime électron n'aurait pu s'y couler; mais déjà, deux atomes de Tangina avaient franchi l'imperméable interface... et venaient de plonger dans le sang de la Bête.

Au fil de l'écœurante substance, ils traversèrent le cœur et gagnèrent la cervelle. Ils se logèrent dans une délicate partie du tissu cervical.

La Bête sentit sa tête palpiter. Elle en connaissait la raison. Il ne fallait pas flancher. Ce n'était que de la douleur, elle n'en mourrait pas; cela cesserait si elle retenait sa respiration assez longtemps pour tuer son ennemie. Elle n'avait qu'à se concentrer, retenir son souffle en dépit de toute souffrance. Ses yeux caves devenaient vitreux. Les élancements de sa tête augmentaient.

A bout de souffle, Tangina se sentait prise de vertiges. Elle mit en sommeil tous ses sens, tous ses besoins en énergie, toutes ses fonctions vitales, sauf les deux particules de son essence qui mettaient à mal le cerveau de gHalâ. Sur ces deux points, elle dardait toute sa volonté, ses dernières forces...

La douleur devenait trop intense. La Bête n'en pouvait plus. Son crâne éclatait, elle souhaitait qu'il éclate. Sa cervelle se contractait, se tordait atrocement. Pourtant, elle retenait et retenait encore sa respiration...

Juste avant de perdre connaissance, Tangina rassembla les ultimes vestiges de sa concentration pour compresser férocement, jusqu'à ses derniers instants, le cerveau agonisant de la Bête...

– Alors, qu'est-ce qu'ils en ont pensé? interrogea Diane. Que vont-ils faire?

Elle parlait des autres scientifiques de l'université, des collègues de Martha Lesh. Depuis son somme de l'après-midi, elle ne se sentait pas dans son assiette, comme si elle avait fait un cauchemar dont elle ne pouvait tout à fait se défaire; mais elle ne s'en souvenait pas. Elle attendait de Martha quelque nouvelle porteuse d'espoir.

– Ils ont été... pris de court, répondit celle-ci d'une voix aussi égale que possible. (Mais elle eut le cœur brisé en voyant retomber les traits de la jeune femme, et se hâta d'ajouter :) Mais ils tiennent à suivre de près l'évolution de la situation. Ils ont insisté pour que je reste ici afin de mener à bien mes investigations.

Ryan, qui agençait des fils derrière un amplificateur, secoua la tête en silence; il savait ce que cela signifiait.

Diane n'était pas idiote; elle aussi avait compris. Son menton se mit à trembler, mais elle ne pleurerait pas. Steve lui passa un bras autour des épaules.

– Cette nuit, tout va recommencer, n'est-ce pas? dit-il. Et nous n'y pouvons rien.

La nuit était tombée. Il était 10 heures passées. Tous les téléviseurs étaient allumés. L'appareillage électronique était en place. Les Freeling étaient tous en train de devenir fous.

Bris de vaisselle, coups sourds, téléportations, les

manifestations s'étaient poursuivies sans trêve durant toute la journée. Rien de bien méchant. Depuis une heure, toutefois, une odeur poisseuse imprégnait tous leurs vêtements, et chacun ne cessait de se brosser comme pour en arracher les rets de la mort. Puis, comme elle était venue, l'écœurante sensation se dissipa.

Alors s'éleva un rire. Un ricanement grinçant, mauvais, vide de sens. Un pressentiment malsain s'établit dans la maison. Martha se sentait physiquement nauséeuse. A un moment, Ryan se mit à respirer convulsivement, mais Martha le ramena au calme en lui rappelant son rôle.

Vers 10 heures et demie, on éteignit toutes les lumières de la maison, car l'obscurité facilitait la communication avec Carol Anne. Quand tout fut prêt, chacun alla se mettre en place. Debout au centre de la pièce, Diane commença à appeler.

– Carol Anne. Nous sommes là, ma chérie. Est-ce que tu nous entends?

Silence. Elle essaya encore pendant cinq minutes, puis émit un long soupir. Son menton tremblait légèrement. Elle s'assit à terre. Pendant un moment, tout le monde attendit, l'oreille tendue.

Tout à coup, Ryan sursauta. Du coin de l'œil, il avait vu des ombres bouger dans le couloir. Il tourna la tête mais, pendant plusieurs secondes, ne vit rien d'extraordinaire... quand, soudain, une grande forme lui apparut, qui augmentait lentement de volume.

En deux enjambées, il courut allumer. Sous l'ampoule de cent watts, le couloir d'entrée était vide et net, sans même un meuble.

– Qu'y a-t-il, Ryan? demanda Martha.

– Rien, je... j'avais cru voir quelque chose. Je dois être un peu nerveux.

Tous lui sourirent faiblement. Il éteignit et revint s'asseoir.

Cinq minutes plus tard, le phénomène se reproduisit, amplifié. Des ombres se pressaient dans la pénombre, se massaient pour épier.

– Martha? chuchota Ryan.

– Oui, quoi?

– Voyez-vous... quelque chose, là? fit-il en indiquant le couloir d'un coup de tête.

Avant qu'elle ait pu regarder, un bruit retentit dans le poste. Tous s'en approchèrent.

– Carol Anne? souffla Diane.

Dans la neige des électrons, se mouvaient de vagues formes qui se constituaient, se dissolvaient et se reformaient sans cesse.

– Carol Anne, tu me reçois? C'est maman, ma chérie.

– Etes-vous là? fit une voix sortant du poste. Etes-vous là?

Ce n'était pas celle de Carol Anne.

Tous accusèrent le coup, Diane plus que les autres. Elle s'écarta vivement du téléviseur en poussant un cri bref.

– Etes-vous là? répéta la voix, éthérée, lointaine.

L'image se précisa : cela ressemblait à la femme-fantôme qui, la veille, avait descendu l'escalier.

– Oui, répondit Martha Lesh d'une voix forte. Nous vous écoutons. Qui êtes-vous?

Il y eut un silence, comme si cette « voix » réfléchissait à la question.

– Je suis celle... qui attend.

Lesh tressaillit de tout son corps.

– Qu'attendez-vous?

L'image se perdit dans la neige cathodique, puis revint.

– Je l'attends... lui. Il reviendra me voir. Je le sais.

– Ma petite, implora Diane à l'adresse du poste. Ma petite est-elle avec vous?

La vision s'évanouit.

– Il y a une enfant avec vous, reprit Lesh d'une voix forte. Elle a cinq ans, son nom est Carol Anne. La connaissez-vous?

Les points tremblotants reprirent forme.

– Je suis la maîtresse de tout mon peuple. Tous, je les attends. C'est pour eux que je parle. Je suis la mère de leurs aspirations, ils sont les enfants de ma patience.

– Non, geignait Diane. Oh non! mon Dieu, non...

– Nous voulons qu'elle revienne! hurla Steve.

Il s'efforçait depuis si longtemps de garder un semblant de calme, de donner de lui une image de force tranquille, qu'à présent la fragile superstructure qui l'avait jusqu'alors maintenu commençait à se fissurer.

– Sa place est ici, avec nous, reprit-il d'une voix mal assurée. Pas avec vous. Elle ne veut pas attendre.

Sur l'écran, l'image semblait presque sourire, presque dormir.

– Je suis celle qui attend.

Martha Lesh s'approcha encore du téléviseur.

– Il y a... il y a une chose maléfique, là-bas, avec vous. Etes-vous en sécurité? Peut-elle vous atteindre? Quelle est sa nature?

– Les miens adoucissent les affres de mon attente, fit la voix, impénétrable.

– Qu'est-ce que... (Lesh avait tant de questions à poser qu'elle ne savait par quoi commencer.) Que veut votre peuple? Que cherche-t-il?

Au bout de la rue, une voiture démarra; la voix de la femme fut couverte par les parasites. La réception s'améliora au milieu de sa phrase, pour retomber une nouvelle fois.

– ... leurs souvenirs. Il faut les rendre. Ce sont les témoins de........ il faut que........ du souvenir.

– Nous n'avons rien entendu! supplia Lesh. Ne partez pas! De quoi parliez-vous?

L'image devint plus sombre.

– Les bijoux. Vous pouvez vous en servir... comme... se sert de moi. Mais il faut les rendre. Nous attendrons.

– Comme... qu'est-ce qui se sert de vous? hésita Lesh, la nuque parcourue de frissons.

La précision de l'image s'améliora.

– FhyrgHalâghûl, quand il le veut. Peu m'importe. J'attends mon bien-aimé.

Le visage se tourna de profil. On pouvait presque imaginer des larmes sur sa joue livide; mais les parasites étaient trop abondants pour permettre de telles distinctions. Le fantôme se tut un instant, puis reprit :

– FhyrgHalâghûl laisse les autres en paix si je lui... laisse emprunter mon esprit... de temps en temps. Mais je me contente d'attendre. Cela ne m'importe pas.

– Et Carol Anne? balbutia Diane. Parlez-moi de ma fille.

– Je me contente d'attendre... je demeure... Il reviendra... je le sais...

La voix, comme l'image, fut absorbée par la neige cathodique.

En larmes, Diane enfouit son visage contre la poitrine de Steve. Martha Lesh se tourna vers les bijoux.

– Les rendre? Je me demande bien comment.

Ryan contrôlait ses magnétoscopes pour s'assurer que tout avait bien été enregistré. Comme il allait appuyer sur une touche de rembobinage, quelque chose traversa à nouveau l'angle de son champ de vision. Il leva les yeux en direction du couloir obscur, se rappelant subitement l'avoir laissé grouillant d'ombres. Il ne vit rien de singulier, seulement la nuit opaque et impénétrable. Il secoua la tête et reporta son attention sur les appareils. Une nouvelle fois, il crut voir un mouvement fugitif. Et une nouvelle fois, il ne trouva que l'obscurité.

Non. Quelque chose bougeait. Une tache plus sombre sur le mur du fond, en face de l'escalier. Ryan se leva avec détermination et s'engagea dans le couloir. Il manœuvra le commutateur. La lumière ne s'alluma pas.

Il se trouvait peut-être à deux mètres du mur en question. Sous ses yeux, occupant toute la largeur du mur, deux grands trous noirs apparurent à mi-hauteur; en dessous se dessina la dépression d'une cavité nasale; deux arcades osseuses commencèrent à saillir non loin du plafond; toute l'étendue du sol luisait de sécrétions salivaires noirâtres. Un visage passait à travers le mur. Ce visage d'horreur qui était apparu la veille sur l'écran du téléviseur. Le visage de la Bête.

Le mur commençait à épouser d'une façon marquée ses contours. Ryan ouvrait la bouche pour hurler, quand, tout à coup, une voix forte et insistante s'éleva du téléviseur.

– Maman! Maman!

Sur la paroi du couloir, le visage recula aussitôt. Le mur redevint lisse et nu. Ryan courut jusqu'au salon.

– Je suis ici, ma chérie, répondait Diane. Nous ne t'abandonnons pas. Maman et papa t'aiment très fort.

Martha fit signe à Ryan de remettre les magnétoscopes en route, ce qu'il fit. Il refit la mise au point d'une des caméras, puis entreprit de régler quelques curseurs.

C'est alors que leur parvint de l'extérieur un bruit étrange.

– Qu'est-ce que c'est? glapit Ryan en sursautant.

– Une sorte de crépitement. Venant de derrière, énonça Lesh à l'adresse du magnétophone.

Personne dans la maison n'avait besoin de cette explication.

Tous s'étaient immobilisés. Le bruit se répéta. Whrwhrwhr...

Martha prit une profonde inspiration.

– Je vais voir. Ryan, tu restes près des appareils.

– Je vous accompagne, dit Steve.

– Non, fit Martha à regret. Restez auprès de votre femme et de votre enfant. Peut-être vont-ils avoir besoin de vous.

Elle se saisit de la lampe-torche gainée de caoutchouc, traversa le couloir jusqu'à la cuisine et sortit par la porte de derrière.

Le jardin était assombri par un ciel nuageux. Au coin de la maison, le vent bruissait dans une bougainvillée. Quelque part un petit rongeur détala. Etait-ce là ce qu'ils avaient entendu? Non. Whrwhrwhr. Voilà que cela recommençait.

Se fiant à son oreille et au faisceau de la torche, Martha parcourut quinze, vingt mètres. Elle s'arrêta au bord d'un énorme trou cubique creusé dans le sol, sans doute la future piscine. Elle en éclaira le fond : une épaisse boue brunâtre, de la couleur et de la consistance du sang qui coagule...

Quelque chose la saisit à l'épaule. Prête à hurler, mais non à mourir, elle pivota sur un pied et brandit la pesante lampe-torche... L'arme improvisée passa à quelques centimètres de la tête de Tangina.

Flageolante, Martha se laissa tomber sur le sol froid. Il lui fallut un bon moment pour reprendre son souffle.

– Tangina!...

– Je ne voulais pas vous faire peur, docteur, chuchota la naine. (Elle debout, Martha assise, elles avaient le visage à la même hauteur.) Mais voyez-vous, je trouve cette piscine très chargée. J'y faisais quelque sondage à ma façon. Autant vous le dire, cet endroit est une mine d'or pour qui est un tant soit peu sensitif.

– Mais enfin... comment êtes-vous arrivée ici? parvint à articuler Martha.

– En taxi, voyons. Je ne conduis pas, et il n'y avait certainement pas le moindre bus à cette heure de la...

– Mais comment avez-vous su où...

– Vous aviez parlé de Cuesta Verde. Les Freeling à Cuesta Verde. Pas la peine d'être médium pour...

– Mais c'est impossible. Il faut que vous repartiez. (Martha commençait à reprendre le contrôle d'elle-même et à se souvenir de son rôle.) Vous n'êtes pas en condition pour...

– Je ne suis pas en condition de ne pas rester, docteur. On a besoin de moi ici, cela saute aux yeux. De plus, si mettre un terme à tout cela est la seule façon pour moi de trouver le repos, je crois que vous feriez bien de m'y aider.

Dans l'obscurité de cette effrayante nuit, Martha Lesh considérait Tangina. La petite femme, avec ses cheveux tirés, ses vêtements soignés, paraissait pleine de force et de détermination. Malgré les circonstances, Martha se mit à rire.

– Et qu'allons-nous donc faire?

Tangina eut un fin sourire.

– Vous allez d'abord me conduire à l'intérieur. Il faut que je fasse la connaissance de ces gens. Et il faut que je sente leur maison. Déjà, je me sens écrasée par les dualités; bien et mal cohabitent ici.

– Bien, mal. Ces termes sont tous relatifs pour un scientifique. Ils n'ont pas grand-chose à voir avec la réalité physique, avec les phénomènes observés de par l'univers. Mais j'ai atteint mes limites. Je vais faire ce que vous me demanderez.

– Nous pénétrons maintenant la sphère de l'âme, docteur; ici, le bien et le mal sont de solides réalités. Ici, il n'y a pas de scientifiques.

– Mais enfin, Tangina, pour un scientifique il y aura toujours des ondes électromagnétiques.

– Vos ondes invisibles ne sont que les vagues d'un vaste océan, docteur, un océan plus sombre et profond que nous ne pouvons le concevoir. Le seul espoir qu'il nous reste est de nous maintenir en surface.

Lesh eut un sourire résigné, puis elle remarqua quelque chose sur le visage de Tangina, et l'éclaira de sa lampe.

– Mais... qu'est-il arrivé à vos yeux? balbutia-t-elle.

Ils étaient rouges, gonflés, cernés de bleu.

– Cette nuit j'ai affronté la Bête. Je vous épargne son nom. Nous avons combattu, elle et moi, et chacune a senti dans sa chair la marque de l'autre. Nulle n'a vaincu pour de bon. Mais elle y réfléchira à deux fois désormais avant de se mettre en travers de mon chemin.

» Nous nous tenions en une étreinte mortelle, et je ne suis pas certaine qu'elle n'aurait pas gagné. Mais, comme nous étions toutes les deux sur le point de succomber, la Maîtresse de ce plan est venue à passer avec sa coterie. Tout ce petit monde s'est subitement tant agité que la Bête s'est déconcentrée, et moi avec. J'ai lâché prise, et la Bête m'a recrachée au loin. Cette femme m'a sauvé la vie et l'âme, encore que je ne sache si elle l'a fait exprès.

Lesh se massait les tempes pour essayer d'y voir clair.

– C'était celle qui attend.

Tangina eut l'air effaré, puis son expression s'adoucit.

– Il arrive que vous me surpreniez, Martha; je suis impressionnée. En effet, c'était la femme qui attend, mais je n'en sais rien de plus.

Lesh eut un sourire.

– Depuis le début, c'est un cauchemar éveillé, et ce n'est pas fini. Il va nous falloir un analyste jungien pour interpréter le sens de toutes ces visions.

– Nul besoin d'un analyste jungien, ma chère. C'est de moi que vous avez besoin. Et grâce à Dieu, vous m'avez. (Elle posa une main sur l'épaule de Martha.) Alors, allons-y. Rendons cette pauvre petite à ses parents. Je peux vous dire une chose : la Bête n'est pas près de vouloir me revoir. (Elle fit un clin d'œil; puis, avec un haussement d'épaules, elle ajouta :) Et réciproquement.

Elle aida Martha Lesh à se relever. La nuit devenait plus froide. Côte à côte, elles prirent le chemin de la maison.

– Une dernière chose avant que nous entrions, fit Tangina en s'arrêtant dans la véranda. La Bête... elle s'attaque à la femme, maintenant.

8

– Steve, Diane, voici Tangina Barrons. Vous vous êtes rencontrés l'autre matin mais, si je me souviens bien, aucun de vous n'était vraiment en forme pour des présentations.

L'on se serra la main. Dès que Martha Lesh était sortie dans le jardin, maints phénomènes s'étaient déclenchés dans la maison. A son retour, le fort courant d'air s'arrêta, la voix du poste se tut, l'atmosphère oppressée se dissipa.

– Je suis désolée de vous tomber dessus à l'improviste, dit gaiement Tangina. Mais rassurez-vous, j'ai dîné.

Cette entrée en matière tomba à plat et ne fit que tendre un peu plus l'ambiance. Tangina en eut aussitôt conscience et adopta un ton moins agressif.

– Excusez-moi. Je voulais seulement vous mettre à l'aise, et cela a produit l'effet contraire. Je vous en prie... je suis ici pour vous aider.

– Steve... Diane... je vous assure, Tangina peut être d'un grand secours. Ne lui dressez pas de barrières. Son apparition ce soir n'est peut-être pas très orthodoxe mais, pour moi tout au moins, elle est la bienvenue. Faites-lui autant confiance qu'à moi.

Martha Lesh espérait que Tangina saurait mieux

mériter cette confiance qu'elle-même ne l'avait fait.

– Nous n'avons plus rien à perdre, murmura Diane avec une ombre de sourire.

Elle fit rouler ses épaules avec un air agacé; depuis l'après-midi, de pénibles démangeaisons lui parcouraient le dos sans raison apparente. Elle était sur le point d'éclater en sanglots.

– Pourquoi ne passerions-nous pas au salon, suggéra Tangina. Vous allez tout me raconter par le menu.

Le petit groupe revint s'asseoir au milieu des appareils et des meubles brisés. D'une voix monotone, pleine d'émotion contenue, Steve fit le récit des événements qui s'étaient abattus sur la maison. Tangina écoutait attentivement, sans jamais l'interrompre. En arrière-fond, la télévision sifflait.

Lorsqu'il eut terminé, Tangina resta un instant pensive; puis elle se leva en se frottant les mains.

– J'aimerais visiter la maison, dit-elle.

Elle avait frémi à l'idée de cette confrontation ultime qui impliquait tant de souffrance et d'horreur. Elle avait retardé autant que possible l'arrivée de ce dénouement, point d'orgue de la maladie dont elle voulait guérir, de cette empathie dont elle était affligée, de cette flamboyante réceptivité à l'esprit des vivants et des morts; et pourtant, le moment venu, elle se sentait prête à tout prendre en charge. Tel un soldat, elle connaissait bien sa mission et bien qu'écrasante, elle l'accomplissait avec application.

– Certainement, dit Steve.

Il se leva à son tour, imité une seconde plus tard par Diane. Mais Tangina leva la main.

– Seule, si possible.

Les Freeling se rassirent d'un air hésitant. Tangina disparut dans les profondeurs de la maison.

Martha s'adressa à Diane avec une grande douceur.

– Croyez-moi, c'est une âme charitable. C'est elle qui nous a conduits ici.

– Elle est l'oscilloscope, ajouta Ryan.

Depuis le départ de Marty, il s'était mis à assumer jalousement la responsabilité de l'appareillage.

– En effet, fit Martha en souriant. C'est un peu le mariage de l'esprit et de la technologie. Cela contient un enseignement, mais je ne sais trop lequel.

Tangina parcourut rapidement les pièces du rez-de-chaussée. Il y avait certes là quelques zones intéressantes – en particulier le couloir et le fond de la cuisine – mais nullement essentielles. Sans perdre plus de temps, elle gravit l'escalier.

La chambre de Dana était tout aussi peu remarquable. Elle suivit le couloir sombre jusqu'à la chambre des parents. L'endroit empestait.

Sur le mur, au-dessus de la tête de lit, visible pour la seconde vue de Tangina, était une tache, une souillure vivante dont le noyau purulent étendait en tous sens ses capillarités.

Le lit lui aussi était touché. Une couleur, une odeur de fange l'imprégnaient. Une chose morte y avait séjourné longuement, y déposant de fétides sécrétions. Tangina en savait suffisamment sur cette pièce.

Elle ressortit pour aller visiter la chambre suivante. La porte était fermée et verrouillée. Elle se tourna vers le palier.

– Pourquoi cette porte est-elle fermée à clé, monsieur Freeling?

Steve leva les yeux vers l'escalier. Il ouvrit la bouche pour répondre, puis se ravisa. Il ferma les yeux et se concentra.

– Réponds-lui, souffla Diane.

– C'est ce que je fais, souffla-t-il en retour, les yeux toujours clos.

Au bout d'un moment, Tangina apparut en haut des marches.

– C'est aux vivants que je m'adresse, dit-elle patiemment.

Steve se détendit, ouvrit les yeux.

– Excusez-moi, répondit-il. C'est la chambre qu'occupaient mon fils et ma fille.

– Nous la tenons pour le cœur de la maison, ajouta Martha.

– Cette maison a de nombreux cœurs, fit Tangina en disparaissant dans l'ombre.

Steve s'approcha de Martha Lesh.

– J'ai tenté de lui répondre par la pensée, dit-il à voix basse, mais elle ne m'a pas entendu. Je croyais que c'était une extraordinaire spirite.

Depuis l'étage, Tangina s'écria :

– Il ne faut pas que vous doutiez de moi! C'est essentiel!

Ils se regardèrent, interdits. Une minute plus tard, l'extraordinaire spirite se manifesta à nouveau :

– Docteur Lesh, voulez-vous monter, je vous prie?

Martha Lesh s'exécuta. Steve et Diane vinrent se poster en face du téléviseur, tandis que Ryan consultait ponctuellement ses voyants.

Lesh et Tangina se trouvaient maintenant dans la chambre des petits dont elles venaient d'ouvrir la porte. La pièce était obscure et tranquille.

– C'est donc ici, commenta Tangina.

Martha hocha la tête.

– Tout est calme pour l'instant.

– Oui, la Bête se méfie de moi, plaisanta Tangina. Oh, pas beaucoup, c'est certain, mais, comme je vous le disais, je lui ai donné à réfléchir.

Martha eut un haussement de sourcils.

– Pourriez-vous me la décrire un peu plus?

– Certainement. Nous avons pris le temps de devenir des intimes, avant d'en venir aux mains.

– Et quelle est sa nature?

– C'est une entité protéiforme. Je crois qu'elle fut autrefois humaine. Mais à présent elle aime l'existence dénaturée qui est la sienne. Le pourrait-elle, jamais elle ne reviendrait en arrière. Elle est égocentrique, obsédée par sa nature mauvaise.

– Comment en êtes-vous venue à l'affronter? Que vous a-t-elle dit?

Martha Lesh était intriguée, fascinée. Tout cela la dépassait; mais elle admettait avec résignation n'être plus qualifiée pour entrevoir la vérité, et se posait maintenant en simple observatrice.

– Elle ne voulait pas venir à moi. Elle a fini par devenir trop satisfaite d'elle-même. Elle surveille ses âmes errantes comme un avare sa cassette. Mais elle est trop avide, et ce sera sa chute. Elle ne laissera pas échapper ce qu'elle a amassé, même pour sauver sa vie. Nous nous sommes mesurées, et, croyez-moi, elle est redoutable. (Tangina plissa les yeux.) Mais moi aussi.

– Et comment allons-nous procéder avec cette Bête?

– Nous allons voir. Il y a plusieurs approches possibles. Cela va dépendre de ces gens, dit-elle en tournant la tête vers le rez-de-chaussée.

– Ils sont forts.

– En ce cas, nous aviserons, fit Tangina sans trop s'avancer.

Elles redescendirent au salon. Tangina alla se poster devant Diane, assise au pied d'une chaise.

– Donnez-moi votre main, mon petit.

Diane hésita, leva les yeux vers Martha.

– Allons, je ne vais pas vous manger, insista Tangina.

Leurs visages étaient à la même hauteur. Diane

plaça sa main entre celles de la naine. Alors, d'une voix douce, celle-ci déclara :

– Votre enfant est vivante, ici, dans cette maison.

Diane fut aussitôt secouée d'incoercibles sanglots, toute à la douloureuse joie d'entendre confirmer un espoir qu'elle avait presque abandonné. Tangina la prit dans ses bras et lui caressa les cheveux. Steve voulut approcher, mais elle l'écarta du geste.

– Je voudrais un peu d'eau, hoqueta Diane.

Steve disparut dans la cuisine.

– Où ont eu lieu les matérialisations? demanda Tangina à Martha.

Celle-ci montra un point de l'espace. Tangina hocha la tête.

– J'ai la conviction que le point d'origine se trouve dans le placard des enfants. En haut.

– Oui, opina Diane. C'est ce que je crois aussi.

– Mon petit, dit alors Tangina en s'écartant à bout de bras de la jeune femme, allez-vous vous montrer forte? Pour votre petite? Je ne peux absolument rien faire sans votre foi en ce monde et votre amour des enfants.

– Oui, je vais l'être. Je vais être forte.

– Ferez-vous tout ce que je demanderai? Même si c'est contraire à tout ce que vous croyez?

– Oui. Oh oui.

Tangina réfléchit un instant. Puis elle s'adressa d'abord seulement à Diane, et ensuite au groupe tout entier :

– Carol Anne n'est pas comme... eux. Elle est une présence vivante au sein de ce plan spirituel et néanmoins attaché à la terre. Ils sont attirés par cette partie d'elle qui est différente, sa force vitale. Carol Anne a la vie chevillée au corps. Elle irradie d'un éclat qui leur évoque la vie, le souvenir des amours perdues, des plaisirs terrestres, toutes choses qu'ils désirent ardemment mais ne peuvent plus avoir.

– La Dame de l'Attente, murmura Lesh. La mère de leurs aspirations. La femme-fantôme.

Tangina opina.

– Pour un peu je penserais que cette femme est l'émanation de leurs désirs insatisfaits. Mais pour lors, votre fille est ce qui se rapproche le plus de ce lumineux amour dont ils ont conservé un souvenir ténu et pourtant vivace. Et ce phare que constitue pour eux Carol Anne les écarte de la vraie lumière qui est venue les chercher – oui, il m'a été donné de la voir au cours d'un de mes passages dans ce monde. Cette lumière est l'accès au repos éternel. Mais ils n'en ont pas conscience; cela leur a été caché. Me comprenez-vous bien? Ces âmes – qui n'ont pas trouvé le repos – ne sont pas conscientes de leur mort.

– Savez-vous pourquoi elles n'ont pas trouvé le repos? demanda Steve d'une voix altérée.

Devant ses yeux passaient des visions de cimetières déplacés, de cadavres exhumés. Pour faire place à sa maison. Sa maison, qui avait été la première construite.

– C'est sans importance, éluda Tangina pour qui la question était hors de propos.

– Je crois que je le sais, dit Steve d'une voix presque inaudible.

– Ce n'est pas important. Ce qui importe, c'est la *présence* de ces âmes. Elles ne possèdent pas un état de conscience, tel que nous le concevons. Elles demeurent en état de rêve perpétuel... un cauchemar dont elles ne peuvent pas s'éveiller. Elles vivent dans un rêve... elles *sont* ce rêve. Certaines personnes – moi, votre fille – sont capables de les voir dans *leurs* rêves. Le rêve où existent ces âmes est vu par certains d'entre nous... comme des rêves. Votre fille et moi faisions les mêmes rêves; à présent, elle s'y est égarée, et il nous faut l'en tirer.

– Oui, oui, je vous en supplie...

– Dans cette lumière, dont la nature échappe à ces malheureuses âmes errantes, se trouve le salut, un accès à un autre plan. Il est d'autres accès à d'autres plans qui peuvent laisser passer toutes sortes de créatures d'ombre ou de lumière...

– Nous en avons vu la nuit dernière, intervint vivement Ryan.

Tangina opina d'un air grave.

– Fantabel et Sceädu, ai-je appris, sont venus sur notre plan terrestre. Ils habitent un monde qui leur est propre, et s'aventurent parfois dans celui des âmes errantes. Mais ils n'auraient pas dû se risquer dans le nôtre, c'est trop dangereux, et pour eux et pour nous; ils y ont sans aucun doute été incités par celui dont je vous parlerai dans un instant.

» La lumière est un passage que les âmes perdues doivent franchir; de l'autre côté, des entités amies les guideront vers leurs destinées. Carol Anne peut les aider à trouver cette « porte ». Si elle va vers la lumière, elles la suivront.

– Non!...

– Bien sûr, elle-même ne devra pas y entrer. Mais ce sera à vous de le lui dire, Diane. Elle m'a écoutée un moment, une heure, mais seul l'amour qui vous lie sera capable de la guider avec précision.

– Je ferai ce que vous me demanderez.

– Ecoutez-moi bien, j'ai encore une chose à vous dire. Il y a près d'elle une présence effroyable. Tant de haine... tant de bassesse... je n'ai jamais rien senti de tel. Ce principe maléfique a été assez fort pour s'ouvrir un passage jusqu'à notre dimension et vous ravir votre enfant. Il maintient Carol Anne près de lui, loin de la lumière. Il se sert d'elle pour retenir les âmes, pour les écarter de la lumière, afin qu'elles ne puissent quitter son domaine. Il l'utilise et lui ment. Il lui parle un langage que seul un enfant peut comprendre. Elle a peur de lui, mais elle a également peur de s'en éloigner, car il est le seul qui sache lui parler, qui connaisse son langage secret. Ce principe maléfique, c'est la Bête. (Tangina prit dans ses mains la tête de Diane et l'attira à elle.) Et maintenant, sautons sur nos pieds pour aller chercher votre fille.

Riant et pleurant à la fois, Diane se leva. Tangina voulut l'imiter, puis elle s'esclaffa :

– Oh, mais je *suis* debout !

Il était minuit largement passé quand ils achevèrent de rassembler tous les objets que Tangina leur avait demandés. Debout au milieu du salon, elle en faisait l'inventaire.

– Serviettes, ruban rouge, rouge à lèvres, balles de tennis... où est la corde ?

Steve entra avec plusieurs mètres de cordage sur l'épaule.

– C'est tout ce que j'ai trouvé.

Les téléviseurs grésillaient toujours. Fixées aux murs par du ruban adhésif, plusieurs longueurs de ficelle avaient été tendues parallèlement à travers la pièce, puis rattachées entre elles, de façon à constituer un réseau suspendu sous l'endroit où s'étaient matérialisés les artefacts.

Tangina se tourna vers Steve.

– Où en est le bain ?

– La baignoire est pleine. Je viens de couper l'eau.

– Eh bien, nous allons pouvoir commencer. (Elle adressa un clin d'œil à Lesh.) La seule différence entre nos équipements, c'est que le mien comporte moins de pièces mobiles. (Puis, se tournant vers Diane :) Allez-y, mon petit. Appelez votre fille.

Diane alla se poster au milieu de la pièce et resta plantée là, comme si elle attendait pour passer une audition. De la tête, Tangina lui fit signe de commencer. Elle prit une inspiration.

– Carol Anne... Carol Anne... c'est maman. Est-ce que tu m'entends, ma chérie?

Rien ne perturba la lueur bleutée et le sifflement des électrons.

– Carol Anne. Veux-tu dire bonjour à maman?

Pas de réponse. Cette vacuité gagnait toute la pièce. Diane aurait voulu hurler. Tangina ferma les yeux, sa respiration s'accéléra. Ses paupières papillonnaient. De très loin, elle parla à Diane :

– Essayez encore.

Diane serra les poings.

– Veux-tu dire bonjour à papa, ma chérie? Tu nous manques beaucoup, tu sais? Nous t'aimons tant. Peux-tu nous dire bonjour?

Tangina commençait à transpirer. Lentement, elle secoua la tête.

– Elle en est empêchée.

Steve et Diane bondirent, comme piqués par le même aiguillon.

– Que voulez-vous dire? s'écria Diane.

– Qui l'en empêche? Dites-nous ce qu'il se passe!

Tangina ouvrit les yeux. Sa figure était rouge, ses lèvres sèches.

– Ils sont nombreux autour d'elle; elle se croit en sécurité. Vite! De qui a-t-elle le plus peur? De vous ou de votre mari?

Diane secoua violemment la tête.

– Elle n'a peur ni de l'un ni de l'autre.

– Après une bêtise, qui va-t-elle voir en premier? insista Tangina d'une voix pressante.

– Elle s'est toujours jetée dans les jupes de Diane, dit Steve en essuyant sur son pantalon ses mains moites d'angoisse.

– Quand elle a été méchante, de qui se cache-t-elle?

– C'est une enfant très bien élevée, s'indigna Steve. Nous lui avons toujours enseigné les bonnes...

– Ecoutez, je ne travaille pas pour la DDASS. Je veux une réponse rapide!

– C'est Steve qui décide de la punition, fit Diane. Les enfants ont toujours su que...

– Minute, Diane, ce n'est pas tout à fait exact. Jamais je n'ai porté la main sur...

Tangina les fit taire d'un geste agacé.

– Vous parlerez de ça une autre fois! Pour l'instant, venez près de moi!

Steve s'exécuta aussitôt.

Eberluée, Lesh contemplait la scène; elle n'avait jamais rien vu de tel. Ryan avait peine à garder les yeux sur ses appareils.

– Dites à Carol Anne de répondre! ordonna Tangina à Steve.

Celui-ci promena un regard incertain autour de lui, ne sachant dans quelle direction il devait se tourner.

– Dites-le-lui! aboya Tangina.

– Ma chérie, c'est papa, fit-il d'une voix douce. Est-ce que tu m'entends, mon cœur?

– Je vous ai dit de l'appeler. Plus fort!

– Carol Anne, reprit-il de sa voix normale cette fois. Carol Anne, c'est ton papa.

– Encore, fit Tangina entre ses dents.

Ses paupières retombaient; son visage se figeait.

– C'est papa, ma chérie. Réponds-moi.

– Soyez plus dur, dit Tangina.

– Quoi?

– Fâchez-vous ou vous ne la reverrez jamais!

Steve parla plus durement:

– Carol Anne, ici ton père.

– Dites-lui que si elle ne répond pas, elle va avoir des ennuis.

– Réponds immédiatement ou bien je me fâche tout rouge.

– Dites-lui qu'elle va recevoir la fessée.

Il baissa la voix pour confier :

– Nous ne battons jamais les enfants.

– Merde, Steven, mais dis-lui donc! hurla Diane à bout de nerfs.

Le visage de Steve se contracta.

– Si tu ne réponds pas immédiatement à tes parents, gare à tes fesses!

– Jurez. Jurez donc! pressait Tangina.

– Nom de Dieu, Carol Anne! Tu vas me répondre?

De très loin, une voix leur arriva :

– Maman! Maman! Au secours!

La respiration de Tangina était rapide, oppressée. La sueur perlait sur son front. Cependant, un léger sourire vint flotter sur ses lèvres.

– Elle a réussi à s'éloigner!

– S'éloigner de quoi? fit Diane. De cette chose que nous avons vue une fois? Cette chose tenait mon enfant? Comment va-t-elle?

Tangina ignora la question. Elle avait toujours les yeux clos, et haletait comme un sprinter.

– Diane, demandez-lui si elle voit une lumière.

– Carol Anne! Est-ce que tu vois une lumière?

La petite voix se fit plus forte.

– Maman! Il me court après!

– Dites-lui d'aller vers la lumière! intima Tangina.

Diane jeta un regard apeuré à Martha Lesh.

– Non!

Tangina respirait péniblement. Ses cheveux étaient défaits.

– Il va la suivre. Il la suit depuis des semaines. Ils vont tous la suivre. Dites-le-lui!

Martha Lesh, complètement captivée par la scène, faisait aveuglément confiance à Tangina.

– Dites-lui, Diane. Faites ce que vous dit Tangina, intima-t-elle d'une voix pressante.

– Cours, Carol Anne, cours! Cours vers la lumière! Cours aussi vite que tu le peux!

– Maman! Où es-tu?

– Je suis ici, chérie, ici!

– Dites-lui que vous êtes dans la lumière! pressa Tangina.

– Non, c'est un mensonge! s'étrangla Diane.

– Dites-le-lui avant qu'il ne soit trop tard! aboya Tangina.

Des sanglots de rage impuissante étouffaient presque la jeune femme.

– Cours vers la lumière, Carol Anne! Maman est dans la lumière! Je suis dans la lumière, ma chérie, viens vite!

– Encore. Dépêchez-vous. Dites-lui que vous l'attendez.

– Maman est dans la lumière, ma chérie! Viens me retrouver! (Les pleurs de Diane redoublèrent d'intensité; brusquement, elle se tourna vers Tangina et gronda entre ses dents :) Je vous hais pour ça!

Tangina frémit mais ne répondit pas. Elle s'adressa au groupe :

– Vite, tout le monde en haut! Apportez le matériel.

Tous les cinq gravirent l'escalier et vinrent se masser devant la porte de la chambre des petits. Le souffle court, Tangina donna ses recommandations :

– Faites le vide dans votre esprit. La Bête sait ce qui vous fait peur. Et cela depuis le début. Il ne faut surtout pas faire son jeu. Elle n'en sait déjà que trop. Allez... ouvrez cette porte.

Sans hésiter, Steve fit jouer la clé. La porte s'ouvrit aisément. A l'intérieur, on eût dit une tempête en pleine mer.

Un véritable mur de vent et de bruit. Une cacophonie de plaintes et de gémissements, de démence et d'absurdité. La maison tout entière en résonnait.

Tangina s'avança en rampant dans la tourmente. Elle n'affrontait pas seulement une tempête de bruit et de vent; une aveuglante lumière inondait également la pièce.

Une fois à l'intérieur, elle put se relever car le vent était légèrement moins violent qu'au niveau de la porte. Toutefois, la poussière, les particules tourbillonnantes, et... la lumière la forçaient à plisser les yeux.

Cette lumière émanait du placard où il était impossible de regarder. Elle était plus vive qu'un soleil, que dix soleils.

Tangina se tourna vers le couloir.

– Ryan! Descends! Va te poster près de la cible!

Le jeune homme ne comprit pas à cause du vacarme, et elle dut se répéter en hurlant de toutes ses forces.

Steve entra à son tour en rampant et vint se placer près d'elle. Bien qu'ils fussent à moins d'un mètre l'un de l'autre, elle devait crier pour se faire entendre.

– Steve! Passez-moi la balle de tennis numéro un! Diane! Restez dans le couloir pour relayer les messages vers Ryan! Dites-lui de se placer sous le filet!

Diane transmit le message. Ryan répondit qu'il était en position. Martha Lesh demeura près de Diane.

Tangina ferma les yeux et lança la balle dans la fournaise du placard. Le vent rugit et tenta de la jeter à terre. Elle se rattrapa au bras de Steve.

– Demandez à Ryan s'il voit quelque chose!

Diane fit le relais.

– Rien du tout! répondit Ryan.

Tangina approcha sa bouche de l'oreille de Steve.

– Jetez la balle numéro deux le plus fort que vous le pourrez!

Il s'avança aussi près du placard qu'il l'osait et, visant à travers ses paupières mi-closes, il lança la balle de toutes ses forces.

En bas, Ryan fixait intensément le réseau de cordes. Tout à coup, il y eut une petite lueur dans le vide, et une balle de tennis lui tomba sur la tête. Il la ramassa sur le sol et l'examina; elle portait le chiffre deux.

– La balle numéro deux! hurla-t-il vers l'escalier. Elle vient juste de sortir de nulle part!

Diane transmit la nouvelle. Tangina fit signe à Steve de faire de même avec la balle numéro trois. Il s'exécuta.

Un instant plus tard, la balle numéro trois se matérialisa au milieu d'une lueur électrique.

– La trois est revenue elle aussi! cria Diane.

Tangina eut un mince sourire.

– Maintenant, nouez le ruban rouge au centre de la corde! Dépêchez-vous!

Steve s'exécuta frénétiquement. Tangina ferma une nouvelle fois les yeux. Elle prit plusieurs longues inspirations, se raidit et s'écroula sur le sol. Elle venait de quitter son corps.

Après son combat avec gHalâ, elle avait découvert une nouvelle porte de sortie. Tout à fait accidentellement. Il l'avait violemment chassée de ses poumons; elle avait alors flotté un court instant au sein d'un milieu opaque, avant d'être subitement emportée par un vent tiède à travers une fenêtre invisible... jusqu'à son corps. Nombreuses sont les portes d'entrée et de sortie, pour ceux qui possèdent le don.

Elle retrouva facilement le passage – c'était une

membrane à soufflets évoquant une branchie de poisson – et entra directement dans le plan qu'elle cherchait. L'espace fut d'abord d'un noir d'encre, puis vira au rouge sombre. Voilà qui était singulier. Par le passé, ce lieu avait toujours été ou noir ou limpide comme l'éther.

Peu à peu, elle fut environnée de lumière rouge. Des apparitions dérivaient dans cette paix sinistre, des enfants, des vieillards. Tangina flottait en dessous; elle cherchait son chemin, cherchait la lumière. Elle scrutait la brume, inspectait les angles causés par le gauchissement de l'éther, les goulets menant à d'autres plans... et elle l'aperçut. Là-bas, la substance éthérée se voilait pour former un puits; si bien qu'à moins de se trouver juste au-dessus, il était impossible de voir la lumière.

Tangina s'approcha. Oui, en bas, tout près de la bouche incandescente, elle aperçut la petite, toute tremblante, qui s'apprêtait à y entrer.

D'une formidable impulsion, Tangina franchit le passage membraneux et réintégra son corps. A cet instant, le vent fit rouler celui-ci sur le sol en direction du placard. Steve bondit et la rattrapa à l'ultime seconde, juste avant qu'elle ne fût aspirée dans l'aveuglante fournaise.

Alors, Tangina s'écria d'une voix suraiguë :

– La petite est juste à l'entrée du passage! Dites-lui de s'arrêter! De ne pas s'engager dans la lumière!

– Carol Anne! hurla Diane. Ecoute-moi bien. N'entre pas dans la lumière! Reste où tu es. Retourne-toi! Ne la regarde pas!

Tangina se redressa sur son séant.

– Où est la corde? cria-t-elle.

Steve la lui tendit, mais elle secoua la tête.

– Je ne suis pas assez forte! A vous de le faire!

– De faire quoi?

– Jetez-en un bout dans le placard! De toutes vos forces! Il faut qu'il arrive de l'autre côté!

Steve hocha la tête bien qu'il ne comprît rien à tout cela. Il saisit une des extrémités du cordage qu'il lesta d'un nœud, en lova quelques mètres derrière lui pour avoir du mou, puis s'avança vers l'éblouissante lumière. Saisissant la corde à un mètre du nœud, il la fit tournoyer et la projeta dans le placard.

Un instant plus tard, l'extrémité du cordage chut dans les mains de Ryan.

– Je la tiens! hurla ce dernier.

Tangina serrait les dents. Aidée de Steve, elle laissa filer la corde jusqu'à ce que le ruban rouge arrivât à la porte du placard.

– Dites-lui de reprendre le mou. Et de nous avertir quand il verra le ruban.

Tandis que ce message était relayé de Steve à Diane, et de Diane à Ryan, Tangina sortit le tube de rouge à lèvres et entreprit de marquer la corde tous les deux ou trois centimètres à partir du ruban noué en son milieu. Au bout de quelques instants, Ryan commençait de tirer. Lorsqu'elle sentit la corde se tendre, Tangina la laissa filer centimètre par centimètre dans le placard. Le ruban puis, l'une après l'autre, les marques rouges disparurent dans la lumière intense.

Peu de temps après, ils entendirent l'exclamation fiévreuse de Ryan.

– Ça y est! Je vois le ruban!

Aussitôt, Tangina cessa de donner du mou. Elle regarda la dernière marque rouge.

– Rien qu'un mètre de profondeur. Pas beaucoup de place, là-dedans. Diane! Martha! Venez vite!

Les deux femmes entrèrent à quatre pattes, puis se relevèrent.

– Martha, vous allez rejoindre Ryan en bas. A

mon signal, vous tirerez aussi fort que possible sur la corde. Mais seulement quand je vous le dirai!

Martha sortit. Tangina se tourna alors vers Diane.

– Mon petit... il va falloir que vous entriez dans le placard.

Une expression de pure horreur envahit les traits de la jeune femme.

– Il le faut! Elle ne viendra que vers vous! Il faut vous décider tout de suite! Nous allons vous passer la corde autour de la taille!

Une rafale particulièrement violente s'abattit sur Diane, la projetant contre le mur. Steve entreprit de nouer la corde autour de sa propre taille, mais Tangina l'arrêta.

– Non, c'est à elle de le faire! D'ailleurs, j'ai besoin de vous pour tenir la corde!

Tant bien que mal, Diane revint près d'eux, légèrement étourdie mais indemne. Elle prit la corde et se la passa autour du corps. Steve la noua de deux demi-clés. Ils se tenaient l'un en face de l'autre au milieu de la tourmente.

– Je t'aime! hurla Diane.

– Je t'aime! rugit Steve.

Ils s'embrassèrent. Puis Steve empoigna l'extrémité du cordage.

Diane s'avança vers le placard, jeta un dernier coup d'œil par-dessus son épaule.

– Vous ne me lâchez pas, hein?

– Jamais!

Une seconde plus tard, la lumière l'avait avalée.

Tangina et Steve laissèrent filer la corde jusqu'à la marque des cinquante centimètres, ce qui signifiait que Diane se trouvait dans le vide infini.

Au rez-de-chaussée, Martha et Ryan reprirent les cinquante centimètres de mou; puis ils s'immobilisèrent dans l'attente, maintenant la corde tendue, osant à peine respirer.

Steve se tenait dans la même position, bien campé sur ses jambes. Tangina lui cria :

– Maintenant je vais les rejoindre, leur envoyer mon esprit pour les guider! Cela reste très dangereux! Ne faites rien sans mon ordre! N'essayez pas de me venir en aide! Ne faites même pas attention à moi, sauf si je m'adresse directement à vous! C'est bien compris?

– Et comment saurai-je si Diane l'a récupérée?

– C'est moi qui saurai.

Tangina s'allongea sur le sol. Sa respiration devint irrégulière, elle se mit à transpirer. Le vent hurlait comme une bête blessée.

Tangina se raidit, se convulsa, puis s'immobilisa. Dans son esprit, son et lumière s'évanouirent. Elle repassa le diaphragme et entra dans les limbes.

Une terne lueur rouge imprégnait le vide. Les âmes égarées erraient de-ci de-là. Derrière elles, brûlait la vive lumière. A côté, se tenait Diane, la corde autour de la taille, n'allant nulle part, ne venant de nulle part.

Des spectres flottaient alentour, sans âge ni but. De ceux qui passaient tout près de Diane, aucun ne la remarquait. Certains pleuraient, certains riaient, beaucoup étaient sans expression; quelques-uns saignaient. D'autres encore couraient, trébuchaient. L'un d'eux, non loin de la lumière, était Tangina.

Et, non loin de celle-ci, l'ombre de la Bête opacifiait la brume.

Tangina luttait pour rester concentrée, conserver son harmonie intérieure, garder son équilibre. Hardiment, elle cria :

– Traversez. Vous êtes bienvenus. Tous sont bienvenus. Entrez dans la lumière. Vous y trouverez la paix.

Rien ne se passa. Elle répéta plusieurs fois son exhortation. Enfin, très lentement, l'atmosphère commença à se rider comme la surface d'une pièce d'eau. Semblables à des trains de vagues, les apparitions éparses commencèrent à s'ordonner. Subtilement d'abord, presque imperceptiblement, elles se mirent à converger vers Tangina. Vers Tangina et la lumière.

– Entrez, émettait Tangina, entrez dans la lumière.

Au milieu de la multitude, Tangina ressentait l'appel très doux du puits luminescent, et son esprit fatigué se laissait tenter.

Alors, un voile sombre descendit sur la scène. C'était la Bête furieuse.

Elle voyait ses sujets pénétrer dans la lumière. Son atroce hurlement vrilla le silence. Cela suffit à faire fuir des centaines de formes pitoyables. D'autres furent assaillies, repoussées en arrière, déchiquetées par la Bête.

Pourtant, certaines âmes continuaient d'entrer dans le puits lumineux; celles-là, la Bête ne tentait pas de les arrêter, car elle craignait trop la lumière pour s'en approcher. Bondissant d'un spectre à l'autre, elle perdit momentanément la trace de Tangina qui, toujours, progressait vers la lumière. Pour l'atteindre, il lui fallait passer à quelques mètres de Diane. La malheureuse jeune femme tendait désespérément les bras vers sa fille.

– Traversez, traversez la lumière, répétait le message de Tangina.

Les esprits éperdus se regroupaient pour converger de plus belle vers le salut. La Bête poussait des hurlements de fureur.

Tout à coup, elle avisa Tangina qui flottait maintenant au-dessus de la lumière. Elle s'en approcha, sifflant, écumant. Mais son ennemie était si proche de la lumière, qu'elle s'arrêta, leva une patte griffue devant ses yeux, puis avança encore avec prudence. gHalâ redoutait la lumière, mais sa fureur le rendait téméraire.

– Traversez! Vous êtes les bienvenus! Entrez dans la lumière! Vous y trouverez la paix!

La Maîtresse des âmes, la femme-fantôme, survint, accompagnée de sa suite. Elle s'immobilisa juste au-dessus de l'éclatante lumière.

Tangina s'adressa à elle :

– Entrez dans la lumière! Evadez-vous! Votre bien-aimé repose de l'autre côté. Rejoignez-le pour l'éternité.

La femme eut une ébauche de sourire et repartit.

– Je reste, murmura-t-elle. Je vais attendre encore.

En revanche, d'autres âmes mettaient un terme à leur attente. Elles trébuchaient, dérivaient ou couraient vers la bouche aveuglante.

La Bête ne se contenait plus. Elle haïssait la lumière, elle haïssait l'idée de perdre les esprits qui étaient sous sa domination. Et elle haïssait plus encore cette présence tonitruante qui les entraînait.

Avec un bruit inarticulé qui déchira presque la matière même de l'éther, elle se jeta sur Tangina.

Planant au-dessus du lumineux passage, Tangina ferma les yeux, s'inclina en avant et se transforma en miroir. L'éclat intense du reflet explosa dans les yeux de gHalâ. Aveuglé, il partit à la renverse, s'abattit sur un groupe d'âmes qui, affolées, s'égaillèrent dans toutes les directions, puis il alla se perdre dans la brume.

– Traversez! Traversez! rugissait Tangina qui venait de reprendre forme. Entrez dans la lumière! Vous y trouverez la paix!

Carol Anne avançait toujours. Elle approchait de Diane et de l'entrée du passage.

– Je suis ici, ma chérie! cria Diane. Viens retrouver ta maman!

Carol Anne parut entendre quelque chose, son

attention fut un instant détournée. Mais, comme dans un rêve, elle continua d'avancer.

– Entrez dans la lumière! exhortait Tangina.

Des nuées d'âmes convergeaient vers le salut. Certaines, dans leur hâte, buttaient dans la fillette, la dépassaient.

– Vous y trouverez la paix!

Au milieu du vacarme de la chambre, ces mots arrivèrent jusqu'à Steve : *Entrez dans la lumière!* Pour lui, ce fut une incroyable trahison.

– Non! hurla-t-il à l'adresse du petit corps prostré. Vous aviez dit qu'il ne fallait pas y entrer!

Dans l'état de terreur, d'attente et de frustration où il se trouvait, il se dit qu'il s'était mépris du tout au tout. Il eut soudain la vision de Tangina conduisant sa femme et sa fille *dans* la lumière.

Une plainte étranglée franchit ses lèvres; il se mit à tirer sur la corde prête à rompre.

– Diane! Carol Anne!

Son hurlement couvrit le bruit de la tourmente, arriva jusqu'à Ryan et Martha qui se regardèrent, interdits. Il pénétra la transe de Tangina, et la ramena douloureusement à son corps. Elle le vit qui tirait comme un forcené sur la corde.

– Pas encore, Steve! Ryan! Ryan! Tirez de votre côté!

Steve continuait de haler. Soudain, une décharge électrique explosa dans le placard, suivie d'un long grognement sourd. Ce bruit atteignit les registres inférieurs de l'audible, puis crût en intensité au point que bientôt toute la maison trembla sur ses fondations.

Steve leva les yeux et vit la face de la Bête qui se gorgeait lentement de la lumière du placard.

Cela avait une forme simiesque, avec de petits yeux profondément enfoncés, une mâchoire prognathe, des crocs de fauve. Les babines formaient un rictus involontaire et écumaient de façon obscène. Un visage proto-humain, si ce n'était les canines longues comme des défenses et le nez dépourvu de cartilage.

Cette gueule occupait tout l'espace du placard. Elle ouvrit les mâchoires. Eructa des bruits ignobles dont le souffle fit sauter le panneau de la fenêtre et emplit la pièce d'un gaz immonde.

Elle commença à sortir.

Steve était pétrifié. Malgré sa terreur, et contre toute raison, il tenait toujours la corde. Il la tenait fermement, comme par un dernier acte de volonté.

En bas, Ryan et Martha tiraient de toutes leurs forces.

Des douzaines de décharges électriques fleurirent au-dessus d'eux, dans le vide. Soudain, un cri primal, un cri de mise au monde retentit dans le salon. Un tourbillon de lumière se forma au point d'interface, vortex dont le centre avait l'apparence d'une membrane opalescente. En transparence, une forme s'y profila, gonfla la membrane centrale, comme pour une naissance imminente... Subitement, la poche creva et Diane, Carol Anne dans les bras, s'abattit sur le sol dans un déluge de liquide gélatineux et une pluie d'étincelles. La lumière tourbillonnante disparut.

De la tête aux pieds, elles étaient enduites d'une sanie rosâtre et visqueuse. Ryan libéra Diane de la corde, tandis que Steve dévalait les marches. Tangina arrivait ensuite, à bout de forces.

Tous pleuraient à chaudes larmes. Après les avoir longuement, passionnément embrassées, Steve prit Diane et Carol Anne dans ses bras et les porta jusqu'à la salle de bains. Doucement, il les déposa dans la baignoire d'eau chaude que Tangina lui avait fait préparer un peu plus tôt. Une éternité plus tôt.

L'eau se mit à mousser, à rougir; de grosses bulles

vinrent crever sa surface, libérant une odeur âcre. La substance se dissolvait. Tout le monde pleurait encore. Ryan courut chercher son équipement portatif pour filmer la scène. Sur le seuil, Martha et Tangina s'appuyaient l'une sur l'autre.

– Bonjour, papa! fit Carol Anne.

Elle venait de faire un long cauchemar dont elle lui parlerait plus tard.

– Merci, mon Dieu, balbutiait Diane à travers ses larmes. Oh, merci.

Sa chevelure était parsemée de fils blancs.

Tous les trois continuaient de s'embrasser et de s'étreindre dans la baignoire.

Tangina s'adossa, épuisée, contre le chambranle de la porte. Maintenant, elle aussi allait pouvoir se reposer.

– La maison est nettoyée, murmura-t-elle.

Lesh eut de la peine à parler :

– Comment... comment pouvez-vous en être certaine?

– La petite faisait connexion. Tant qu'elle demeurait sur ce plan astral, le passage entre les deux mondes restait ouvert. Des corps solides pouvaient passer à volonté, là où auparavant seuls les esprits pouvaient évoluer. Mais, dès lors qu'elle est rentrée, le trou s'est refermé. Quant à la Bête, elle ne reviendra pas, je peux vous l'affirmer. Cette porte de communication qu'elle a ouverte lui a coûté davantage qu'elle ne lui a rapporté. Peut-être même y a-t-elle laissé la vie. Non, elle est partie et ne reviendra plus. (Elle poussa un énorme soupir de soulagement; c'était aussi la fin de ses propres épreuves.) La maison est nette.

9

Les Freeling décidèrent de déménager.

Steve trouva un arrangement avec Teague. Considérant ses qualités de vendeur, ce n'était pas le meilleur arrangement pour lui, mais il voulait que tout se fasse rapidement, et était donc disposé à faire quelque sacrifice.

Tangina partit pour un long voyage. Elle n'était plus un sujet de thèse, et avait besoin d'une longue période de convalescence. Ses rêves avaient cessé et elle ne demandait pas mieux que de vivre une vie insouciante, aveugle, sourde et ordinaire.

Le Dr Lesh retourna à l'université.

Le Pr Anthony, l'œil pétillant, était assis à son vieux bureau de chêne. Le meuble croulait sous les publications, les monographies et le courrier d'un demi-siècle d'études. En face de lui, le coude posé sur l'accoudoir, le menton dans la main, était assise Martha Lesh.

– Et voilà, dit-elle, la saga du lotissement de Cuesta Verde vient de prendre fin. Et que vais-je en faire, je vous le demande?

Il haussa les sourcils.

– Avez-vous songé à la vendre au cinéma?

– Tony!

– Ne vous fâchez pas, ma chère. Ce n'était qu'une

idée, comme ça. Vous savez que dans la communauté scientifique personne ne va vous croire avant un bon bout de temps.

– Oui, c'est juste. A l'exception de Ryan.

– A l'exception de Ryan et de moi. Car je vous crois.

– Vous? On ne vous sort même plus de votre cloître, sauf pour quelques cérémonies honorifiques.

Il éclata de rire. Puis il y eut un silence où chacun retournait ses propres pensées.

– Et la famille? reprit-il. Comment vont-ils à présent?

– Beaucoup mieux, Dieu merci! Encore un peu secoués, certes. Mais une expérience émotionnelle aussi intense rapproche toujours les gens, si elle ne les sépare pas.

Il opina d'un air sérieux.

– Martha, vous qui avez la tête sur les épaules, que pensez-vous qu'il s'est passé?

– « Le ciel et la terre contiennent plus de choses, Horatio, que n'en rêve ta philosophie. » Ou quelque chose de ce style.

– Et que savez-vous donc des rêves de ma philosophie?

– Peut-être tout cela *était-il un rêve.* Que pensez-vous de cette explication : A cause des cauchemars qui ne cessaient de la réveiller, Tangina souffrait depuis des semaines d'un manque chronique de sommeil et de rêves. Vous savez que lorsque ce genre de choses arrive aux gens, leur activité onirique mord sur leur temps de veille; ils se laissent aller à une ou deux secondes de sommeil paradoxal intense, puis se réveillent et continuent leur rêve. Peut-être que le rêve éveillé de Tangina était si intense, si puissamment télépathique, qu'elle l'a projeté dans notre esprit à tous, à commencer par la petite fille. Ce serait alors le rêve de Tangina, si intensément vécu et projeté, que nous aurions pris pour la réalité.

Il opina d'un air songeur.

– Hmm, pas mal. L'hypothèse est séduisante, mais il y a quand même quelques failles. Que faites-vous des bijoux, par exemple?

– C'est juste, reconnut-elle. Les bijoux posent un problème.

– Mais après tout, hasarda-t-il, qu'est-ce que des bijoux, sinon de la matière, et qu'est-ce que la matière, sinon un type particulier d'énergie? Qui saurait dire quelle est la source de l'énergie? Pas moi. Mon pauvre cerveau est trop diminué pour faire autre chose que vagabonder. Nous avons toutefois une certitude: les émissions d'énergie sont multiples. Notre esprit en émet-il? A n'en pas douter. Des êtres extra-terrestres? Ce n'est pas à exclure. Il y a aussi l'hypothèse de fissures dans la trame de l'espace-temps. Trous noirs? Explosions solaires, autres dimensions, univers parallèles? Oui, oui, tout est à envisager. Et il est très probable que l'une de ces généralisations ait été à l'origine de la Fantastique Affaire Freeling.

– Que faites-vous des esprits des morts?

Il abattit sa main sur le bois du bureau.

– Alors là, je ne vous suis plus, fit-il, péremptoire. Plutôt que postuler des esprits, je souscrirai à votre solipsisme idiot et dirai que les bijoux et vous *tous* êtes des inventions de ma conscience.

– Ah oui, j'avais presque oublié que nous sommes après tout des scientifiques.

Cette fois, c'est son poing qu'il abattit sur le bureau, comme pour ponctuer moqueusement l'affirmation de Martha. Puis il prit un air inquisiteur.

– A propos... qu'est-il advenu de ces fameux bijoux?

Martha haussa les épaules.

– Celle Qui Attend nous a demandé de les rendre. Mais comment faire? Les envoyer en recommandé? J'ai voulu les laisser chez les Freeling, mais ils n'ont pas voulu en entendre parler; trop de mauvais souvenirs. Ils m'ont dit de les étudier; une donation à la science, en quelque sorte. Je les ai déposés au labo. Nous allons nous pencher dessus, et peut-être, je l'espère, obtenir quelques réponses. Je ne sais pas, peut-être devrions-nous constituer un musée des artefacts paranormaux. (Elle grimaça un sourire.) Peut-être les esprits des morts reviendront-ils un jour réclamer leurs colliers et leurs bagues. Mais, Dieu merci, tout cela est fini et bien fini.

Caisses et cartons encombraient le salon. La moitié du mobilier était emballée, l'autre moitié recensée et étiquetée. Les rideaux avaient été décrochés, des livres et des papiers traînaient partout, attendant d'être triés. Le grand jour approchait.

Les Freeling étaient attablés dans la salle à manger. Diane apporta un succulent rôti. C'était leur dernier dîner dans cette maison.

Buzz, assis patiemment à côté de Robbie, attendait les bons morceaux qu'on ne manquerait pas de lui glisser. Diane prit place à table, et toute la famille se pencha vers son assiette.

– Bénis-nous, Seigneur, et sois remercié pour ces aliments que Tu nous envoies...

– Et pour avoir ramené la sérénité dans cette maison, ajouta Steve.

– Ouais, Seigneur, merci pour la bouffe, trompeta Robbie.

Tout le monde éclata de rire et Steve entreprit de couper la viande. Diane attrapa son sac sur la desserte et en sortit une enveloppe adressée à toute la famille.

– C'est arrivé aujourd'hui. Une lettre de Tangina; elle est à Acapulco.

Elle fit circuler un polaroïd où l'on voyait Tangina debout sur une plage ensoleillée, près d'un beau jeune homme qui faisait presque deux fois sa taille.

– Qui c'est, à côté de tata Tangie? questionna Carol Anne.

Diane lut à haute voix la lettre qui accompagnait la photographie.

– « Cette photo tend à prouver que les choses poussent mieux au sud de la frontière... »

Pendant ce temps, les autres se servirent. Robbie et Dana se disputèrent le dernier petit pain en un vif échange de deux ou trois coups de poing – pas de knock-out, car le combat fut suspendu par l'arbitre (Steve). Carol Anne en profita pour glisser une noix de beurre à Buzz, sous la table.

Diane survola plusieurs passages de la lettre, puis reprit :

– Elle demande comment évolue notre thérapie et dit que le meilleur moyen d'arriver à une existence normale, est l'amour que nous nous sommes témoigné les uns aux autres...

– T'appelles ça une existence normale, toi? fit Dana en retroussant le nez.

– Tu ressembles à un petit goret, quand tu fais ça, attesta Robbie.

– C'est toi, le goret.

– ... et elle pense que c'est une bonne idée de déménager, même si la maison est claire et nette, poursuivit Diane comme si elle n'avait pas été interrompue. Tu vois toujours Teague ce soir?

– Ouais, il doit passer après le dîner. Nous allons certainement discuter de tout cela au club.

– Moi, je vais au Roxy avec Kirk et Franklin, alors n'espérez pas me voir rentrer tôt, annonça Dana.

– J'espère ne pas te voir rentrer du tout, commenta Robbie en faisant une horrible grimace.
– Il y a école, demain, jeune demoiselle.
– Mais non, maman, on est vendredi.
Diane fronça les sourcils, puis éclata de rire.
– Tu as raison. Ta mère doit commencer à vieillir.
– Seulement ses cheveux, railla Steve.
– Eh bien, moi, j'aime ça, figure-toi.
– Si tu veux, je peux te passer un peu de ma Lotion de Jouv...
– Mais puisque je vous dis que je me trouve très bien ainsi ! Ça me donne beaucoup d'allure.
– Je croyais que *tous* les vieux avaient les cheveux gris, fit Carol Anne.
– Tiens, en parlant de trous de mémoire, s'esclaffa Diane, le cabinet du Dr Bremer a appelé aujourd'hui...
– Qui ? fit Steve.
– Bremer, le « spécialiste des troubles du sommeil » chez qui j'ai emmené Carol Anne, la semaine dernière. Paraît que nous avons raté le second rendez-vous, sans appeler pour décommander. Alors il va falloir lui régler ses honoraires. Mais il est prêt à nous donner une seconde chance...
Elle éclata d'un rire irrépressible, et Steve l'imita bientôt. Dana les considérait avec ébahissement; vraiment, les parents, c'était à n'y rien comprendre.
– M'man, Carol Anne a plus de patates que moi, fit remarquer Robbie dès que ses parents eurent fini de faire les idiots.
– Eh bien, tu en reprendras tant que tu veux. Finis d'abord celles que tu as dans ton assiette, dit Diane en essuyant une larme résiduelle au coin de son œil.
– Bon, moi, je suis partie, annonça Dana en reculant sa chaise.

Et de monter se préparer dans sa chambre.

Steve et Diane se regardaient avec amour. Ils se penchèrent au-dessus de la table pour échanger un long baiser.

Robbie offrit discrètement un morceau de gras à Buzz, tandis que Carol Anne écrasait une patate douce dans sa main, juste pour voir ce que cela faisait comme impression.

Par la baie vitrée du salon, Diane regarda Steve monter à bord de la Plymouth de Teague. Elle alla faire sa vaisselle, puis acheva d'emballer quelques objets. Enfin, elle s'arrêta, poussa un long soupir et sourit; elle allait enfin avoir un peu de temps à elle. Elle monta au premier.

Dans le couloir, elle s'arrêta devant la chambre des petits. Un trait de lumière filtrait sous la porte. Tout doucement, elle colla l'oreille au panneau et perçut la rumeur charmante de conciliabules ultra-secrets avec des amis imaginaires et de magiques animaux en peluche. Avec un sourire attendri, elle retira sa main de la poignée et repartit vers sa chambre.

La pièce était plutôt nue. Ne restaient en place que le lit et la coiffeuse. Tout le reste était empaqueté dans un coin. Les draps avaient été changés, le téléviseur mis en caisse. Sur le mur, la tache avait complètement disparu. Diane passa dans la salle de bains, mit en place la bonde de la baignoire, ouvrit le robinet et régla le mélangeur. Elle voulait de l'eau très chaude afin de détendre ses muscles endoloris.

Elle retira sa chemise, jeta ses *Adidas* dans un coin, enleva ses chaussettes et fit glisser ses jeans. Puis elle passa un long peignoir et ressortit.

Elle traversa une fois de plus le couloir et reposa la main sur la poignée de la porte des petits. Elle avait du mal à ouvrir cette porte; ce serait toujours ainsi. Elle était heureuse de quitter cette maison. Elle eût été incapable de continuer à y vivre en compagnie de tous ces sinistres souvenirs.

Elle manœuvra la poignée et la porte s'ouvrit facilement. Elle passa la tête à l'intérieur.

Assis à même le sol, Robbie et Carol Anne s'amusaient tranquillement avec leurs nouveaux jouets. Ils accordèrent un rapide coup d'œil à leur mère, puis reprirent leurs activités.

– Je vais prendre un bain. Vous répondez au téléphone?

– Oui, m'man. Hé, laisse ça, Carol Anne, c'est à moi!

– Mais tu as dit que je pouvais m'en servir aussi.

– J'ai dit que tu pourrais t'en servir *après*. Pour le moment, c'est moi qui joue avec.

– Amusez-vous gentiment, sinon c'est le lit, recommanda leur mère en souriant.

Elle allait partir lorsqu'elle remarqua que la lampe du placard n'était pas allumée. Elle passa le bras à l'intérieur et tâtonna à la recherche de l'interrupteur... Cela dura quelques secondes... puis elle sentit quelque chose et tressaillit. Elle retira sa main... et la lumière s'alluma, jaune et chaude. Ouf... ce placard la rendrait toujours nerveuse. Elle espérait ne pas faire un *truc* sur les placards.

Elle laissa les enfants à leurs jeux et regagna la salle de bains. Elle fit glisser le peignoir à terre et entra dans la baignoire. Centimètre par centimètre, elle s'abaissa dans l'eau délicieusement brûlante. Elle en eut bientôt jusqu'au cou, ferma les yeux et soupira d'aise.

L'eau se mit à gargouiller dans le trop-plein. C'était un bruit horrible... que lui rappelait-il? Inconsciemment, elle fit la grimace. Elle jeta le gant de toilette sur son pied, et, du bout de l'orteil, l'enfonça dans le trou de vidange. Le déplaisant gargouillis s'arrêta.

Buzz entra et vint s'allonger sur la descente de bain. Diane lui gratta un moment la tête, puis ramena le bras dans l'eau chaude. Le gros chien se lova en soupirant et ferma les yeux.

Diane ferma les siens. Elle savait qu'il ne fallait pas s'endormir, mais elle se permettait un léger engourdissement. Elle sentait ses muscles se dénouer, une douce torpeur l'envahir. Sa respiration se fit plus lente, plus régulière. Son esprit se mit à vagabonder...

Robbie se lassa de la partie. Il bâilla et gagna son nouveau lit. Carol Anne le regarda faire en bâillant elle aussi. Puis, l'imitant, elle se coucha.

Le sol était jonché de jouets; on eût dit un cimetière de poupées et d'animaux en peluche.

– Bonne nuit, Robbie.

– 'Nuit, Carol Anne.

Robbie jeta un coup d'œil au nouveau rocking-chair. Son vieux clown de tissu-éponge y était assis bien droit; bizarrement, c'était le seul jouet qui restait... d'avant. A présent tout était divisé entre avant et après.

Robbie n'aimait pas du tout l'air qu'avait son clown, assis là, avec un petit sourire et un regard en coin. Il saisit sa chemise et essaya de la lui lancer sur la tête. Il manqua son coup. La chemise fut accrochée par le haut du dossier et tomba sur un des accoudoirs. L'impact fit osciller le fauteuil.

Robbie eut un haussement d'épaules et éteignit sa lampe de chevet. La lumière du placard entrouvert emplissait partiellement la pièce. Dehors, un nuage vint masquer la lune. Très loin, on devinait le grondement d'un orage.

Carol Anne dormait déjà à poings fermés. Près d'elle, son réveil-Mickey tictaquait régulièrement.

Des phares de voiture éclaboussèrent brièvement la fenêtre et disparurent. Robbie se tourna vers le mur, à la recherche d'une position confortable.

Dans le coin de la chambre, le rocking-chair se balançait toujours.

– Franchement, Steve, j'aimerais que vous réfléchissiez encore. Vous êtes en train de laisser passer une proposition en or.

Teague, un martini dry à la main, était assis en compagnie de Steve dans un coin tranquille au fond du bar du club. Une serveuse remarqua son verre presque vide et s'avança vers la table; mais Teague la renvoya d'un signe de tête aimable.

– Je le sais, Frank, et j'apprécie vraiment beaucoup votre geste. Seulement, voyez-vous... nous sommes décidés à partir, et il n'y a pas à revenir là-dessus.

Teague plissa les yeux.

– Ce ne serait pas par hasard une idée de votre femme? Vous savez, Steve, il arrive que les femmes ne comprennent pas ce que...

– Non, Frank. Cette décision, nous l'avons prise ensemble. Mais, comment dirais-je, les gosses ont eu de mauvaises expériences, et, pour eux surtout, nous désirons...

– Que s'est-il passé? Votre fils s'est fait malmener à l'école par des camarades? Rien ne saurait justifier que vous brisiez ainsi votre carrière, Freeling. Je veux dire, de quoi s'agit-il en fin de compte? On bosse, on lutte, on fait ce qu'on a à faire. C'est la loi de l'évolution, mon vieux. Si on ne se plie pas à la règle, tout ce que l'on fait, c'est transmettre des gènes défectueux. Vous voyez ce que je veux dire?

– Eh bien, non, pas vraiment... dit Steve, les yeux perdus dans sa bière.

– Ecoutez, tout ce que je veux dire, c'est que vous

êtes un modèle au sein de cette communauté. Un véritable pilier. Et nous sommes fiers de vous, Steve. Vous êtes venu vivre dans la toute première maison que nous avons construite ici. Vous avez ouvert la voie. Et n'allez surtout pas croire que cela n'a pas été remarqué...

Steve souriait amèrement à son verre.

– Et en plus, mon vieux, poursuivait Teague, on peut dire que vous savez vendre, ça oui!

Steve laissa errer son regard dans la salle. Murs tendus de velours, opulente moquette, coussins de cuir, éclairage tamisé. Il se demanda qui était enterré sous les pieds de sa chaise.

– Comme je viens de vous le dire, Frank, je vous remercie, mais c'est non.

Teague opina sèchement. Il savait quand il n'était plus utile de gaspiller sa salive sur une vente.

– Comme vous voudrez. Je vous l'ai dit hier, la compagnie est disposée à racheter votre maison, mais le marché étant ce qu'il est...

Teague s'étendit sur les aspects pratiques de la transaction. Steve hochait la tête aux bons moments, mais son esprit était ailleurs. Il regardait par la grande baie vitrée du bar qui dominait toute l'étendue de Cuesta Verde. Les lumières des maisons scintillaient comme braises sur fond de velours noir. Il crut un instant avoir repéré la sienne, mais il s'aperçut qu'il ne s'agissait que du reflet sur la vitre d'une des lampes du bar. Les choses prenaient quelquefois d'étranges apparences.

Diane sortit de la baignoire et s'essuya au-dessus du tapis de bain. Des gouttes d'eau réveillèrent Buzz, qui leva la tête, dressa une oreille et se mit à remuer la queue.

Diane passa dans la chambre, enfila un des immenses maillots de football de Steve – qui lui allait comme un sac de pommes de terre – et s'assit devant la coiffeuse. Buzz vint s'allonger à ses pieds. Lentement, elle se mit à enlever les épingles de ses cheveux.

Quand ce fut terminé, elle se contempla dans le miroir. Ses cheveux étaient devenus prématurément gris. Cela, trouvait-elle, lui conférait beaucoup de caractère.

Combien la vie pouvait être étrange. Cette vie qui lui avait tant donné, le confort, une famille heureuse, avait tout à coup basculé dans un cauchemar de quatre jours... pour ensuite retrouver son état de grâce, comme si rien ne s'était produit. L'ordre parfait et le désordre absolu en une seule brève leçon. Combien étrange.

Elle prit une brosse qu'elle passa vigoureusement dans ses cheveux. C'était là un rituel rassurant. Elle fit glisser la brosse sur toute la longueur de sa chevelure, puis s'attarda aux petites mèches rebelles des tempes; elle en aurait presque pleuré de bonheur.

Au bout d'un moment, elle rejeta la tête en avant, de sorte que ses cheveux vinrent lui couvrir le visage. Ainsi, tête baissée, elle reprit son brossage en partant de la base de la nuque pour remonter le long du crâne et redescendre enfin sur le front. Elle répéta maintes fois l'opération, jusqu'à ce que ses cheveux fussent lisses et soyeux.

Satisfaite du résultat, elle releva vivement la tête afin que ses cheveux retombent sur ses épaules. Dans le miroir, elle vit les longs fils châtains et argent voler en l'air, atteindre leur apogée... et se figer.

Le miroir lui renvoyait l'image d'une sorcière, son propre visage.

Buzz émit un couinement bref et courut hors de la pièce. Diane se sentait défaillir. Ses yeux commençaient à se révulser... quand, soudain, des mains invisibles lui plaquèrent les bras au corps.

Dans le miroir, elle vit – et sentit – quatre empreintes marquer profondément ses joues. Ses mâchoires furent prises dans un étau et la moitié gauche de sa bouche comprimée contre ses dents. Sa tête se renversa violemment en arrière.

Elle eut un râle de terreur. Tenta de se lever; ne le put pas. Ses lèvres compressées accusaient de violents mouvements en arc de cercle qui découvraient cycliquement ses gencives. Une chose immonde était en train de l'embrasser.

Tout à coup, ses cheveux se remirent en place et elle tomba à la renverse sur le sol. Quelque chose la saisit à la cheville, mais, d'un violent sursaut, elle se libéra et fonça vers la porte ouverte.

La porte claqua.

Un bruit tira Robbie d'un sommeil encore léger. Il tourna la tête vers Carol Anne; elle dormait. Dehors, là où « avant » se dressait l'arbre, il ne vit que la nuit, opaque et glacée. Non loin, l'orage grondait comme un ours qui se réveille.

Le nouveau réveil, les nouvelles affiches, les jouets tout neufs, tout lui semblait avoir un air inhabituel. Presque inquiétant. Ses yeux se posèrent sur le rocking-chair. Il était vide.

Pris d'une frayeur soudaine, Robbie se dressa sur son séant. Son regard fit le tour de la pièce. Il risqua même un œil par-dessus le rebord du lit. Nulle trace du clown.

Sa respiration s'accéléra. Ce clown *était* dans le fauteuil, il en était certain; et voici qu'il avait disparu. Avec un grincement de dents, il se pencha un peu plus par-dessus le rebord de son lit. Il savait où il lui fallait regarder.

Il se mit sur le ventre et se laissa lentement glisser, la tête en avant, vers le sol. Délicatement, il souleva le volant; son front prit doucement contact avec le tapis. Il plongea le regard dans la pénombre, sous le lit.

Le clown était là, qui souriait sardoniquement.

Robbie eut un sursaut; mais, avant qu'il ait pu bouger, les bras de chiffon s'allongèrent, s'étirèrent, et commencèrent à s'enrouler autour de son cou. Ils l'enserrèrent de quatre tours, lui coupant la respiration.

Alors, avec une force insane, le clown le tira sous le lit.

Carol Anne s'éveilla en sursaut. Elle regarda le lit de son frère, mais il n'y était pas. Un courant d'air passa dans ses cheveux. Elle se tourna, épouvantée, vers le placard.

La clarté de la veilleuse se faisait plus intense.

Lorsqu'elle vit la porte claquer, Diane voulut courir vers la fenêtre. Avant qu'elle ait fait deux pas, son bras droit fut violemment tordu et elle s'écroula à terre.

Elle resta un moment assise, hors d'haleine. Rien ne se passait. Elle tenta de raisonner. Tout cela était impossible. La maison était propre maintenant, Tangina l'avait dit.

Soudain, elle fut jetée sur le dos; quelque chose s'assit sur sa poitrine. Elle voulut se dégager, en vain. L'hystérie la gagnait.

Son maillot se déchira; des doigts grossiers s'enfoncèrent dans sa chair, lui pétrissant les seins, la soulevant pour la faire retomber sur le sol...

Puis, plus rien. Diane gisait sur la moquette, en nage, haletante et blême. Tout était tranquille. Hésitante, elle rampa jusqu'à la porte, tendit le bras vers la poignée.

Elle fut soulevée comme une poupée de chiffon. Les pieds touchant à peine le sol, elle fut emportée à travers la pièce puis hissée le long du mur, jusqu'au plafond.

Traînée par les cheveux, elle traversa plusieurs fois l'étendue du plafond; de temps en temps, elle recevait des morsures – c'est du moins ce qu'il lui semblait. Elle cessa rapidement de résister et ne fut bientôt plus qu'à demi consciente. Enfin, elle glissa à nouveau le long du mur et fut jetée sur le sol.

Tout redevint tranquille. Les jambes de plomb, elle se précipita frénétiquement vers la porte, qui, cette fois, s'ouvrit.

– Robbie! Carol Anne! Sortez de là! Sauvez-vous! Sauvez-vous!

Elle jaillit dans le couloir et partit à quatre pattes vers la chambre des petits.

Ceux-ci entendaient les cris de leur mère. Le placard se referma violemment. Robbie et le clown roulaient sur le sol. Le garçonnet réussit à s'approcher de la porte, à agripper la poignée, qui refusa de tourner. Il entendait sa mère ramper, hurler dans le couloir.

Carol Anne, assise toute droite sur son lit, paralysée par la peur, regardait fixement le placard : une vive lumière filtrait tout autour de la porte. Sur le chambranle, apparaissaient maintenant des veines bleuâtres qui gonflaient, palpitaient, s'insinuaient au fond des moulures, se lovaient autour des charnières.

Diane approchait toujours de la chambre de ses enfants. Le chaos qui y régnait lui parvenait dans toute son amplitude. Mais elle touchait presque au but.

Alors, venu du fond du couloir, un nuage de fumée ectoplasmique la rattrapa et la dépassa pour lui barrer le passage. Elle s'immobilisa avec un bruit de gorge.

Le nuage flottait devant la porte, formant obstacle. Lentement, il commença à se modifier. Une face sans yeux, une longue chevelure, des bras graciles, une robe majestueuse se dessinèrent; c'était la Femme Qui Attend. Elle flottait devant Diane, altière et diaphane.

– Aidez-moi, supplia celle-ci. Aidez-moi, je vous en prie.

La femme eut un sourire fugace – du moins cela ressemblait-il à un sourire. Les coins de sa bouche s'étirèrent, ses lèvres s'amincirent... et s'amincirent encore. Son visage se mit à s'allonger, ses joues se creusèrent, sa mâchoire, ses arcades sourcilières avancèrent... Bientôt la peau diaphane se déchira sur une ébauche de nez, de petits yeux noirs profondément enfoncés, des crocs jaunâtres... sur la gueule de la Bête.

Elle se dressa, étendit ses bras immenses.

Diane partit à reculons, atteignit le palier et bascula dans l'escalier à l'instant où les griffes acérées cinglèrent l'air près de sa tête.

Au pied des marches, elle bondit sur ses pieds et traversa la maison. Elle ouvrit à la volée la porte de derrière et jaillit dans le jardin. Il pleuvait à verse.

Immédiatement trempée jusqu'aux os, elle se retourna vers la maison. Et, marchant à reculons, le regard levé vers la chambre de ses enfants, elle se mit à hurler.

– Steve! Au secours! Au secours!

Son pied rencontra le vide, et elle tomba à la renverse dans la partie la moins profonde de la piscine. Aussitôt, elle glissa sur la pente boueuse, vers l'autre extrémité de l'excavation dont la pluie avait fait un véritable cloaque.

La foudre et le tonnerre déchiraient les cieux. Diane se débattait frénétiquement pour retrouver son équilibre. Subitement, tout près d'elle, une grosse bulle creva la surface du bourbier. Elle regardait sans comprendre, lorsqu'une seconde bulle éclata non loin. Et elle vit alors deux têtes émaciées et putrides émerger de la boue.

Elle fit un pas en arrière et buta contre quelque chose. Elle se retourna vivement, pour se retrouver devant une autre face cadavérique dont la bouche grande ouverte révélait des agrafes à maxillaires qui se rompirent sous ses yeux en sifflant comme des cordes à violon trop tendues.

Près d'elle, jaillit un cercueil au couvercle brisé. Des os, des chairs décomposées, des bijoux retombèrent en pluie sur elle.

Le placard venait de se rouvrir. Le vent qui forcissait commençait à y aspirer de menus objets. L'insoutenable lumière inondait la chambre. Carol Anne hurlait.

Sur le sol, Robbie luttait avec le clown dont les bras l'étranglaient toujours. Il arrachait des poignées de bourre de coton qui filaient vers le placard à une vitesse sidérante.

L'ouverture hideuse commençait à prendre vie. Des masses de chair se formaient sur le chambranle, s'enflant, se bouffissant comme un fongus grossissant à vue d'œil. Puis ces chairs se couvrirent de tissus graisseux, des veines apparurent sous une peau rosâtre et lisse qui partait vers les profondeurs du trou. Le placard était devenu une bouche gigantesque, pourvue de lèvres et de gencives. Au fond de la cavité, un œsophage glaireux était animé de spasmes péristaltiques.

Carol Anne poussait un long cri strident.

Le jardin était en proie à une étrange activité sismique qui faisait remonter à la surface tout ce qui y était enterré; le sol ressemblait à un épais brouet en ébullition.

Diane tentait encore et encore de s'extraire de l'excavation, mais c'était pour retomber à chaque fois dans l'eau et la boue, au milieu des cadavres exhumés.

Enfin, elle parvint à remonter la pente du bassin. Comme elle enfonçait les doigts entre les touffes d'herbe pour se hisser hors du trou, elle se sentit saisie par les poignets et fut vigoureusement tirée vers le haut.

C'était Tuthill, le voisin.

– Regardez-moi ça! s'égosillait-il. Mon Dieu! Au fond de votre piscine! Regardez!

Sa femme arriva en courant, un parapluie à la main.

– Vos enfants! glapit-elle. Ecoutez! Qu'est-ce que c'est que ce vacarme?

Les hurlements de Robbie et Carol Anne leur arrivaient du premier dont la fenêtre inondait la nuit pluvieuse d'une lumière irréelle.

– Il faut que je les tire de là! s'écria Diane en s'élançant vers la maison.

Tuthill voulut la suivre, mais sa femme le retint par le bras. Elle secoua la tête.

– N'y va pas. Il se passe de drôles de choses là-dedans.

– Mais les gosses... objecta Tuthill.

– T'occupe pas de ça, je te dis. Qui sait ce qui se passe là-dedans? C'est peut-être des drogués, des détraqués. Ils sont peut-être armés. Va pas y fourrer ton nez.

Affaire entendue.

Le bruit était toutefois trop horrible pour qu'on pût l'ignorer.

– Bon, eh bien, je m'en fiche. J'appelle la police, décréta Tuthill.

Et il repartit d'un pas décidé vers sa maison. Sa femme le rattrapa, ayant soin de tenir le parapluie au-dessus de leurs têtes.

Diane monta l'escalier quatre à quatre. La porte

de la chambre était toujours close. Elle l'ouvrit... et fut aussitôt aspirée à l'intérieur.

On eût dit un ouragan. Robbie et Carol Anne se retenaient au bois de leur lit, le corps flottant presque à l'horizontale. Tout le reste tournoyait violemment avant d'être englouti par l'horrible béance.

– Robbie! Prends-moi la main!

Le garçonnet tendit une main, s'agrippant toujours de l'autre à son lit. Diane avançait centimètre par centimètre face au vent furieux. Une chaise se brisa contre l'encadrement du placard et disparut. Quelque chose qui ressemblait à de la salive commença à s'écouler du gouffre éblouissant.

Diane fit encore un pas et parvint à saisir Robbie au poignet.

– Prends la main de ta sœur, Robbie!

Elle tenait son fils avec la force presque surhumaine qui anime une mère lorsque ses enfants sont en danger de mort.

Robbie et Carol Anne tendaient le bras l'un vers l'autre; leurs doigts se touchaient presque. L'attraction exercée par le placard atteignit alors son paroxysme. Les lits se dérobèrent sous les deux enfants et plongèrent dans le gouffre... à l'instant où leurs petites mains se rencontrèrent. Diane les tira vigoureusement dans le couloir.

Elle les porta, les poussa vers l'escalier. A mi-hauteur, les marches se mirent à se gauchir et à se disjoindre, comme sous l'action d'un tremblement de terre. Ils perdirent l'équilibre et tombèrent face contre terre dans le couloir d'entrée.

L'arcade sourcilière gauche de Diane était entaillée et saignait en abondance. Au milieu d'un brouillard où tout était ralenti, elle conduisait les enfants vers la porte d'entrée, quand un fort vent debout les força à reculer. Un assourdissant vacarme les entourait, comme si l'air lui-même hurlait.

A cet instant, la Plymouth de Teague se gara devant la maison. Les deux hommes jaillirent de la voiture. Le spectacle était apocalyptique.

Une intense lumière irradiait des fenêtres du premier. Les murs de la maison se lézardaient. De la fumée s'échappait du toit. Un grondement sourd émanait de l'édifice. Tout autour, le sol était parcouru de secousses continuelles. Teague était pétrifié, bouche bée. Steve s'élança vers le perron.

Il vit Diane ouvrir la porte, les enfants à ses côtés. Mais avant qu'elle ait pu sortir, le ciment du perron se fendit et un cercueil ouvragé jaillit du sol au milieu d'une grêle de mottes de terre, de pierres et d'éclats de bois. La porte se referma violemment. Diane repartit dans les profondeurs de la maison.

Elle entraîna les enfants en direction de la cuisine. Comme elle y entrait, le sol se mit à se bosseler... et s'ouvrit en deux avec un gémissement horrible. Deux cercueils émergèrent du dallage fracassé. Leur couvercle sauta, vomissant dans la cuisine deux cadavres décomposés. L'un d'eux fut projeté vers Diane.

Rebroussant chemin, elle emmena les enfants vers la porte du jardin. Subitement, tout le mur de derrière implosa, les ensevelissant presque sous les gravats – implosa sous l'impact de la gueule de la Bête. Diane s'élança avec les enfants à travers la brèche, entre les chevrons enchevêtrés, et se retrouva dehors, dans la nuit gémissante.

Cependant, Steve avait entrepris de contourner la maison pour accéder au jardin. Au coin, une explosion de boue, d'os et de chairs décomposées le renversa. Se dégageant des décombres, il avisa Teague qui était toujours cloué sur place.

– Vous avez déplacé le cimetière! lui cria-t-il. Mais vous avez laissé les morts! Espèce de salaud, vous n'avez enlevé que les tombes!

Une nouvelle voiture arriva. Dana et deux garçons

nuages pour illuminer un grand panneau : « VOUS QUITTEZ CUESTA VERDE LA BELLE. Veuillez conduire prudemment. »

Toute la famille monta lentement l'escalier extérieur menant au premier étage du motel. Une heure venait de s'écouler durant laquelle ils avaient roulé afin de se calmer les nerfs. Ils étaient épuisés. Mais tout était terminé, et rien n'avait pu les séparer.

Ils entrèrent dans leur chambre et refermèrent la porte.

Une minute plus tard, elle se rouvrit. Steve sortit sur le balcon, poussant devant lui le gros poste de télévision en couleurs sur sa table à roulettes. Avec un air de détermination triomphante, il l'orienta dans l'axe de la galerie et lui imprima une forte poussée. Puis il fit demi-tour et réintégra sa chambre sans un regard en arrière. Il referma la porte.

Le téléviseur roulait toujours.

Editions J'ai Lu, 31, rue de Tournon, 75006 Paris

diffusion
France et étranger : Flammarion, Paris
Suisse : Office du Livre, Fribourg
diffusion exclusive
Canada : Éditions Flammarion Ltée, Montréal

Achevé d'imprimer sur les presses de l'imprimerie Brodard et Taupin
7, Bd Romain-Rolland. Montrouge. Usine de La Flèche,
le 15 septembre 1982.
1474-5 Dépôt Légal septembre 1982. ISBN : 2 - 277 - 21394 - 2
Imprimé en France